[法]莫奈《睡莲》(局部)

文学九讲：从阅读到写作

余光中 — 著

图书在版编目（CIP）数据

文学九讲：从阅读到写作 / 余光中著. -- 北京：
中国经济出版社, 2025.2. -- (余光中文学三书).
ISBN 978-7-5136-7957-2

Ⅰ. I04

中国国家版本馆 CIP 数据核字第 20241FL039 号

本书中文简体字版由九歌出版社经北京时代墨客文化传媒有限公司授权中国经济出版社出版发行。
著作权合同登记图字：01-2025-0275

出版发行	中国经济出版社		
印 刷 者	北京鑫益晖印刷有限公司		
开 本	710mm×1000mm 1/16		
印 张	17.5		
字 数	215 千字		
版 次	2025 年 2 月第 1 版	责任编辑	陶栎宇
印 次	2025 年 2 月第 1 次	责任印制	马小宾
定 价	78.00 元	封面设计	棱角视觉
广告经营许可证	京西工商广字第 8179 号	内文设计	今亮后声

中国经济出版社 **网址** www.economyph.com **社址** 北京市东城区安定门外大街 58 号 **邮编** 100011
本版图书如存在印装质量问题，请与本社销售中心联系调换（联系电话：010-57512564）

版权所有　盗版必究（举报电话：010-57512600）
国家版权局反盗版举报中心（举报电话：12390）　　服务热线：010-57512564

读者读诗,有如初恋。学者读诗,有如选美。诗人读诗,有如择妻。读者赏花。学者摘花。诗人采蜜。
——余光中《读者、学者、作者》

出版说明

余光中先生驰骋文坛逾半个世纪，作品脍炙人口，影响深远。因作品创作时间跨度较长，故采取以下编辑原则：

（1）依体例要求，对文章层级进行统一，部分文章的标题和段落有所调整的，加以注释说明。

（2）依目前的出版规范，参考相关资料和工具书，对原文的繁体字、异体字、标点符号进行校订。为便于阅读，对部分常见词汇进行调整，如"想像""甚么""底"，调整为"想象""什么""的"。作者的行文风格、语言习惯等则尽量予以保留，不使用首选词。

（3）译名前后不一致的，参考译者的翻译，依出版规范进行统一，如"肯明斯"为"卡明斯"，"颇普"为"蒲柏"等。译名与工具书《辞海》等规范不一致的，改成今译，并添加注释进行说明，如"桑塔耶纳"为"桑塔亚那"，"杜利特尔"为"杜丽特尔"，"瓦斯东克拉夫特"为"沃斯通克拉夫特"等。译名无明确规范的,保留译者翻译。

(4) 原文中年份、年龄等数字以汉字表述为主,为尊重原著,统一用汉字表述。

(5) 原文的中英文对照部分保留原貌;历史人物和作品名仅有英文的,以注释等形式添加中文翻译;仅有中文的,不另外添加英文。

余光中先生虽已谢世,但其作品不朽。他融合了中国古典文学和西方文学,树立了自己的风格,自称是"艺术上的多妻主义者",诗歌、散文、翻译、评论是其写作的"四度空间"。读者誉其为"乡愁诗人",其作品常读常新。如今正值中华民族伟大复兴与传统文化发展的百年良机,我们编辑出版这套余光中作品集,希望为读者提供一套小而全、专而精的余光中作品集。因编者水平有限,编辑工作中的失误与不足,请读者指谬,以助我们改正与进步。

002 第一讲：文学的启蒙

003 自豪与自幸
—— 我的国文启蒙

010 楚歌四面谈文学

022 好书出头，坏书出局

026 第二讲：文体与文法

027 美文与杂文

029 剪掉散文的辫子

038 缪斯的左右手
—— 诗和散文的比较

056 杖底烟霞
—— 山水游记的艺术

072 第三讲：我的写作经验

073 我的写作经验

077 论题目的现代化

083 艺术创作与间接经验

094 第四讲：翻译乃大道

095 翻译和创作

110 翻译乃大道

112 翻译与批评

116 第五讲：诗意美学

117 读者、学者、作者

120 诗与音乐

134 诗与哲学

138 李白与爱伦·坡的时差
—— 在文法与诗意之间

144 **第六讲：中国古典诗**

145　从一首唐诗说起

151　象牙塔到白玉楼
　　　—— 论唐诗创作

179　举杯向天笑
　　　—— 论中国诗之自作多情

186 **第七讲：西方现代诗**

187　论情诗
　　　—— 直道相思了无益，未妨惆怅是清狂

197　论意象

201　现代诗的节奏

206 **第八讲：批评经典**

207　夜读叔本华

210　论朱自清的散文

231　徐志摩诗小论

240　骆驼与虎

244 **第九讲：作家的故事**

245　老得好漂亮
　　　—— 向大器晚成的叶芝致敬

253　舞与舞者

257　两个寡妇的故事

264　何曾千里共婵娟

268 **附录：重点内容索引**

我理想中的批评文章，

是学问之上要求见识，

见识之上更求文采。

余光中

文学九讲：从阅读到写作

第 一 讲

文 学 的 启 蒙

文学是给睁开眼睛的人读的。

自豪与自幸

——我的国文①启蒙

每个人的童年未必都像童话，但是至少该像童年。若是在都市的红尘里长大，不得亲近草木虫鱼，且又饱受考试的威胁，就不得纵情于杂学闲书，更不得看云、听雨，发一整个下午的呆。我的中学时代在四川的乡下度过，正是抗战，尽管贫于物质，却富于自然，裕于时光，稚小的我乃得以亲近山水，且涵泳中国的文学。所以每次忆起童年，我都心存感慰。

我相信一个人的中文根柢，必须深固于中学时代。若是等到大学才来补救，就太晚了，所以《大一国文》之类的课程不过虚设。我的幸运在于中学时代是在纯朴的乡间度过，而家庭背景和学校教育也宜于学习中文。

一九四〇年秋天，我进入南京青年会中学，成为初一的学生。那家中学在四川江北县悦来场，靠近嘉陵江边，因为抗战，才从南京迁去了当时所谓的"大后方"。不能算是什么名校，但是教学认真。我的中文跟英文底子，都是在那几年打结实的。尤其是英文老师孙良骥先生，严谨而又关切，对我的教益最多。当初若非他教我英文，日后我是否进外文系，大有问题。

至于国文老师，则前后换了好几位。川大毕业的陈梦家先生，兼授国文和历史，虽然深度近视，戴着厚如酱油瓶底的眼镜，却非目光如豆，学问和口才都颇出众。另有一位国文老师，已忘其名，只记得仪

---

① 国文，对汉语语文的旧称，旧时也指中小学语文课。——编者注

容儒雅，身材高大，不像陈老师那么不修边幅，甚至有点邋遢。更记得他是北师大出身，师承自多名士耆宿，就有些看不起陈先生，甚至溢于言表。

高一那年，一位前清的拔贡来教我们国文。他是戴伯琼先生，年已古稀，十足是川人惯称的"老夫子"。依清制科举，每十二年由各省学政考选品学兼优的生员，保送入京，也就是贡入国子监。谓之拔贡。再经朝考及格，可充京官、知县或教职。如此考选拔贡，每县只取一人，真是高材生了。戴老夫子应该就是巴县（即江北县）的拔贡，旧学之好可以想见。冬天他来上课，步履缓慢，意态从容，常着长衫，戴黑帽，坐着讲书。至今我还记得他教周敦颐的《爱莲说》，如何摇头晃脑，用川腔吟诵，有金石之声。这种老派的吟诵，随情转腔，一咏三叹，无论是当众朗诵或者独自低吟，对于体味古文或诗词的意境，最具感性的功效。现在的学生，甚至主修中文系的，也往往只会默读而不会吟诵，与古典文学不免隔了一层。

为了戴老夫子的耆宿背景，我们交作文时，就试写文言。凭我们这一手稚嫩的文言，怎能入夫子的法眼呢？幸而他颇客气，遇到交文言的，他一律给六十分。后来我们死了心，改写白话，结果反而获得七八十分，真是出人意外。

有一次和同班的吴显恕读了孔稚珪的《北山移文》，佩服其文采之余，对纷繁的典故似懂非懂，乃持以请教戴老夫子，也带点好奇，有意考他一考。不料夫子一瞥题目，便把书合上，滔滔不绝，不但我们问的典故他如数家珍地详予解答，就连没有问的，他也一并加以讲解，令我们佩服之至。

国文班上，限于课本，所读毕竟有限，课外研修的师承则来自家庭。我的父母都算不上什么学者，但他们出身旧式家庭，文言底子照例不弱，至少文理是晓畅通达的。我一进中学，他们就认为我应该读点古文了，父亲便开始教我魏征的《谏太宗十思疏》，母亲也在一旁帮腔。我不太喜欢这种文章，但感于双亲的谆谆指点，也就十分认真地学习。接下来是读《留侯论》，虽然也是以知性为主的议论文，却淋漓恣肆，兼具生动而铿锵的感性，令我非常感动。再下来便是《春夜宴桃李园序》《吊古战场文》《与韩荆州书》《陋室铭》等几篇。我领悟渐深，兴趣渐浓，甚至倒过来央求他们多教一些美文。起初他们不很愿意，认为我应该多读一些载道的文章，但见我颇有进步，也真有兴趣，便又教了《为徐敬业讨武曌檄》《滕王阁序》《阿房宫赋》。

父母教我这些，每在讲解之余，各以自己的乡音吟哦给我听。父亲诵的是闽南调，母亲吟的是常州腔，古典的情操从乡音深处召唤着我，对我都有异常的亲切。就这么，每晚就着摇曳的桐油灯光，一遍又一遍，有时低回，有时高亢，我习诵着这些古文，忘情地赞叹骈文的工整典丽，散文的开阖自如。这样的反复吟咏，潜心体会，对于真正进入古人的感情，去呼吸历史，涵泳文化，最为深刻、委婉。日后我在诗文之中展现的古典风格，正以桐油灯下的夜读为其源头。为此，我永远感激父母当日的启发。

不过那时为我启蒙的，还应该一提二舅父孙有孚先生。那时我们是在悦来场的乡下，住在一座朱氏宗祠里，山下是南去的嘉陵江，涛声日夜不断，入夜尤其撼耳。二舅父家就在附近的另一个山头，和朱家祠堂隔谷相望。父亲经常在重庆城里办公，只有母亲带我住在乡下，教授古文这件事就由二舅父来接手。他比父亲要闲，旧学造诣也似较高，而且更加喜欢美文，正合我的抒情倾向。

他为我讲了前后《赤壁赋》和《秋声赋》，一面捧着水烟筒，不时滋滋地抽吸，一面为我娓娓释义，哦哦诵读。他的乡音同于母亲，近于吴侬软语，纤秀之中透出儒雅。他家中藏书不少，最吸引我的是一部插图动人的线装《聊斋志异》。二舅父和父亲那一代，认为这种书轻佻侧艳，只宜偶尔消遣，当然不会鼓励子弟去读。好在二舅父也不怎么反对，课余任我取阅，纵容我神游于人鬼之间。

　　后来父亲又找来《古文笔法百篇》和《幼学琼林》《东莱博议》之类，抽教了一些。长夏的午后，吃罢绿豆汤，父亲便躺在竹睡椅上，一卷接一卷地细览他的《纲鉴易知录》，一面叹息盛衰之理，我则畅读旧小说，尤其耽看《三国演义》《西游记》《水浒传》，甚至《封神榜》《东周列国志》《七侠五义》《包公案》《平山冷燕》等等也在闲观之列，但看得最入神也最仔细的，是《三国演义》，连草船借箭那一段的《大雾迷江赋》也读了好几遍。至于《儒林外史》和《红楼梦》，则要到进了大学才认真阅读。当时初看《红楼梦》，只觉其婆婆妈妈，很不耐烦，竟半途而废。早在高中时代，我的英文已经颇有进境，可以自修《莎氏乐府本事》①（*Tales from Shakespeare*：*by Charles Lamb*），甚至试译拜伦《海罗德公子游记》（*Childe Harold's Pilgrimage*）的片段。只怪我野心太大，头绪太多，所以读中国作品也未能全力以赴。

　　我一直认为，不读旧小说难谓中国的读书人。"高眉"（high-brow）的古典文学固然是在诗文与史哲，但"低眉"（low-brow）的旧小说与民谣、地方戏之类，却为市井与江湖的文化所寄，上至骚人墨客，下至走卒贩夫，广为雅俗共赏。身为中国人而不识关公、包公、武松、薛仁贵、孙悟空、林黛玉，是不可思议的。如果说庄、骚②、李、杜、韩、

---

① 《莎氏乐府本事》，今译为《莎士比亚戏剧故事集》，是英国作家兰姆姐弟改写自莎士比亚作品的儿童小说。——编者注

② 骚，《离骚》的省称，此处借指《离骚》作者屈原。——编者注

柳、欧、苏是古典之葩，则西游、水浒、三国、红楼正是民俗之根，有如圆规，缺其一脚必难成其圆。

读中国的旧小说，至少有两大好处。一是可以认识旧社会的民俗风土、市井江湖，为儒道释俗化的三教文化作一注脚；另一则是在文言与白话之间搭一桥梁，俾在两岸自由来往。当代学者慨叹学子中文程度日低，开出来的药方常是"多读古书"。其实目前学生中文之病已近膏肓，勉强吞咽几丸《孟子》或《史记》，实在是杯水车薪，无济于事，根柢太弱，虚不受补。倒是旧小说融贯文白，不但语言生动，句法自然，而且平仄妥帖，词汇丰富；用白话写的，有口语的流畅，无西化之夹生，可谓旧社会白话文的"原汤正味"，而用文话写的，如《三国演义》《聊斋志异》与唐人传奇之类，亦属浅近文言，便于白话过渡。加以故事引人入胜，这些小说最能使青年读者潜化于无形，耽读之余，不知不觉就把中文摸熟弄通，虽不足从事什么声韵训诂，至少可以做到文从字顺，达意通情。

我那一代的中学生，非但没有电视，也难得看到电影，甚至广播也不普及。声色之娱，恐怕只有靠话剧了，所以那是话剧的黄金时代。一位穷乡僻壤的少年要享受故事，最方便的方式就是读旧小说。加以考试压力不大，都市娱乐的诱惑不多而且太远，而长夏午寐之余，隆冬雪窗之内，常与诸葛亮、秦叔宝为伍，其乐何输今日的磁碟、录影带、卡拉OK？而更幸运的，是在"且听下回分解"之余，我们那一代的小"看官"们竟把中文读通了。

同学之间互勉的风气也很重要。巴蜀文风颇盛，民间素来重视旧学，可谓弦歌不辍。我的四川同学家里常见线装藏书，有的可能还是珍本，不免拿来校中炫耀，乃得奇书共赏。当时中学生之间，流行的课外读物分为三类，即古典文学，尤其是旧小说；新文学，尤其是三十年代白话小说；翻译文学，尤其是帝俄与苏联的小说。三类之中，我对后面两类并不太热衷，一来因为我勤读英文，进步很快，准备日后直接欣赏原文，至少可读英译本，二来我对当时西化而生硬的新文学文体，多无好感，对一般新诗，尤其是普罗八股，实在看不上眼。同班的吴显恕是蜀人，家多古典藏书，常携来与我共赏，每遇奇文妙句，辄同声啧啧。有一次我们迷上了《西厢记》，爱不释手，甚至会趁下课的十分钟展卷共读，碰上空堂，更并坐在校园的石阶上，膝头摊开张生的苦恋，你一节，我一段，吟咏什么"颠不剌的见了万千，似这般可喜娘的庞儿罕曾见"。后来发现了苏曼殊的《断鸿零雁记》，也激赏了一阵，并传观彼此抄下的佳句。

至于诗词，则除了课本里的少量作品以外，老师和长辈并未着意为我启蒙，倒是性之相近，习以为常，可谓无师自通。当然起初不是真通，只是感性上觉得美，觉得亲切而已。遇到典故多而背景曲折的作品，就感到隔了一层，纷繁的附注也不暇细读。不过热爱却是真的，从初中起就喜欢唐诗，到了高中更兼好五代与宋之词，历大学时代而不衰。

最奇怪的，是我吟咏古诗的方式，虽得闽腔吴调的口授启蒙，兼采二舅父哦叹之音，日后竟然发展成唯我独有的曼吟回唱，一波三折，余韵不绝，跟长辈比较单调的诵法全然相异。五十年来，每逢独处寂寞，例如异国的风朝雪夜，或是高速长途独自驾车，便纵情朗吟"弃我去者昨日之日不可留，乱我心者今日之日多烦忧！"或是"长洪斗落生跳波，轻舟南下如投梭，水师绝叫凫雁起，乱石一线争磋磨！"顿觉太白、东坡就在肘边，一股豪气上涌唐宋。若是吟起更高古的"老骥伏枥，志在千里。烈士暮年，壮心不已"，意兴就更加苍凉了。

《晋书·王敦传》说王敦酒后，辄咏曹操这四句古诗，一边用玉如意敲打唾壶作节拍，壶边尽缺。清朝的名诗人龚自珍有这么一首七绝："回肠荡气感精灵，座客苍凉半酒醒。自别吴郎高咏减，珊瑚击碎有谁听？"说的正是这种酒酣耳热，纵情朗吟，而四座共鸣的豪兴。这也正是中国古典诗感性的生命所在。只用今日的国语① 来读古诗或者默念，只恐永远难以和李、杜呼吸相通，太可惜了。

前年② 十月，我在英国六个城市巡回诵诗。每次在朗诵自己作品六七首的英译之后，我一定选一两首中国古诗，先读其英译，然后朗吟原文。吟声一断，掌声立起，反应之热烈，从无例外。足见诗之朗诵具有超乎意义的感染性，不幸这种感性教育今已荡然无存，与书法同一式微。

去年十二月，我在"第二届中国文学翻译国际研讨会"上，对各国的汉学家报告我中译王尔德喜剧《温夫人的扇子》的经验，说王尔德的文字好炫才气，每令译者"望洋兴叹"而难以下笔，但是有些地方碰巧，我的译文也会胜过他的原文。众多学者吃了一惊，一起抬头等待下文。我说："有些地方，例如对仗，英文根本比不上中文。在这种地方，原文不如译文，不是王尔德不如我，而是他捞过了界，竟以英文的弱点来碰中文的强势。"

我以身为中国人自豪，更以能使用中文为幸。

一九九三年一月

---

① 国语，此处是汉语普通话的旧称。——编者注

② 本文作于1993年。——编者注

楚歌四面谈文学

> 襄阳小儿齐拍手，拦街争唱《白铜鞮》。
> 旁人借问笑何事，笑杀山公醉似泥。

黄梅雨的季节。黄梅调的季节。麻将牌的雀噪第一次显得低沉了。盖过它的，是流行的黄梅调，是"楚歌"。当然不是令人警惕的国际局势的四面楚歌，请放心，只是泛滥在台北街头的四面楚歌罢了。而在这弥天漫地的楚歌声中，还可以听见另一种声音，初嘘唏以呜咽，继号啕而滂沱。这一次，不但小市民们齐声一哭，即连许多大学者，许多已经到了"人生开始"的老教授，也涕泗阑干起来。这真是黄梅雨的季节。

通俗文学，民间艺术，被小市民们狂热地喜爱，原是非常合理的现象。大学者们，走下高高的讲坛，与民同乐，甚至与民同哭，也是他们的自由；不失童心，毋宁是可爱的举动。哭之不足，继而发表一些哭后感，也很有趣。可是老泪纵横之余，他们竟然有点老眼昏花起来，把一切不肯陪哭的人都归入"高等华人"之列，并且硬派给别人一顶"没有民族自尊心"的帽子，就未免太小市民了。这又回到了"文学大众化"的老问题。大学者的权威，仅限于他的本行。超过本行，他就暴露"虎落平阳"的窘态。文学和政治至少有一点不同，即政治可以民主，文学不可以。文学作品的欣赏，和文学作品的评价，往往不能仅恃教育的程度。此所以大学者的品味能力，很奇怪地，往往与小市民相去无几。这种贫弱的品味能力，加上用非其所的爱国情绪，遂使文学批评丧失客观的标准。

那部香港影片，和大多数的小市民一样，我也看过，但是我只看过一遍，因为该看的和该听的，都在一遍之中了。在国产片中，我认为这已是上品，但就世界水准而言，还有很大的距离。问题恐怕不在演员，而在编导。我不拟在这里讨论它的得失，因为我毫无兴趣，也不是影评专家。我的注意力集中在因此片而引起的某些文学问题。像一位医师一样，我只看见病，看不见病人。如果有人觉得我"目中无人"，那是因为我目中只有细菌的缘故。我的第一个诊断是：

眼泪并非文学。

或者可以更广泛地说，感情并非文学。这一点，小市民们是很难了解的。我们常说，嬉笑怒骂，皆成文章。我们也常说，大块假我以文章。因此我们常有一个幻觉，即感情本身或自然本身就等于文学，同时，愈强烈的感情或者愈美丽的自然，等于愈动人的文学。

这是非常错误的。嬉笑怒骂是人性，大块是自然，它们都是文学要处理的对象，但是不等于文学本身。原封不动的感情，只是原料性的第一经验，必须经过艺术的选择和加工，始能蜕变为成品性的第二经验。现实的经验和艺术的经验之间的距离，正如桑叶和丝绢，燃料和火焰之间的距离。我们常听人说："你是诗人，应该热情奔放才对！"现在我们必须弄明白：诗人之所以成为诗人，与其说是因为他热情奔放，不如说是因为他，正好相反，比常人更能保持冷静，并且在一个恰好的距离外，反躬自省，将那份热情（就算是热情吧）间接地，含蓄地，变形地，点化成可供孤立观赏的艺术品。我说诗人比常人冷静，并不意味着诗人比常人寡情；只是想指出，诗人对于感情，既能深入，又能复出。在感受现实的经验时，他可能和常人一样沉浸其中，不胜低回，可是在处理这些经验时，他必须身外分身，痛定思痛，不能泪眼模糊，以致妨碍视线。

诗人不必热情倍于常人。论热情，他恐怕远逊于许多社会新闻的人物。桃色案件的主角，当真是热情奔放，就是因为既奔且放，不知含蓄，才会出事。诗人的事，只出在作品中。他也许也有非非之想，想自杀，想杀人，想私奔，可是这些现实生活的冲动，幸而都蜕化，都升华为艺术创造的冲动。这种过程好像氧化，将腐朽的木叶变成火焰。

这里要再三强调的是：嬉笑怒骂不成文章，大块烟景也不就是文章。喜极而歌，怒极而詬，悲极而泣，都不等于作品本身；也就是说，寿贤者，骂国贼，哭考妣，并不一定就成为艺术品，尽管贤者应寿，国贼应骂，考妣应哭。艺术是表现的完成，不是发泄感情的工具。举国皆哭，不能把一篇作品哭成杰作。文学史上，这种"眼泪文学"多的是，从理查逊（Samuel Richardson）①的书翰体小说到苏曼殊的《断鸿零雁记》，无一不是被眼泪浸湿了的哭文学。《少年维特的烦恼》是歌德最出名的作品，恐怕也是他最脆弱的作品。浪漫主义比较幼稚的一面，便是自怜，且诉诸读者的自怜。浪漫主义的作家莫不耽于悲哀，而喜爱浪漫主义的读者，亦有一种"为悲哀而悲哀"的嗜好。这类读者以少年居多数；他们的感情很容易就达到饱和点，泪腺立刻开始工作了。"少年不识愁滋味"，而偏爱说愁；真正识得愁滋味的，才"欲说还休"。最深刻的艺术，不是"刺激"读者，使之流泪，而是要赋读者以一种新的宇宙性的观照能力；它予读者以"悲剧观"（tragic vision），而不是一手绢一手绢的眼泪。

同样地，自然本身也不等于文学。自然界的美并非文学中的美——一片月光，一朵蔷薇，一座森林，一只蝴蝶，可能"美得像一

---

① 理查逊即塞缪尔·理查逊（1689—1761），原译理查森。英国小说家，感伤主义文学早期代表。擅长用书信体小说描写家庭生活。——编者注

首诗",但是,在未经艺术处理之前,并不等于诗;正如自然界的天籁,鸟鸣虫吟,不等于音乐一样。一般读者以为把"可歌可泣"的情操写入诗中,再衬以"如诗如画"的背景,便成功一篇杰作,是非常错误的。我的第二个诊断是:

大众不懂文学。

……至少有两种人会反对我这看法:一种是"平民文学"的信徒们……以为文学应该平易近人,应该为大众所喜爱……一种以为文学应该为工农兵服务,应该表现阶级意识。……

大众不懂文学,或者可以说,大众根本不在乎文学,是一种无可争论的现象。每逢三流演员(即俗称"明星")过境,松山机场上必然蚁聚蜂拥,挤满了"大众"。世界性的艺术家,如名见音乐史的钢琴家塞尔金(Rudolf Serkin)来台时,欢迎的寥寥无几。巴黎的贵妇在沙龙里捧肖邦;台北的阔太太们在戏院里捧——谁呢?对于大众而言,毛公鼎何如钢蒸锅,敦煌石窟何如防空洞?对于大众而言,周邦彦何如周蓝萍①,盖大众只解"顾周郎曲",并非"顾曲周郎"。

把文学艺术交给大众,其间问题甚多。可是这正是一个将一切诉之群众的时代。当文艺批评尚未建立起学术的权威,当学术界太迂而新闻界太油,一切都丧失标准,除了市场的销路和票房价值。古代的情形似乎好些。欧洲的古典文艺,或操纵在僧侣之手,或盛行于宫廷之中。斯宾塞的诗,莫扎特的音乐,提香的画,都是在贵族扶植(patronage)的产物。贵族之中,当然也有许多愚妄之徒,但就一般而言,他们的品味能力比现代的大官僚、大学者高得多了。在中国,由

---

① 周蓝萍(1925—1971),作曲家,湖南湘乡人,代表作有《绿岛小夜曲》《友谊之光》。——编者注

于宫廷的重视文学，更由于考试制度的奖励，文学亦曾享一时之盛。在这种浓厚的文学气氛中，请注意，旗亭上的歌妓唱的是"黄河远上白云间"，不是"棒打鸳鸯两头飞"。我们常听人说，新诗如何如何不发达。那是因为唐代考试科目之中有诗一项，才有《省试湘灵鼓瑟》①那样的好诗。如果今日的大专联考也要考写新诗，你看新诗会不会发达吧。当然，我绝不赞成那么做。

这种教育大众，建立批评的任务，应由大学的中文系和外文系来担当。可是事实上，它们是很少闻问这件事的。那么多的中文系，十几年来做了多少社会教育的工作呢？本行的传道授业有之，解惑则未必。国故整理了多少，我不得而知；对于五四以来的文学的批评，至少可说是交了白卷。在英美，英文系的教授研究当代作家如艾略特、海明威者，比比皆是。外文系当然也不尽如理想，可是只要我们开一张台湾青年作家的名单，便不难发现，其中出身于外文系者，恐怕十倍于中文系的毕业生。这还不值得我们反省吗？

一般读者有一个幻觉，即文学不是一门学问，因而每个人都可以任意批评文学作品。他们说："文学处理的既然是人性，我也是人，也具有永恒而普遍的人性，难道我不能决定某篇文学作品在这方面的成败吗？"当然能够的，亲爱的读者们。每个人都有喜怒哀乐的经验，甚至还有不可名状的神秘感觉。这些经验和感觉，是普遍的，也是个人的，因此每个人多少都懂得那是怎么一回事。但是并非每个人都知道如何去表现它们，也不是每个人都能决定表现的成败。反过来说，每个人都具有肉体，自知痛痒，可是当他要知道自己是否有肺病或沙眼时，

---

① 《省试湘灵鼓瑟》，唐代诗人钱起参加省试（礼部试）时的试帖诗，"曲终人不见，江上数峰青"即出自该诗。——编者注

虽然肺在他自己的胸腔里，眼在自己的脸上，他并不自知，他只好去看医生。像肉体这么具体落实的东西，他自己都没有把握，那么，像精神、灵魂这么虚无缥缈的东西，他凭什么一定有把握呢？关于后者，他必须去看文学，看文学家，看文学批评家。

明白晓畅，是文学的风格之一，但并非文学的至高美德。这也是一种事实，没有什么可争辩的。柳永是大众化的，但是"有井水处，皆歌柳词"的现象，不能证明柳永高于苏轼。同样地，老妪都解的白居易，显然比不上无字无来历的杜甫。即在老杜自己的作品之中，也有大学者们如胡适者欣赏他浅俗的《九日》，而低估他精妙深婉的《秋兴》八首。即以清真为贵的李白，他的作品也互见高下；"床前明月光"可以说是他最平凡的作品，比起他的《梁甫吟》《襄阳歌》就逊色了。作家总应该走在读者的前面几步，不断地予读者以层楼更上的惊喜。艺术毕竟不是装得整整齐齐的一盒巧克力糖，一掀开糖盒子，就可以捡一颗往嘴里送。它毋宁更像一颗胡桃，需要读者层层敲剥而渐入佳境。人类的惰性是文学创作的，同时也是文学欣赏的致命伤。欣赏的过程，往往就是克服惰性，超越偏见，征服新疆的过程。拜伦见不得华兹华斯的诗，柴可夫斯基听不得瓦格纳的音乐。艺术家自己都看不清楚，何况是外行的大众。文学不能大众化，但大众经教育后可以文学化；到大众文学化时，文学当然也就大众化了。

大众，大众，多少低级趣味假汝以行！许多人"挟大众以令作家"，可是大众只是一个界说含混的名词，究竟谁是大众呢？如果大众是指未受教育的文盲，则文学永远不可能大众化。所谓"引车卖浆者流"之中，在今日的台湾，已经有不少并非文盲。我常看见三轮车夫们，悠然自得地坐在自己的车上，读《联合报》。今日台湾的教育，已臻空前普遍的程度。谁要是以为"大众"都是文盲，或者仅仅略识之无，那就大错特错了。其次，如果"大众"是指一般小市民而言，则他们的文学趣味之低，文学胃口之弱，是一种无可争辩的现象，虽然在民主政治的意义下，他们的人格与任何高等知识分子相等。政治和文学不同：在政治上，一张选票是一张选票；但是在文学上，一张戏票并不等于一张选票。那么，只剩下知识分子。受了多年教育（任何高中生都读过六年国文，任何大学生都读过大一的国文和英文，其中不乏文学杰作），如果还不能培养出一点纯正的趣味，至少也应该懂得如何去尊重纯正的作品。身为高等知识分子，就应该向更高的心灵看齐，不应该被自己的惰性牵着鼻子走。……文学大众化，因此，只是懒人的妄语。如果我们的大学者都和小市民一般见识，则"大众"更振振有词了。我的第三个诊断是：

自尊无补文学。

盲目的自尊，夜郎的自大，只是自欺。自欺无补于文学，亦无补于文化。如果自己确实置身于文化沙漠，那就得承认这是文化沙漠，而且努力把沙漠耕耘成吐鲁番盆地。如果在沙漠上瞥见了什么海市蜃楼，就误以为那真是"汉家陵阙"，误以为台湾的文艺复兴已然在望，只是自欺罢了。在沙漠之中，我们需要的是骆驼，不是鸵鸟。

如果我们说，中国的古典诗可以雄视世界诗坛，我们的自豪确是有根据的。中国的文字，由于欠缺系统井然的文法，本不宜于科学的思考，但有利于文学的创造。但是中国古典诗的优越，恐怕比较局限于抒情诗，而不及于史诗和叙事诗。从《楚辞》的传统发展下来，中国本来可能出现伟大的史诗，但是儒家的伦理讳言"鬼神"，乃使本来就不发达的神话更趋式微。如果我们说，儒家"阉"掉了汉族的想象力，恐怕也不为过。因此，尽管我们有足以自豪的抒情诗，却缺乏《伊里亚特》《奥德赛》《埃涅阿斯纪》《神曲》《失乐园》等史诗巨构。

即以田园诗而论，我们的陶靖节也比希腊的忒奥克里托斯（Theocritos）① 晚了七个世纪。我们素爱自诩一切比别人为早，但是不善表情不屑叙事的中华民族，在戏剧艺术上，无可争辩地比希腊晚了一千多年。当希腊第一位大悲剧家埃斯库罗斯写《波斯人》（The Persians, 472 B.C.）时，我们的屈原连影子还不见，遑论关马郑白了。

在绘画方面，我们的悠久传统和卓越成就是可以自豪的。所以我们的古艺术品在美国五大都市的艺术馆展出，受到异常热烈的欢迎和评价。可是我们却很难想象，中国的音乐（以目前屡闻的国乐为例）如在卡内基厅演奏，会有相等的成功。音乐本是时间的艺术；所谓高山流水，所谓阳春白雪，都笼罩在传说的雾中，谁也没有听过。一定要说中国的丝竹如何胜过西方的交响曲，那真是要"笑杀山公"了。即以交响曲本身而言，也还有（大学者所谓的）"暴露"与"潜在"之分。柏辽兹的《幻想交响曲》固然钟鼓齐鸣，"聒耳欲聋"，弗兰克② 的《D 小调交响曲》（Symphony in D Minor）却回旋高雅，有如圣乐，非常"潜在"。

说西方文化是"暴露"的，是一项十分武断的假设。西方文化，反映在文学和艺术上面，本来就可以分成"暴露"和"潜在"的两种风格。事实上，这就是浪漫与古典，狄俄尼索斯与阿波罗之分；米开朗琪罗与拉斐尔，德拉克洛瓦与安格尔，瓦格纳与德彪西，托马斯与艾略特，几乎每个时代都有这两种对照的精神。

鸵鸟们只看见自己的"潜在"，却看不见他人的"潜在"。于是他

---

① 忒奥克里托斯（约前310—约前250），古希腊诗人，以其牧歌体诗作闻名后世。——编者注

② 弗兰克，即塞萨尔·弗兰克（César Franck, 1822—1890）。法国作曲家、管风琴演奏家。——编者注

们只看见希腊和罗马的断柱，看不见自己的西风残照，于是他们嚷嚷：希腊垮了！罗马垮了！法兰西垮了！英吉利垮了！君不见，夷狄之国不长存？结论当然是：惟我炎黄世胄犹"屹立"于宇内！壮哉此论，气派倒不小，只是上述诸民族的所以式微，与其说是因为"暴露"，还不如说是因为太"潜在"，因为那种文化类型已经"逾龄"了。说希腊的文化是"暴露"的，简直可以说是无知。古希腊人在文艺之神阿波罗的德尔菲庙中刻着的"自省"（Know Thyself）与"中庸"（Nothing to Excess）两大原则，后来也就成为苏格拉底、柏拉图、亚里士多德三大哲人的基本思想。含蓄与自律，原是希腊古典文艺的精神。罗马的塞内加（Seneca），法国的布瓦洛（Boileau），英国的蒲柏①、约翰逊和阿诺德，莫不师承古希腊的这种遗风，这些民族的没落，恐怕关系"潜在"者多，而关系"暴露"者少。

希腊文化也有它"暴露"的一面，那便是对酒神狄俄尼索斯的崇拜。狄俄尼索斯象征的是本能的解放，阿波罗象征的是理性的自律。说得浅些，希腊的太妹们，那些耽于逸乐的米娜德（Maenads），都是酒神的信徒；说得深些，苏格拉底在狱中弹奏的音乐，欧里庇得斯的最后一本戏剧，都是狄俄尼索斯型的艺术。意大利和法兰西承受的，是希腊文化中属于阿波罗的部分；日耳曼民族承受的，则为狄俄尼索斯的遗风，从巴赫到贝多芬到瓦格纳的德国音乐，是最好的表现。成为浪漫运动之先驱的"狂飙运动"发生在德国。自从马丁·路德以来，日耳曼民族不乏主张解放本能的大师：尼采、瓦格纳、施特劳斯（Richard Strauss）、弗洛伊德等等，都是现成的例子。即以现代艺术而言，着重形式安排的立体主义肇始于法国，而着重内容表现的表现主义却大盛于

---

① 蒲柏（Alexander Pope, 1688—1744），原译颇普，英国诗人。——编者注

德国。法兰西是"潜在"的,德意志是"暴露"的,可是今日的法兰西积弱不振,德意志却仍是一个强国。

据说中华民族仍然"屹立"在地球上,可是这样子的"屹立"多少有点辛酸。我们的汉唐盛世,到现在,早已是西风残照中的海市蜃楼。现代中国对于世界的文化有什么贡献呢?要造就一个杨传广①,一个吴健雄②,或是一个赵无极③,都得把人往西方送。当堂堂的台北市在篮球架下听音乐时,大学者们竟认为周蓝萍的音乐是如何美妙的艺术。周蓝萍的流行歌曲只能满足小市民和这样子的大学者。这位"大众音乐家",曾将我十年前的一首诗谱成不伦不类的流行歌曲,而四海出版社也未经我的同意,就将它制成了唱片。像这种歌曲,不中不西,连复古和崇洋都谈不上,怎么能算音乐?

站在中西文化相互激荡的十字街头,浪子们高呼要打倒传统,孝子们则高呼传统万岁。这种文学的进化论和退化论都是不能成立的,因为文学既不进化也不退化,而是回旋式的变化,是所谓"隔代遗传"(atavism),而不是"优生学"(eugenics)。

激进派误以为文学是进化的。他们有一个幻觉的现代优越感,幻想十九世纪是"落伍"的,十八世纪当然更"落伍",依此类推。可是某种文学形态往往有它独立的生命,从青年至老年而至于死亡,原是很自然的现象。诗至晚唐,词到南宋,都呈衰老的现象,同时也就被另一形态的文学所取代,再从年轻时期开始生发下去。我们不能否认,

---

① 杨传广(1933—2007),中国台湾省运动员。曾获 1954 年马尼拉亚运会、1958 年东京奥运会十项全能运动金牌,1960 年罗马奥运会银牌。——编者注

② 吴健雄(1912—1997),女,美籍华人,核物理学家,祖籍苏州太仓,入选中国科学院外籍院士、美国国家科学院院士、美国艺术与科学院院士、台湾"中央研究院"院士。——编者注

③ 赵无极(1921—2013),华裔法籍画家。——编者注

从杜甫到李商隐再到西昆体诸子,确是在走下坡路。文学上如果也有进步的现象,那往往是偏于技巧,而不是精神。同为大艺术家,以技巧,以表现方式见长的作者,往往吸引许多追随的时人或后人而形成派别。例如李白和杜甫,同为盛唐诗宗,但杜甫可学,而李白不可学,因为杜甫似乎更"技巧化"。可是学杜甫的人,往往也只能学他的技巧;没有他那种先忧后乐的胸襟,怎能攀登他的境界呢?凡·高和塞尚是另一个例子。凡·高不能学,如果你没有他那种宗教的狂热;塞尚可学,因为他是一个大技巧家。几千年来,"进步"的只是这些可学的技巧,但是在气质上,在境界上,我们敢说自己比屈原,比杜甫,比贝多芬和米开朗琪罗"进步"了吗?文学作品有时代性,也有永恒性,而后者是无法"进化"的。文学毕竟不是科学,无法保证后来必定居上。

当然,文学更不是"退化"的。否则我们可以把建安以来或天宝以降的作品,全部交给燧人氏去处理。杜甫以后固然不再有杜甫,但杜甫以前亦未闻有曹雪芹。同样地,米开朗琪罗以后固然不会有米开朗琪罗,但他以前又何尝有毕加索?时间往往把一位作家笼罩在神秘的雾中,并为他加上一圈光轮。如果司马相如就住你隔壁的餐馆里洗碟子,你会把他当成文豪吗?我们固然缺乏汉唐的社会环境,但古人尤缺乏我们的生活经验。有新经验便有新精神,有新精神便产生新的表现形式。除了现代生活之外,新的艺术,新的音乐,无一不在提供我们新的技巧,而这些,是古人绝对梦想不到的。

自尊和自卑,均无补于文学。不卑不亢,不偏不颇,是欣赏文学和创造文学的健康的态度。谏迎佛骨,焚烧教士的时代过去了。身为大学者,就应该走在青年的中间,如果不是前面的话,何必尽把一些海市蜃楼说成摩天大厦,而陷青年于无视现实的绝境。某种学问的权威,在另一种学问面前,可能只是个学童。在这一行可以杖国杖朝,在另一行也许只够青梅竹马。

　　以上所说，可能只是一病的三态——敏于观己，便知道眼泪并非文学；敏于观人，便知道大众不懂文学；多加比较，便可以免于盲目的自尊或自卑。文学是给睁开眼睛的人读的。

　　我很明白，这篇《楚歌四面谈文学》发表后，很可能自陷于"四面楚歌"的境地。可是眼看缪斯①蒙尘，我又何惧乎垓下一战？阔太太们，大学者们，别唱了，别哭了，别"拦街争唱《白铜鞮》"了，眼泪不是文学。听听莎老胡子②的劝告吧：

　　　　别再叹气了，太太们，别再叹气；
　　　　别再哼小调了，别再哼哼又唧唧！

一九六三年六月十日

本文有删节——编者

---

① 缪斯，希腊神话中九位文艺和科学女神的通称。——编者注

② 莎老胡子，这里指莎士比亚。——编者注

好书出头，坏书出局

出版界不能没有读者，但读者有专业与普通之分。专业的读者包括编者、译者、论者、教者，甚至作者：就因为这少数的精英分子读得特别认真，特别负责，多数的普通读者才有书刊，才有好的书刊可读。主动的专业读者带动了被动的普通读者，出版界才活动起来。

普通的读者无名无姓，是所谓沉默的大众，除了偶尔有人投书表达意见之外，一般对于专业读者的种种做法，总是默默承受。不过，面对一本书或一份刊物，被动的普通读者要不要买，选择仍然操在自己。一位普通读者的选择似乎无关痛痒，但是千万精明读者的选择加起来，就可以左右市场，而令好书出头，坏书出局。读者买书，正如选民投票，要选好的。读者的钞票正如选民的选票，必须多想一下才出手。

一本书从外表看起，不外是封面、装订、编排、印刷。近年书籍的封面愈趋华美，过分的一些甚至沦于俗艳，有的色调嚣张，几乎埋没了作者的姓名，有的风流自赏，并不理会书的内容。其实好书的封面清雅就够了，不必勾魂摄魄。他如装订、编排、印刷等等，整齐美观已足，不必豪贵。目前国内的装订还有两个常见的缺陷：一个是对照的两页鼻高眼低，对得不齐；另一个是硬封面做得不够英挺，有时简直像块烧饼。希望出版社能把封面过分的华丽移去充实装订的不足。

封面的作用其实一半在广告。广告，是商业社会的"必要之恶"。书刊是文化，也是商品，当然不免要做广告。广告的原意不过是传播消息，但是很容易变质，成为夸大其词，滥用"权威""唯一""无比"等等字眼。这种自美之词，除了少数例外，多半虚而不实。聪明的读者要特别提防这一类广告，因为这已经是不诚实的表现，而且广告做得愈大，书的成本也愈高，相对地，用在印书和稿费上的钱也愈少。

校对，也是一块试金石。绝少例外，校对随便的书不会是好书。负责任的作家在乎自己写的书，一定会亲自认真校对。负责任的出版社在乎自己出的书，在校对上也一定力求完美。一本书校对多误，不出两个原因：出版社不请作家自校，作家也不要求自校，结果只经出版社校对，却校得随便；或者虽经作家自校，却多错误，出版社并未细加复核，便草草出书。无论原因为何，总是不够敬业的表现。也有作家认为校对是出版社的责任，不应麻烦作家；其实作家不自校一遍，吃亏的是他自己，何况在自校时，不但可以发现新的错误，更可以乘机润色旧稿。最好的测验是看书中出现的外文；如果外文竟然无错，连大写和重音符号等等都对了，那校对一定高明。

翻开一本书，任看一两段，如果文字都不清通，甚至根本不通，这样子的书大概好不了，不买也不可惜。要判断一本书的内容，也许得多读几页。要看它文笔的高下，站在书店里只看一页就够了。文笔有毛病就像气管有毛病，忍不了多久一定要咳出来的。文笔如果不好，内容能好到哪里去呢？

一本书要是有前序后跋之类，一定不可错过。好作家写的序跋，没有不精彩的。坏作家的马脚在序言里就迫不及待地露出来了，总不外是自谦的滥调或者自大的妄言。序和跋是一本书真正的封面和封底，不能不看。如果没有序跋，也不打紧：《哈姆雷特》何曾有这一套？不过现代作家似乎都不免如此。除了萧伯纳这种老头子爱写头大于身的长序之外，许多绝妙好序，像钱锺书置于《谈艺录》《围城》等书卷首的那样，都短得余音不绝。如果是请名家作序，而其文言词闪烁，左顾右盼，极尽空泛搪塞之能事，其书也就贬值。如果是请贵人题字，甚或衮衮诸公墨沈淋漓，各据一页，这本书已经变成个人应酬的纪念册了，不必再看第二眼。

有些盗印书行迹可疑，要是细看，就会露出破绽。买盗印书，等于收赃、资匪，同时更损害了自己心爱的作家。这双重的罪过太可怕了。亲爱的读者啊，你的选择关系重大。

一九八五年四月七日

文学九讲：从阅读到写作

第 二 讲

文 体 与 文 法

好散文往往有一种综合美，

不必全是美在抒情，

所以抒情、叙事、写景、议论云云，

往往是抽刀断水的武断区分。

美文与杂文

台湾的散文不但名家辈出，一般的水准也不算低，可是某些习见的散文选集，尤其是近来的年度散文选，并不能充分表现这种文体的多元生命。习见的散文选集所收的，几乎尽是抒情写景之类的美文小品，一来读者众多，可保销路；二来体例单纯，便于编辑。其中当然也有不少足以传世的佳作，可是搜罗的范围既限于"纯散文"，就不免错过了广义散文的隽品。长此以往，只怕我们的散文会走上美文的窄路，而一般读者对散文的看法也有失通达。

所谓美文（belles-lettres），是指不带实用目的专供直觉观赏的作品。反之，带有实用目的之写作，例如新闻、公文、论述之类，或可笼统称为杂文。美文重感性，长于抒情，由作家来写。杂文重知性，长于达意，凡知识分子都可以执笔。不过两者并非截然可分，因为杂文写好了，可以当美文来欣赏，而美文也往往为实用目的而作。

且以《古文观止》为例。全书十二卷，前五卷几乎清一色是历史著作，选自《左传》《战国策》《史记》等书。第六卷的汉文性质颇杂，多为诏策章表之类的应用文字。从第七卷起才有类似今日所谓散文小品的美文，如《归去来兮辞》与《北山移文》，但是仍有《谏太宗十思疏》与《为徐敬业讨武曌檄》一类的公文。后面的五卷，从唐文到明文，也都是美文和杂文并列。再以《昭明文选》为例。这部更古老的文学选集，前半部是诗赋，可谓美文，后半部却是公文、书信、论述、碑诔之类，全属杂文。由此可见我国的散文传统非但不排斥杂文，还颇表重视。

杂文是为解决问题，沟通社会而产生的作品，只要作者有真挚的感情、深刻的思想，而又善以文字来表达，往往也能写出动人的美文。诸葛亮写《出师表》，原本无意于抒情或唯美，却因为情真意切，竟把奏议的公文写成了千古的至文。单从《古文观止》所选作品来看，也见得出唐宋散文的八位大师都兼擅杂文，所以也才言之有物。杜牧虽以《阿房宫赋》闻名，其实他的《樊川文集》里，最多的还是论政论兵之文和铭序书表之作。而《阿房宫赋》虽然声调悦耳，形象醒目，不折不扣是一篇抒情的美文，其末段从"灭六国者"起，却由感性转入知性，逻辑的气势利如破竹，竟有论史论政之概。

条理分明、文字整洁、声调铿锵、形象生动，一篇杂文如果做到了这四点，尽管通篇不涉柔情美景，仍可当作美文来击节叹赏。逻辑的饱满张力，只要加上一点感情和想象，同样能满足我们的美感。《过秦论》给我的兴奋，远非二三流的美文所及。《读孟尝君传》寥寥九十个字，比香港报纸上最短的专栏杂文还要短，但是文气流转，逻辑圆满，用五个"士"和三个"鸡鸣狗盗"造成对比的张力，这种知性之美，绝不比感性之美逊色。庄子和孟子无意做散文家，在散文史上却举足轻重。

散文的佳作不限于美文，不妨也向哲学、史学甚至科学著作里去探寻。例如布朗所编的《现代散文选》（*Douglas Brown: A Book of Modern Prose*）里，便有《眼球奇观》这样的科学妙品。把散文限制在美文里，是散文的窄化而非纯化。散文的读者、作者、编者，不妨看开些。

一九八五年二月十七日

剪掉散文的辫子

英国当代名诗人格雷夫斯（Robert Graves）曾经说过，他用左手写散文，取悦大众，但用右手写诗，取悦自己。对于一位大诗人而言，要写散文，仅用左手就够了。许多诗人用左手写出来的散文，比散文家用右手写出来的更漂亮。一位诗人对于文字的敏感，当然远胜于散文家。理论上来说，诗人不必兼工散文，正如善飞的鸟不必善于走路，而邓肯也不必参加马拉松赛跑。可是，在实践上，我总有一个偏见，认为写不好（更不论写不通）散文的诗人，一定不是一位出色的诗人。我总觉得，舞蹈家的步态应该特别悦目，而声乐家的谈吐应该特别悦耳。

可是我们生活于一个散文的世界，而且往往是二三流的散文。我们用二三流的散文谈天，用四五流的散文演说，复用七八流的散文训话。偶尔，我们也用诗，不过那往往是不堪的诗，例如歌颂上司，或追求情人。

通常我们总把散文和诗对比。事实上这是不很恰当的。散文的反义字有时是韵文（verse），而不是诗。韵文是形式，而诗是本质。可惜在散文的范围，没有专用的名词可以区别形式与本质。有些散文，本质上原是诗，例如《祭石曼卿文》。有些诗，本质上却是散文，例如蒲柏的《批评论》（An Essay on Criticism），这篇名作虽以"英雄式偶句"的诗的形式出现，但说理而不抒情，仍属批评的范围，所以蒲柏称它为"论文"。

在通常的情形下，诗与散文截然可分，前者是美感的，后者是实用的。非但如此，两者的形容词更形成了一对反义字。在英文中，正如在法文和意大利文中一样，散文的形容词（prosaic，prosaïque，prosaico）皆有"平庸乏味"的意思。诗像女人，美丽、矛盾而不可解。无论在针叶树下或阔叶林中，用毛笔或用钢笔，那么多的诗人和学者曾经尝试为诗下一定义，结果都不能令人完全满意。诗流动如风，变化如云，无法制成标本，正如女人无法化验为多少脂肪和钙一样。至于散文呢？散文就是散文，谁都知道散文是什么，没有谁为它的定义烦心。

在一切文体之中，最可厌的莫过于所谓"散文诗"了。这是一种高不成低不就，非驴非马的东西。它是一匹不名誉的骡子，一个阴阳人，一只半人半羊的faun（农牧神）。往往，它缺乏两者的美德，但兼具两者的弱点。往往，它没有诗的紧凑和散文的从容，却留下前者的空洞和后者的松散。此地我要讨论的，是另一种散文——超越实用而进入美感的，可以供独立欣赏的，创造性的散文（creative prose）。

据说，自"五四"以来，中国的新文学中，最贫乏的是诗，最丰富的是散文。这种似是而非的论断，好像已经变成批评家的口头禅，不再需要经过大脑了。未来的文学史必然否定这种看法。事实上，不必等那么久。如果文学的价值都要待时间来决定，那么当代的批评家干什么去了？即在今日，在较少数的敏感的心灵之间，大家都已认为，走在最前面的是现代诗，落在最后面的是文学批评。以散文名家的聂华苓女士，曾向我表示过，她常在读台湾的现代诗时，得到丰盛的灵感。现代诗、现代音乐，甚至现代小说，大多数的文艺形式和精神都在接受现代化的洗礼，作脱胎换骨的蜕变之际，散文，创造的散文（俗称"抒情的散文"）似乎仍是相当保守的一个小妹妹，迄今还不肯剪掉她那根小辫子。

原则上说来，一切文学形式，皆接受诗的启示和领导。对于西方，中国古典文学的代表，不是文起八代之衰的韩愈，而是诗人李白。英国文学之父,是"英诗之父"乔叟,而不是"英散文之父"亚佛烈王或威克利夫。在文学史上,大批评家往往是诗人,例如英国的柯尔律治和艾略特,我国的王渔洋、袁子才和王观堂。在《简明剑桥英国文学史》(*The Concise Cambridge History of English Literature*)中,自一九二〇至一九六〇的四十年间,被称为"艾略特的时代"。在现代文学中,为大小说家海明威改作品的,也是诗人庞德。最奇怪的一点是:传统的观念总认为诗人比其他类别的文学作家多情(passionate),却忽略了,他同时也比其他类别的文学作家多智(intellectual)。文学史上的运动,往往由诗人发起或领导。九缪斯之中,未闻有司散文的女神。要把散文变成一种艺术,散文家们还得向现代诗人们学习。

现在,让我们来分析分析目前中国散文的诸态及其得失。我们不妨指出,目前中国的散文,可以分成下列的四型:

(一)学者的散文(scholar's prose):这一型的散文限于较少数的作者。它包括抒情小品、幽默小品、游记、传记、序文、书评、论文等等,尤以融合情趣、智慧和学问的文章为主。它反映一个有深厚的文化背景的心灵,往往令读者心旷神怡,既羡且敬。面对这种散文,我们好像变成面对歌德的艾克尔曼(J. P. Eckermann),或是恭聆约翰逊博士的鲍斯威尔(James Boswell)。有时候,这个智慧的声音变得犀利而辛辣像斯威夫特,例如钱锺书;有时候,它变得诙谐而亲切像兰姆,例如梁实秋;有时候,它变得清醒而明快像罗素,例如李敖。许多优秀的"方块文章"的作者,都是这一型的散文家。

这种散文,功力深厚,且为性格、修养和才情的自然流露,完全无法作伪。学得不到家,往往沦幽默为滑稽,讽刺为骂街,博学为炫耀。并不是每个学者都能达到这样美好的境界。我们不妨把不幸的一类,再分成洋学者的散文和国学者的散文。洋学者的散文往往介绍一些西方的学术和理论，某些新文艺的批评家属于这类洋学者。乍读之下，我们疑惑那是翻译，不是写作。内容往往是未经消化的什么什么主义，什么什么派别，形式往往是情人的喃喃，愚人的喋喋。对于他们，含糊等于神秘，噜苏等于强调，枯燥等于严肃。"作为一个伟大的喋喋主义的作家，我们的诗人，现在刚庆祝过他六十七岁生日的莫名其米奥夫斯基，他，在出版了他那后来成为喋喋主义后期的重要文献的大著《一个穿花格子布裤的流浪汉》和给予后期的喋喋派年轻诗人群以更大的影响力的那本很有深度的《一个戴七百七十七度眼镜的近视患者》之后，忽然做了一个令人惊讶不已的新的努力和尝试，朝二十世纪九十年代的期期主义和二十一世纪初期的艾艾主义大踏步地向前勇敢迈进了呢！"读者们觉得好笑么？这正是目前某些半生不熟的洋学者的散文风格。只有十分愚蠢的读者，才会忍气吞声地读完这类文章。

　　国学者的散文呢？自然没有这么冗长，可是不文不白，不痛不痒，同样地夹缠难读。一些继往开来俨若新理学家的国学者的论文，是这类散文的最佳样品。对于他们鼓吹的什么什么文化精神，我无能置喙。只是他们的文章，令人读了，恍若置身白鹿洞中，听朱老夫子的训话，产生一种时间的幻觉。下面是两个真实的例句："再如曹雪芹之写《红楼梦》，是涉猎了多少学问智识，洞察了多少世故人情？此中所涵人类之共性，人世间之共相，人心之所同然处，又岂非具有博学通识，而徒读若干文学书，纯为文学而文学者所能达此境域？是故为学，格物，真积力久，感而遂通天下之故，乃为中国学者与文学家所共遵循之途辙。""吾人以上所说之发展智慧之道或工夫，我们皆名之为一种道德之实践，此乃自吾人于此皆须加以力行而非意在增加知识而说。然此诸道或诸工夫，乃属于广义之道德实践。此种种实践，唯是种种如何保养其心之虚灵，而不为名言之习气所缚，不形成知识习气之实践。"

我实在没有胃口再抄下去了。这些哲学家或伦理学家终日学究天人，却忘记了把雕虫末技的散文写通，对自己，对读者都很不便。罗素劝年轻的教授们把第一本著作写得晦涩难解，只让少数的饱学之士看懂；等莫测高深的权威已经竖立，他们才可以从心所欲，开始"用'张三李四都懂'的文字"（in a language "understood of the people"）来写书。罗素的文字素来清畅有力，他深恶那些咬文嚼字弯来绕去的散文。有一次，他举了一个例子，说虽是杜撰，却可以代表某些社会科学论文的文体：

> Human beings are completely exempt from undesirable behavior pattern only when certain prerequisites, not satisfied except in a small percentage of actual cases, have, through some fortuitous concourse of favorable circumstances, whether congenital or environmental, chanced to combine in producing an individual in whom many factors deviate from the norm in a socially advantageous manner.

这真把我们考住了。究其原意，罗素说，不过是：

> All men are scoundrels, or at any rate almost all. The men who are not must have had unusual luck, both in their birth and in their upbringing.

（二）花花公子的散文（coxcomb's prose）：学者的散文到底限于少数的作者，再不济事，总还剩下一点学问的渣滓，思想的原料。花花公子的散文则到处都是。翻开任何刊物，我们立刻可以拾到这种华而不实的纸花。这类作者，上自名作家，下至初中女生，简直车载斗量，可以开十个虚荣市，一百个化装舞会！

这类散文，是纸业公会最大的恩人。它帮助消耗纸张的速度是惊人的。千篇一律，它歌颂自然的美丽，慨叹人生的无常，惊异于小动物或孩子的善良和纯真，并且惭愧于自己的愚昧和渺小。不论作者年纪有多大，他会常常怀念在老祖母膝上吮手指的金黄色的童年。不论作者年纪有多小，他会说出有白胡子的格言来。这类散文像一袋包装俗艳的廉价的糖果，一味的死甜。有时袋里也会摸到一粒维他命丸，那总不外是一些"记得有一位老哲人说过，人生……"等等的金玉良言。至于那位老哲人到底是萧伯纳、苏格拉底，或者泰戈尔，他也许根本不记得，也绝对不会告诉你。中国的散文随"漂鸟"漂得太远，也漂得太白了。几乎每一位花花公子都会攀在泰戈尔的白髯上，荡秋千、唱童歌、说梦话。

花花公子的散文已经泛滥了整个文坛。除了成为"抒情散文"的主流之外，它更装饰了许多不很高明的小说和诗。这些喜欢大排场的公子哥儿们，用起形容词来，简直挥金如土。事实上，他们的金都是赝品，其值如土。他们绝大多数是全盘西化的时代青年，大多数只知道罗密欧与朱丽叶而不知道梁山伯与祝英台，大多数看过蒙娜丽莎①的微笑，听过《流浪者之歌》，大多数都富于骑士的精神，不忘记男女两性的平等地位，所以他们的散文里充满了"他（她）们都笑了"的句子。

伤感，加上说教，是这些花花公子的致命伤。他们最乐意讨论"真善美"的问题。他们热心劝善，结果挺身出来说教；更醉心求美，结果每转一个弯伤感一次。可惜他们忽略"真"的自然流露了，遂使

---

① 蒙娜丽莎，原译摩娜·莉莎。——编者注

他们的天使沦为玩具娃娃，他们的眼泪沦为冒充的珍珠。学者的散文，不高明的时候，失之酸腐。花花公子的散文，即使高明些的，也失之做作。

（三）浣衣妇的散文（washerwoman's prose）：花花公子的散文，毛病是太浓、太花；浣衣妇的散文，毛病却在太淡、太素。后者的人数当然比前者少。这一类作者像有"洁癖"的老太婆。她们把自己的衣服洗了又洗，结果污秽当然向肥皂投降，可是衣服上的花纹，刺绣，连带着别针，等等，也一股脑儿统统洗掉了。

这些浣衣妇对于散文的要求，是消极的，不是积极的。她们但求无过，不求有功。对于她们，散文只是传达的工具，不是艺术的创造，只许踏踏实实刻刻板板地走路，不许跳跃、舞蹈、飞翔。她们的散文洗得干干净净的，毫无毛病，也毫无引人入胜的地方。由于太干净，这类散文既无变化多姿起伏有致的节奏，也无独创的句法和新颖的字汇，更没有左右逢源曲折成趣的意象。

这些作者都是散文世界的"清教徒"。她们都是"白话文学"的善男信女，她们的朴素是教会聚会所式的朴素。喝白话文的白开水，她们都会十分沉醉。本来，用很纯粹的白话文来写一般性的应用文，例如演说辞、广播稿、宣传品、新闻报道等等，是应该也是必要的。我不但不反对，而且无条件地赞成。可是创造性的散文（更不论现代诗了）并不在这范围之内。由于过分热心推行国语运动，或长期教授中小学的国语或国文，这类作者竟幻觉一切读者都是国语教学的对象，更进一步，要一切作家（包括诗人）只写清汤挂面式的白话文。根据他们的理想，最好删去《会真记》和《长恨歌传》，只留下《错斩崔宁》和《拗相公》；最好删去杜甫和李商隐的七律，只留下寒山和拾得的白话诗。

在别人的散文里看到一个文言，这类作者会像在饭碗里发现一粒砂，不，一只苍蝇，那么难过。她们幻想这种"文白不分"是散文的致命伤。我绝不赞成，更无意提倡"文白不分"的散文，但是所谓"文白不分"的散文有好几种，有的是坏散文，有的却是好散文。将文白的比例作适当的安排，使文融于白，如鱼之相忘于江湖，而仍维持流畅可读的白话节奏，是"文白佳偶"，不是"文白冤家"。《雅舍小品》《鸡尾酒会及其他》《文路》等属于这一种。至于我在前面举例的国学者的"语录体"，非文非白，文得不雅，白得不畅，文白不睦，同床异梦的情形，才是"文白怨偶"，才算文白不分。所以，浣衣妇所奉行的主义，只是"独身主义"，不，只是"老处女主义"。她们自己以为是在推行"纯净主义"（purism），事实上那只是"赤贫主义"（penurism）。

　　（四）现代散文（modern prose）：对于中国古典文学的修养，眼看着一代不如一代；熟谙旧文学兼擅新文学，能写一手漂亮的散文的学者，已成凤毛麟角。退而求其次，我们似乎又不能寄厚望于呢呢喃喃的花花公子，和本本分分的洗衣妇人。比较注意中国现代文学运动的读者，当会发现，近数年来又出现了第四种散文——讲究弹性、密度和质料的一种新散文。在此我们且援现代诗之例，称之为现代散文。

　　所谓"弹性"，是指这种散文对于各种文体各种语气能够兼容并融和无间的高度适应能力。文体和语气愈变化多姿，散文的弹性当然愈大；弹性愈大，则发展的可能性愈大，不至于迅趋僵化。现代散文当然以现代人的口语为节奏的基础。但是，只要不是洋学者生涩的翻译腔，它可以斟酌采用一些欧化的句法，使句法活泼些，新颖些；只要不是国学者迂腐的语录体，它也不妨容纳一些文言的句法，使句法简洁些，浑成些。有时候，在美学的范围内，选用一些音调悦耳表情十足的方言或俚语，反衬在常用的文字背景上，只有更显得生动而突出。

所谓"密度",是指这种散文在一定的篇幅中(或一定的字数内)满足读者对于美感要求的分量;分量愈重,当然密度愈大。一般的散文作者,或因懒惰,或因平庸,往往不能维持足够的密度。这种稀稀松松汤汤水水的散文,读了半天,既无奇句,又无新意,完全不能满足我们的美感,只能算是有声的呼吸罢了。然而在平庸的心灵之间,这种贫嘴被认为"流畅"。事实上,那是一泻千里,既无涟漪,亦无回澜的单调而已。这样的贫嘴,在许多流水账的游记和瞎三话四的书评里,最为流行。真正丰富的心灵,在自然流露之中,必定左右逢源,五步一楼,十步一阁,步步莲花,字字珠玑,绝无冷场。

所谓"质料",更是一般散文作者从不考虑的因素。它是指构成全篇散文的个别的字或词的品质。这种品质几乎在先天上就决定了一篇散文的趣味甚至境界的高低。譬如岩石,有的是高贵的大理石,有的是普通的砂石,优劣立判。同样写一双眼睛,有的作家说"她的瞳中溢出一颗哀怨",有的作家说"她的秋波暗弹一滴珠泪"。意思差不多,但是文字的触觉有细腻和粗俗之分。一件制成品,无论做工多细,如果质地低劣,总不值钱。对于文字特别敏感的作家,必然有他自己专用的字汇;他的衣服是定做的,不是现成的。

现代散文的年纪还很轻,她只是现代诗和现代小说的一个么妹,但是一心一意要学两个姐姐。事实上,在现代小说之中,那散文就是现代散文,司马中原的作品便是一个例子。专写现代散文的作者还很少,成就自然还不够,可是在两位姐姐的诱导之下,她会渐渐成熟起来的。

一九六三年五月二十日

缪斯的左右手

——诗和散文的比较

1

诗和散文,同为表情达意的文体,但诗凭借想象,较具感情的价值,散文依据常识,较具实用的功能。诗为专任,心无旁骛。散文乃兼差,不但要做公文、新闻、书信、广告等等杂务的工具,还要用来叙事、说理、抒情。诗像是情人,可以专门谈情。散文像是妻子,当然也可以谈情说爱,但是家务太重太杂了,实在难以分身,而且距离也太近了,毕竟不够刺激。于是有人说:散文乃走路,诗乃跳舞;散文乃喝水,诗乃饮酒;散文乃说话,诗乃唱歌;散文乃对话,诗乃独白;散文乃国语,诗乃方言;散文乃门,诗乃窗。其间的对比永远说不完。

诗的身份特殊,性格鲜明,最能刺激一般人的幻想,所以诗所受的恭维和挖苦,两趋极端,远多于散文。这正如饮酒的故事和笑话最多,喝水呢,就没有什么好谈。说到诗,我们会想到什么诗仙、诗圣、诗史、诗囚、诗奴、诗魔等等,但在散文里就似乎没有这么多彩多姿。散文似乎行于人间,诗,似乎行于人神之际。在传统的文学批评里,常见扬诗而抑散文。

英国大诗人兼批评家柯尔律治,就认为诗是"最妥当的字句放在最妥当的地位",而散文,只是"把字句放在最妥当的地位",毕竟逊了一筹。当代名诗人、批评家、翻译家兼历史小说家格雷夫斯在自己诗集的前言中曾说:"我写的诗是给诗人看的,我写的讽刺和怪诞之作是给才子读的。我写散文，是给一般人看，并且希望他们不知道，除了散文我还写别的东西。写诗给非诗人看，乃是白费精神。"格雷夫斯扬诗抑文之说失之于偏，可是我佩服他独来独往的勇气。不幸在英文里，诗的形容词（poetic）是褒词，意为"美妙"；散文的形容词（prosaic）却是贬词，意为"平庸"。在中文里也是如此；我们说"这太散文化了"；是用散文的消极意义，但是当我们说"简直像诗"，却是用诗的积极意义，实在不太公平。王尔德贬诗人勃朗宁，说过这么一句俏皮话："梅瑞狄斯乃散文之勃朗宁，其实勃朗宁也如此。"梅瑞狄斯是英国小说家，王尔德的意思是说：梅瑞狄斯可谓散文中之勃朗宁，其实勃朗宁的诗十分散文化，了无诗意，也只能算是散文家勃朗宁而已。

尽管文学的传统扬诗而贬文，散文仍是易写而难工的一种文体，甚至是一种艺术，并非简单到能开口说话就能动笔写散文。莫里哀的喜剧《暴发户》中的商人儒尔丹，听说他的一句话"尼哥，跟我把拖鞋和睡帽拿来"就是散文，不禁得意地叫道："天哪，我说散文说了四十年，自己还一直都不知道！"如果说话就是散文，那么世界上说话漂亮的人岂不都成了散文家，散文也未免太贱了。一般人总是谦称不会写诗，但很少人愿意坦认自己不会写散文，正因为散文身兼数职，既然人人都会写信、填表、记日记，谁不会写散文呢？

在扬诗抑文的传统下，也有不少作家（大半不是诗人）不甘雌伏，认为散文不但难工，而且比诗更为可贵。小说家毛姆（William Somerset Maugham）就说："要把散文写好，有赖于好的教养。散文和诗不同，原是一种文雅的艺术。有人说过，好的散文应该像斯文人的谈吐。"散文家柯勒登·布洛克在《英国散文之病》一文中，说得更不含糊："散文是文明的成就：有识之士领悟讨论问题时不宜挥拳骂街，知道真理难求然而值得追求，他们会用理性和耐性来唤起对手的理性和耐性，不会动辄指对手为恶人——散文的成就属于这些人。最好的散文能说的东西，诗说不出来，最好的散文办得到的事，诗办不到。若论欢欣或英勇的程度，文明社会也许不及原始社会那么高，但是如果文明社会真够文明，则日常生活当较为美好，较为仁慈，较有理性，较有久长之计；而仁慈、理性和持之以恒的工作，正是散文杰作所表现所激发的精神。"

毛姆和柯勒登·布洛克的诗文比较观，只是在原则上立论；我国的散文家林纾①，在反躬自评之际，却高抬自己的散文，践踏自己的诗，到了可惊又可笑的地步。他在给李宣龚的信中说："石遗言吾诗将与吾文并肩，吾又不服，痛争一小时。石遗门外汉，安知文之奥妙！六百年中，震川②外无一人敢当我者，持吾诗相较，特狗吠驴鸣。"林琴南的口气，比李敖又大了一百年，不过眼中还有个归有光，总算是谦虚的了。中国的文人，照例喜欢别人说他"诗文双绝"，但从林琴南的信中看来，他显然是扬文抑诗的一派。

2

所谓"诗文双绝"往往说来好听，其实不然。即使是文豪诗宗，也往往性有所近，才有所偏，不能两全其美。

杜甫虽称诗圣，散文却非所长；拿《观公孙大娘弟子舞剑器行》及《追酬故高蜀州人日见寄》等诗的序言，和苏轼《百步洪》的序言一比，立刻感到苏文生动流畅，真是当行本色。反之，苏辙虽为散文大家，

---

① 林纾（1852—1924），清末民初文学家、翻译家。字琴南，号畏庐，别署冷红生，福建闽县（今福州）人。以译著名世，依他人口述，用文言翻译欧美小说170余种，译笔典雅流畅，代表作有《巴黎茶花女遗事》《黑奴吁天录》等。——编者注

② 震川，指明代文学家归有光（号震川）。——编者注

诗却不怎么出色，和他哥哥唱和之作，总是给哥哥比了下去。苏轼那首有名的七律《和子由渑池怀旧》（人生到处知何似），原是和苏辙的，但今日的读者没有几个人记得苏辙的那首原诗了。平心而论，那首原诗也实在平庸，不耐咀嚼，无足传后；真所谓"虽在父兄，不能以移子弟"。现代散文作家之中，周作人、朱自清早年都写过新诗，但是都不很高明，算不得诗人；倒是写起旧诗来往往出色，例如郁达夫和鲁迅。美国作家之中，爱默生和爱伦·坡也总算"诗文双绝"的了；但是洛威尔（James Russell Lowell）却说爱默生的散文"不失为上乘之诗，但是他的诗呢，天晓得，有的只是散——啊不，连散文都不算"。至于爱伦·坡呢，以文体见长的美学家佩特（Walter Pater）不满他小说中欠纯的文体，宁愿读其法文译本。

尽管如此，诗人兼擅散文，仍多于散文家兼擅诗；或者可以说，诗人写的散文往往比散文家写的诗胜出一筹。散文看来好写，但要写好却很难；诗看来难写，实际上也难写好。诗比散文"技巧化"得多，正如跳舞比走路"技巧化"得多。但是走路要走得好看，也不容易；会跳舞的人走路，应该要好看些。无论如何，受过写诗锻炼的人来写散文，总应该有一点"出险入夷"的感觉。

翻开一本诗选，里面不见多少散文家。但是翻开一本散文选，里面却多诗人。在这种场合，诗人往往抢了散文家的风头。一本唐诗选里，真正称得上散文大家的，不过韩愈、柳宗元二人；他如王、杨、卢、骆之辈，虽也各有文集多卷，但真能传后且流于众口如其诗者，实在罕见。杜牧为晚唐之杰，他的《樊川文集》诗文各半。其中的文章，除了《阿房宫赋》等三篇赋和《李贺集·序》等之外，绝大多数都是论政论兵，"碑、志、书、启、表、制"之类，和文学没有什么关系。像杜牧这样的作家，我实在不愿称之为散文家。但是在最通俗的《古文观止》里，尤其是六朝唐文一卷之中，从《归去来兮辞》到《阿房宫赋》，至少有九篇名作是出于当行本色的诗人之手。陶潜、骆宾王、王勃、李白、刘禹锡、杜牧的这些散文流传之广，绝不下于他们的诗篇。

我手头有一本塘鹅版的《英国小品文选》（*A Book of English Essays, Selected* by W. E. Willams），其中的二十五家作品，有七家出于"诗文双绝"的作家，但是没有一家称得上是大诗人。另有一本哈拉普版的《英国现代散文选》（*A Book of Modern Prose, Selected* by Douglas Brown），十五篇散文之中，有五篇出于诗人，作者依次是缪尔、布伦登、萨松、格雷夫斯、托马斯（Edward Thomas）。另有两篇则出于小说家劳伦斯之手，对他可谓十分推崇。其实劳伦斯也是一位诗人，近年来诗名蒸蒸日上；他在这方面的产量颇丰，比起寡产的卞之琳、戴望舒、闻一多来，约在十倍以上。然而上述的六位英国作家，除格雷夫斯见仁见智之外，都不能算是大诗人。

英美的大诗人难道不写散文吗？当然写。不过像弥尔顿、德莱顿、柯尔律治、雪莱、阿诺德、艾略特等人的散文，大半是长篇的论文，尤其是文学批评，不是《桃花源记》《滕王阁序》《醉翁亭记》《赤壁赋》《杂说》一类的美文或小品文。唐宋八大家之中，韩愈、柳宗元、欧阳修、王安石、苏轼，都是诗文双绝并茂的天才。尤其是苏轼，像他这样诗（包括词的成就）文均为大家，产量既丰，变化又富，在英美文学中实难一见。

所谓"诗文双绝"，可以更进一解，那便是同一篇作品之中，诗文并列，或者同一题材，用诗文分别处理。诗文并列的作品之中，有的以诗为主，以文为副，例如《桃花源记并序》《琵琶行》《在狱咏蝉》《正气歌》之类都是；有的以文为主，文末附上一首诗，例如《滕王阁序》和《潮州韩文公庙碑》。陶潜虽是大诗人，那篇《桃花源记》却写得太好了，后面的五古原诗反而显得平平无奇，形同脚注，真是"后遂无问津者"。姜夔的词前每有一段散文小引，胡适就认为后面的词反而不如前面的小引真切生动。

　　同一题材分写成诗和散文的例子，古典文学中有苏轼的《赤壁赋》和《念奴娇》，现代文学中则有徐志摩的《我所知道的康桥》和《再别康桥》。这些例子人人都知道，但是像杜甫的《画鹰》《丹青引赠曹将军霸》及《韦讽录事宅观曹将军画马图》也有散文上的姐妹篇，知道的人就少了。如果我们拿他自己的《雕赋》来比《画鹰》，再拿《画马赞》和咏曹霸的两首诗作一对照，当可发现他的诗文颇多相通之处，但是他的诗灵活生动，个性鲜明，毕竟高妙得多了。《雕赋》长达七百三十一字，十余倍于《画鹰》，却过于铺张雕琢，反不如《画鹰》那么气完神足，一搏而中。四言的《画马赞》读来似曾相识，因为其中"韩幹画马，毫端有神，骅骝老大……良工惆怅"等句，改头换面，也出现在他诗里；至于"四蹄雷電，一日天地"之句，即使放在《房兵曹胡马》诗中，也并不逊色。

3

　　兼写诗和散文的作家，左右逢源之余，也另有一种烦恼，那便是：面对一个新题材，究竟该用诗还是散文来表达。这就涉及诗和散文功用之异，甚至本质之分了。

　　诗和散文最浅显的差异，当然是在形式。我国的传统认为"有韵为诗，无韵为文"；如果真是这样，那倒是简单了。《诗经》里的《周颂》，往往无韵。乐府中的某些民歌如《江南》（江南可采莲），用韵并不周全。梁鸿的《五噫歌》近于天籁，也无韵可寻。外国诗中，韵往往不是必要的条件；《圣经》里的《诗篇》与《所罗门之歌》都是自由诗；莎士比亚的诗剧，弥尔顿的史诗，华兹华斯的冥想诗，都是用"无韵体"写成。

另一差异在句法，诗句讲究整齐，散文句则宜于长短开阖，错落有致。为求节奏起伏多姿，同中寓异，诗句之格局自然而然就淘汰了四言，流行奇偶对照的五言和七言，至于六言和八言，就始终没有流行起来。奇偶对照之为诗的节奏，一直到新诗兴起，用二字尺和三字尺组成的格律诗，仍然无法推翻。目前我写现代诗，基本的句法仍是奇偶相成。例如下面这四行：

> 路遥，正是测马力的时候
> 自命老骥就不该伏枥
> 问我的马力几何？
> 且附过耳来，听我胸中的烈火

如果都改成偶数的词组，就成了：

> 路遥，正该测验马力
> 自命老骥就不应该伏枥
> 问我马力几何？
> 附耳过来，听我胸中烈火

这样一来，就失去诗的节奏了。同理，在古典诗中，"其险也如此，嗟尔远道之人胡为乎来哉？"原是散文句，如果改成"崎岖蜀道险如此，嗟尔远人胡为来？"就较像诗句；而"一夫当关，万夫莫开"的散文句，也不妨诗化成"一夫当关众莫开"。只是这么一改,李白的《蜀道难》就变得太平滑,太流利,失去了原有的那种诗文句法相激相荡的突兀感和盘郁感,反而不像李白的七言乐府了。五言和七言的诗句还有句法可循,换了四言句,有时候就有点诗文难分。像杜甫的《画马赞》和曹操的《观沧海》,同为四言,曹作无论在平仄或用韵上都不及杜作整齐,却称之为诗,杜作反而称文。所以句法也不易作准。

第三个差异在分行分段。这一点在西洋诗尤其讲究,西洋诗若不分行,就没有煞尾句和跨行句的微妙变化,若不分段,就难于交织脚韵,且控制长诗的节奏,因为许多千行甚至万行以上的长诗都是使用一个段式(stanzaic form)到底的。但是这些对中国的古典诗并非必要,因为它非但不分行,甚至也不用标点。中国的古典诗绝少跨行句,当然不必分行,也少见百句以上的长篇,所以不必分段。新诗分行分段,是受西洋影响;现代诗分行而不加行末的标点,却是中西合璧。散文也分段,所以目前诗文之别主要在分行。这一分,竟容许多散文,甚至是恶劣的散文,伪装成诗。其实,像"暮春三月,江南草长,杂花生树,群莺乱飞"这样的句子,虽不分行,却比许多"分行的散文"更像诗。

第四个差异在音律。这在中国古典诗中,便是平仄的协调,而在西洋诗中,是指音节的排列,其目的在于控制节奏的轻重舒疾,使之变化有度。不过协调平仄是近体的事,在古体诗中并无严格的要求,反之,平韵到底的七古却忌所谓律句。五古之中,像杜甫的《梦李白》之句"路远不可测"五字全仄,"魂来枫林青"和"江湖多风波"又五字全平。沈德潜在《说诗晬语》中说:"义山《韩碑》一篇中,'封狼生貙貙生罴',七字平也,'帝得圣相相曰度',七字仄也。气盛则言之短长与声之高下者皆宜。"即使在近体诗中,像崔颢的《黄鹤楼》,颔联上句连用六仄，下句连用三平，全为古诗句法，至于首句，也平仄不调，严羽却推之为唐人七律之冠。再如苏轼的词，李清照说他"往往不协音律"，嫌他"皆句读不葺之诗"，陈师道又说他"虽极天下之工，要非本色"，却无妨其为伟大作品。可见音律一事，也非区分诗与散文的绝对标准，何况散文的佳作在声调上面也自有讲究。中文字音既有平仄四声之别，称得上散文家的人，无论他笔下是古文或白话文，对平仄的错落相间，没有不敏感的。且以梁实秋的一段散文为例：

> 如果每个字都方方正正，其人大概拘谨，如果伸胳臂拉腿的都逸出格外，其人必定豪放，字瘦如柴，其人必如排骨，字如墨猪，其人必近于"五百斤油"。

这是典型的雅舍笔法，虽不刻意安排平仄，但字音入耳却起落有致，只要听每一句收尾的字音（正、谨、外、放、柴、骨、猪、油），在国语中四声交错，便很好听。句末的"油"字衬着前面的"猪"字，阳平承着阴平，颇为悦耳。如果末句改成"其人之近于'五百斤油'也可知"，句法不坏，但"知""猪"同声，就单调刺耳了。再看臧克家《运河》中的诗句：

> 头枕着江南四季的芳春，
> 尾摆着燕地冰天的风云。
> 听说你载着乾隆下过江南，
> 一阵小雨留下了不死的流传，
> 你看背后夕阳的颜色正红，
> 贴在"沙邱古渡"的歇马亭……

> 我知道，人间的苏杭，
> 你驮过红心的天子曾去沉醉，
> 仿佛八骏驮着古帝王……

读者只要对声调稍具敏感，念到第二至第七的六行，一定感到单调而难受，因为行末的六个字全是国语的阳平。也可见诗人的耳朵不必胜过散文家。

第五个差异在文法。常识主宰的散文世界，一到诗里，便由想象来接管。散文的世界要把事物的因果关系交代清楚，所以要讲究文法，诗的世界就主观得多，其因果律无须一五一十地交代，只要留些蛛丝马迹，诱读者去慢慢追寻。孔子说："微管仲，吾其被发左衽矣！"这句话因果显明，及于字面，一看就是散文。但是像杜牧的《赤壁》：

> 折戟沉沙铁未销，自将磨洗认前朝。
> 东风不与周郎便，铜雀春深锁二乔。

后面两句也自有因果关系，但在文法上并无明显交代。换了散文来说，那些连接词就必须补上，变成了"假使当日东风不助周瑜，那么东吴兵败国亡，大小二乔就要给曹操掳去铜雀台上了"。散文辛苦地交代了半天，诗却简而言之，不须要动用连接词。散文像数学题，要一步步演算出来，诗凭顿悟，一下子就抓到了得数。新诗打破了格律的限制，却不知如何善用自由，句法既无约束，文法亦趋散文化，于是"因为，所以，然而，但是，况且，以及"等等连篇累牍的连接词，阻塞了新诗的语言，读来毫无诗意。冯文炳说："旧诗内容是散文的，形式是诗的；新诗则恰恰相反，形式是散文的，内容是诗的。"这句话自信得十分可爱，却也十分误人。

诗句要求简炼、含蓄、合律，在文法上乃成特殊的结构，比起散文来固然更耐读，却也常生歧义，难作定解。例如王维的"泉声咽危石，日色冷青松"，每一句中两件东西的关系全靠一个单字的动词或形容词来联系，中间更无介系词来调整。虽说留出了想象的空间，却使那关系难以确定。王维这两句诗里，上句还易把握，因为能咽的只有泉声，不可能是危石。但是下句就不易解：到底是日色照到青松上使青松显得冷呢，还是日色因落在松间而自己显得冷，还是松上的日色看来一片凄冷，无所谓谁使谁冷呢？在散文里，就不会发生这种问题。同样地，辛弃疾的名句"不恨古人吾不见，恨古人不见吾狂耳！"有一次因为须要英译，解释不一，竟使我的朋友分成了两派：一派认为前句意为"不恨古人不见吾"，另一派则读成"不恨吾不见古人"。我认为"不恨吾不见古人"之解才对，因为前面刚说过如何仰慕陶潜，此意正好承上启下，同时"不恨吾不见古人"才与"恨古人不见吾"旗鼓相当，两个不见的否定式正与上半阕的两个互见的肯定式遥相呼应。所以有此一争，正因"不恨古人吾不见"是诗的倒装文法，易生歧义。像"恨古人不见吾狂耳"便是散文文法，只能有一种解释。"我见青山多妩媚，料青山见我应如是"，也是单元单向的散文文法。

4

诗与散文除了形式有异，在手法上也自不同。大体而言，诗好用意象，尤其是比喻，散文则相反。但也不可一概而论，因为《诗经》的赋比兴三体之中，"敷陈其事而直言之"的赋体也颇重要，《诗经》里有许多诗，后代也有许多诗，都属于这种手法。所谓"敷陈其事而直言"，就是白描，也就是不用比喻。远古的诗人如陶潜，诗中绝少比喻，陶诗天真自然，这也是一大原因。苏轼说他在诗人之中独好渊明，并且写了许多和陶的诗。其实苏轼在诗人之中是一位比喻大师，这本领用来状物说理，最为淋漓尽致。《百步洪》起首才八句，就用了七个比喻。《读孟郊诗》第一首，就用了五个明喻，三个暗喻。至于像"横看成岭侧成峰"一类的诗，全诗根本就是一个隐喻。

但是中国的散文也久有用喻的传统，老子、庄子、孟子，莫不善于此道。哲学要说理，散文是说理的工具，比喻正是形象思维、具体说理的最好方式。例如《秋水》篇中，从河海的对话到鹓鶵的寓言，用喻之多，令人目不暇给。拿庄子的散文和陶潜的诗对比一下，就很难说比喻只是诗的专利。

本文一开始，就指出诗是专任，散文却是兼差。诗和散文的难以区分，正在散文的种类太杂，有些散文与诗泾渭分明，有些散文却比诗更像诗。古人笔下往往诗文不分，例如《李长吉文集》明明只是诗集，杜甫要和李白"重与细论文"，白居易吊李白之句也说"可怜荒陇穷泉骨，曾有惊天动地文"。

以散文的功用来区分，我们说有议论文，叙事文，描写文，抒情文，还有身份暧昧的杂文。公文，新闻，书信，广告，说明书，等等，又形成更为庞杂的所谓应用文。应用文和诗的距离最大，其次是议论文，再其次是叙事文，但到了描写文和抒情文，已经近乎诗了。前三种散文形式上不是诗，本质上也不是诗。后二种散文形式上不是诗，但本质上已经像诗。朱光潜把《世说新语》桓公北征见故柳而流涕的一段散文，和庾信用这典故在《枯树赋》中改写的一段韵文相比，显示原来的散文比韵文更有诗味。叙事文如果写得生动而富感情，也能逼近叙事诗。议论在散文大家的手里，照样可以音调铿锵，形象鲜活，感情充沛，饶有诗意。像苏轼的《留侯论》，虽然是一篇议论文，却有抒情之功，比起二三流诗人的平庸诗作来，美得多了。

好散文往往有一种综合美，不必全是美在抒情，所以抒情、叙事、写景、议论云云，往往是抽刀断水的武断区分。且以《前赤壁赋》为例。此文从开始到"何为其然也"，主要是叙事和写景，却兼有抒情；"客曰"和"苏子曰"两大段主要是议论，但就地取材于历史与水月，形象说理之中蕴含了写景与叙事，且也完成了抒情；"客喜而笑"以至文末，则是单纯的叙事。《前赤壁赋》美得像诗，但是感性之中有知性，并不"纯情"。许多拼命学诗的抒情散文，一往情深，通篇感性，背后缺乏思想的支持，乃沦为滥情滥感，只成了空洞的伪诗。

苏轼以"赤壁怀古"为题，还写了一首词。拿《念奴娇》和《前赤壁赋》对比一下，仍然可以看出诗和散文的差别。首先，二作同为月夜游江，散文却要交代那是何年何月何日，其地与夏口、武昌的相对位置如何，游江是通宵达旦，等等，但这些在诗中却无须交代。所以散文比较现实，常有一个特定时空做背景，诗比较想象，常以永恒做背景。其次，散文较诗重细节与过程，也就是说，散文较具叙事性，例如游江之时如何饮酒咏诗，扣舷而歌，如何吹箫，如何主客问答，如何食毕就寝，等等；但《念奴娇》中，一开始诗人便已在江上吊古，其间并无游江的细节和过程。所以散文是渐入，诗要一举而擒，乃是投入。再其次，散文比较客观，诗比较主观。在《前赤壁赋》中，主客至少有三人，因为"客有吹洞箫者"说明不止一个游伴，苏轼的一番议论也用对话呈现。《念奴娇》中的诗人则是独语，他神游于故国，他举酒不是属客，而是对月。《前赤壁赋》作者以第三人称出现，胸怀旷达，劝他的朋友要"自其不变者而观之"。《念奴娇》的作者却是第一人称，激昂感慨之中透出寂寞，而华发也好，如梦也好，却是"自其变者而观之"了。客观，当较达观。主观，就不免自我嗟伤了。诗，毕竟更近作者的内心。徐志摩的《再别康桥》和《我所知道的康桥》，也可以这么比照分析。

综而观之，散文形形色色，其与诗之关系可分为三个层次。应用的散文，如果不注重音调和意象，又不流露多少感情，像科学的论文，药品的仿单那样，可以称之为"绝对的散文"。但是应用文也不一定都属此类，像《出师表》《与陈伯之书》等有音调有形象又有感情的公文、书信等，仍有与诗相近之处。其次，叙事文如果音调铿锵，议论文如果形象鲜明，两者又都富有感情，那就可听，可看，可感，可以称之为"相对的散文"。到了描写文和抒情文，尤其是抒情文，功用已经与诗相同，所不同的只是形式和技巧，可以称之为"诗质的散文"。

"诗质的散文"和诗之间，仍然有一些相对性的差异。它比较现实，诗比较想象。对于一种情景，它是渐入的，因此不免要交代细节与过程，诗是投入的，跳接的，因此不须详述这些。它比较客观，因此对读者多少得保持对话的姿态，诗比较主观，因此倾向于独白，不须太理会读者。前文我曾说过，诗文两栖的作家遇到可写的题材时，究竟该入诗呢，还是该写成散文，常有鱼与熊掌之恨，大体上如果作家侧重其事，就不妨写成散文，在"情节"上多留些纪念；如果作家珍惜其情，就可以写诗，买珠还椟，把不重要或不愿公开的"情节"留在个人记忆的禁地：李商隐的爱情不必铺张成散文，反之，沈复的爱情如果全"密码化"成律诗绝句，我们就无缘分享《浮生六记》中那些韵事趣事了。当然，才力富厚左右逢源的作家，把一件事入诗之后，仍有余力笔之于文，而又不犯重复之病，那真是两全其美。

5

诗和散文在形式上和本质上的差异，大致分析如上。但这两大体裁正如相邻的两个天体，彼此之间必有影响。散文有如地球，诗有如月球：月球被地球所吸引，绕地球旋转，成为卫星，但地球也不能把月球吸得更近，力的平衡便长此维持；另一方面，月球对地球的吸引力，也形成了海潮。

柯尔律治说得很对："诗的真正反义语不是散文，而是科学。诗的反面是科学，散文的反面是韵文。"他把诗一剖为二，本质归诗，形式归韵文，解决了不少问题。诗无论有多自由，仍须以散文为"母星"，不能完全脱轨逸去。诗人不必兼为散文家，却应该知道什么是好散文。不少在诗的月光里掩掩藏藏的作者，一到阳光之中，便露出了原形。美人在月下应该更美，但总不应该不敢站到太阳下来。艾略特自己是大诗人，却说"好诗的第一个最起码的要求，便是具有好散文的美德。无论你审视什么时代的坏诗，都会发现其中绝大部分都欠缺散文的美德"。说到自由诗，他又说"许许多多的坏散文，都是假借自由诗的名义写出来的……只有一个坏诗人才会欢迎自由诗，把它当作形式的解放"。

散文比诗接近口语，所以文法比诗自然。诗要自然，便不可完全违反口语。诗人的难题就在这分寸上：违反了口语会不自然，迁就了口语又欠精炼；如何在诗中酌采散文的美德，使诗的语言和文法保持弹性，正是诗人的一大考验。弥尔顿的诗，句法冗长而又复杂，离散文常态太远，几乎变成了他一人的"方言"，难怪强调散文基本美德的艾略特要骂他"把英文写得像死文字一样"。另一方面，华兹华斯主张诗要运用口语，竟谓"在散文的语言和韵文的语言之间，没有重大的区别，也不该有",难怪他后期的诗变得过于"散文化",为论者所病。

朱光潜在《诗与散文》一文中说:"诗的音律好处之一就在给你一个整齐的东西作基础,可以让你去变化。散文入手就是变化,变来变去,仍不过是无固定形式。诗有格律可变化多端,所以诗的形式比散文的实较繁富。"这一番话十分中肯,和艾略特的看法颇合。诗的格律画地为牢,原是给庸才服从,给天才反抗的。格律要约束,诗人要反抗,两个相反的力量便形成了张力。我认为诗的张力有两面,一面是诗人对格律的反抗,一面是诗人对文法的反抗。文法,正是散文对诗的压力。有些诗人对这压力半迎半拒,或者借力使力,不着形迹。陶潜便是这样,所以他的诗句自然。李白的乐府歌行所以气势奔放,一大原因在他不避散文的句法;他不反抗散文的压力,散文就倒过来反抗诗的格律。杜甫在律诗中正好相反,他不反抗格律的压力,格律就倒过来向他的句法施压力,杜诗的沉郁顿挫跟这点颇有关系。杜甫的歌行也偶有散文的硬句,但是总不像李白那么放得开,那么快;在这方面,李白实在是一大散文诗人。

中国古典诗中,韩愈和苏轼常被人指摘"以文为诗"。两位诗人也是散文大家,把散文的气势带到诗里来,原是很自然的事。诗到宋朝,有意在唐诗的气象和神韵之外另辟天地,历来的诗评家总是嫌宋诗太散文化。所谓"以文为诗"有几方面,在语言上,是用俗语和"硬语"等散文的词汇入诗。在句法上,则用散文的文法,而且不避虚字。在风格上,则常见叙事性和思想性,好发议论。这种倾向对唐诗是一个反动,失败的时候固然不免生硬而驳杂,但在语言上却比较多元,句法上可以巧拙相补,生熟相济,避免唐诗常有的滑利,风格上也可以扩大诗的经验,增加知性和实感,而避免一味的抒情。这么看来,适度的散文化对于诗未必不能起健康的作用。

艾略特在《诗的音调》一文中说："有些诗是拿来唱的；现代的许多诗却是拿来说的，而可说的东西，在群蜂营营和古榆树间众鸽咕咕之外，还多得很。不顺之音，甚至不悦之音，也有其作用，正因为在稍长的诗中，大高潮的段落和小高潮的段落之间，必须有过渡地带，才能为起伏的感情配上全诗音调结构应有的节奏，而小高潮的段落，比起全首诗进行的层次来，便显得散文化了——所以在这种情况之下，我们不妨说，一位诗人若要写一首大诗，就必须先能掌握散文的一面。"艾略特此意，说来似颇复杂，其实正合乎我国诗评家所主张的以拙佐巧，以生济熟。诗要长保健康，追求变化，就不能不酌采散文之长。

散文侵入诗中，反之，诗也会侵入散文。赋在中国文体之中，实在是一个亦文亦诗的混血儿，一方面有散文的流畅句法，一方面却有诗的华词丽藻和铿锵韵律。但骈文名义上还算是文，不归于诗。拿《月赋》和《别赋》的任一段跟白居易的诗相比，可以见出文可能比诗更繁富而华丽，但是中国的批评家只说六朝文风纤弱，并不把过失记在诗的账上。中国的古典散文家，无论文体如何华丽，都没有人怪他"以诗为文"。这实在很有趣，因为英美有一派主张文贵清真的现代散文作家，包括前文述及的柯勒登·布洛克和毛姆等，满口推崇法国散文的冷静明晰，却力诋英国散文从布朗到卡莱尔、罗斯金的传统[①]，认为本土的文豪太浪漫、太激昂、太野蛮，总之是"以诗为文"，污染了英国的散文。他们追溯"始作俑者"，甚至攻击到钦定本的英译《圣经》。

---

① 布朗（Thomas Browne，1605—1682），英国作家、医师，散文文辞华丽，是巴洛克散文风格的代表作家之一。卡莱尔（Thomas Carlyle，1795—1881），英国作家、历史学家。著有《法国革命史》。罗斯金（John Ruskin，1819—1900），英国政论家、艺术评论家、画家。——编者注

6

　　正如柯尔律治所说，诗和散文并不是截然相反的东西。散文是一切文体之根：小说、戏剧、批评，甚至哲学、历史，等等，都脱离不了散文。诗是一切文体之花，意象和音调之美能赋一切文体以气韵；它是音乐、绘画、舞蹈、雕塑等等艺术达到高潮时呼之欲出的那种感觉。散文，是一切作家的身份证。诗，是一切艺术的入场券。

一九八〇年八月

杖底烟霞

——山水游记的艺术

1

  自古中国的哲学把天、地、人称为三才。人本来生于天地之间，却因文明日繁而心萦于世务，身陷于尘网，不得亲近自然。隐士逸民之类是例外，但是离群索居并非易事，不仅长沮、桀溺实际上难与鸟兽为群，就连谢枋得、张岱之流在日常生活上也必然有许多困境，《招隐士》一文早已危乎其言了。一般士人的折衷办法，是在春秋佳节登山临水，访寺寻僧，短则一日跋涉，长则旬月流连。至于游者，当然勇怯有别，劳逸各殊：有的像袁枚，既怕走路，又怕晒太阳；有的像徐宏祖（徐霞客的本名），不辞长征，更无畏艰险；有的像谢灵运，僮仆数百人，伐木开径，惊动官府；有的却像戴名世，从江宁到北京，一路淋雨，困于水乡，到达时不但行李湿透，而且满身泥浆。经历虽然不同，却都是人与自然相对，而所见所感，发而为文，便成游记。

  "庄老告退，而山水方滋"：在刘勰心目中本来是指山水诗，近人却认为《游名山志》的作者谢灵运不但是山水诗的大师，也是山水游记的远祖。可是《游名山志》的零星片段，比起柳宗元的《永州八记》来，显得太过单调，比起谢灵运自己的山水诗句来，也觉逊色，根本达不到王羲之所谓的"游目骋怀，极视听之娱"。中国游记的真正奠基人当然是柳宗元：到了《永州八记》，游记散文才兼有感性和知性，把散文艺术中写景、叙事、抒情、议论之功冶于一炉。这种描述生动感慨深沉的文体，对后来的游记作者影响久长，众所皆知，不再多赘。我感到好笑的是：后人学柳，不但在大处脱胎，甚至在小处效颦，到面目相似的地步。以下且举数例：

其一，中国游记作者发现了美景，不愿私有，而欲公之同好，广沾后人。柳宗元在游记中一再申述此意："永之人未尝游焉。余得之，不敢专也，出而传于世。"（见《袁家渴记》）"惜其未始有传焉者，故累记其所属，遗之其人。"（见《石渠记》）"古之人其有乐乎此耶？后之来者有能追予之践履耶？"（见《石涧记》）司马迁乃千古寂寞人，要把文章藏诸名山，传之其人；柳宗元"来往不逢人，长歌楚天碧"，也是千古的寂寞人，却反过来，要把奇山异水藏在文章里，以传后人。这传统，从朱熹到恽敬的游记里，屡加强调。① 其二，中国文人耽爱山水，不但登临欣赏，也讲究卧游坐观，以小喻大，以近喻远，把山水人文化。柳宗元在《八记》中说："攀援而登，箕踞而遨，则凡数州之土壤，皆在衽席之下。其高下之势，岈然洼然，若垤若穴。尺寸千里，攒蹙累积，莫得遁隐。萦青缭白，外与天际，四望如一。然后知是山之特立，不与培塿为类。"在《永州韦使君新堂记》里，他又说山石林泉之胜"效伎于堂庑之下""咸会于谯门之内"，后来苏辙、范成大、麻革、周

---

① 朱熹《百丈山记》末句："因各别为小诗以识其处，呈同游诸君，又以告夫欲往而未能。"周叙《游嵩阳记》末句："因累书其事于简以识予是游之勤、并各书一通，一以遗巩邑广文吴公，俾想见兹游之胜；一以留登封学宫，以备他日好游者之故实云。"钱谦益《游黄山记》第八篇末论长松雷殛仆地："兹松也，其亦造物之折枝也欤！千年而后，必有征吾言而一笑者。"朱彝尊《游晋祠记》末云："盖山川清淑之境，匪直游人过而乐之，虽神灵窟宅，亦凭依焉而不去。岂非理有固然者欤！为之记，不独志来游之岁月，且以为后之游者告也。"恽敬《游庐山记》末句："故凡游所历，皆类记之，而于云独记其诡变足以娱性逸情如是，以诒后之好事者焉。"恽敬观庐山之云，一游不足，再游未餍，致有三游之念，其《游庐山后记》末句云："天池之云，又含鄱岭、神林浦之所未见。他日当赢数月粮居之，观其春秋朝夕之异，至山中所未至，亦得次第现览，或有发前人所未言者，未可知也。"仅此作例，足以说明古人认为山水之胜，游者有义务公之时人并传之来者：山水不朽，传山水之不朽者也隐然有不朽之感。——作者自注

叙、徐宏祖、袁枚等人都这么说，钱邦芑简直就照抄了。① 我甚至怀疑苏轼等人爱玩奇石假山，跟这种坐玩造化的谐趣也有关系。其三，柳宗元状溪石曰"若牛马之饮于溪"，姚鼐状溪石则曰"若马浴起，振鬣宛首而顾其侣"。姚之学柳，显而易见。

虽然《永州八记》前承元结的《右溪记》，后启宋明以降的游记，但唐人记游的文学并不限于散文。杜甫的名诗如《渼陂行》《彭衙行》《自京赴奉先县咏怀五百字》《北征》等其实都通于游记；只是记游诗毕竟是诗，比起散文的游记来，在写实的骨架上总不免多发挥想象与感慨，不像散文游记在中国的传统上照例是走写实路线，连日期、地点，甚至游伴都详细交代。例如苏轼的小小品《记承天寺夜游》，短短八十四字，交代时间、空间与同游者的字句，竟用了近乎四分之一的篇幅。他的许多记游诗，像《腊日游孤山访惠勤惠思二僧》等，除了诗题标明时、地、人之外，本文就不再照顾这些细节，唐人诗中最接近游记的，韩愈的《山石》是一个好例子：除了末四句稍发感慨之外，全诗悉依时间顺序描述，写实功夫可比电影。

---

① 苏辙《黄州快哉亭记》："盖亭之所见，南北百里，东西一舍……变化倏忽，动心骇目，不可久视，今乃得玩之几席之上，举目而足。"范成大《游峨眉山记》："山绵延入天竺诸蕃，相去不知几千里，望之但如在几案间。"麻革《游龙山记》："林峦树石，栉比楯立，皆在几席之下。"周叙《游嵩阳记》："山势岈然环抱，视寺之台殿，山之林壑，若在席下，是为达摩面壁庵。"徐宏祖《游雁宕山日记》："海中玉环（岛名）一抹，若可俯而拾也……望四面峰峦，累累下伏如丘垤。"袁枚《峡江寺飞泉亭记》："以人之逸，待水之劳，取九天银河置几席间作玩，当时建此亭者其仙乎！"钱邦芑《游南岳记》："下视溪山与田畴村坊，间杂映带，青碧萦绕，攒蹙累聚，浓淡不一……回视其下，向所穷力攀陟若不可升者，皆培塿匍伏，若蚁垤蚓穴，与溪流岩树，凸凹相间，岈然洼然，绕白围青，近涧烟霞，远际天碧……"中国作家群袭前人写景之句，尚有一例。杜甫七律《望岳》前二句云："西岳崚嶒竦处尊，诸峰罗立如儿孙。"从此后人登高一望，四周的低峰就愈看愈像儿孙了。钱邦芑《游南岳记》："初在半山，上睨五峰，若并尊。登祝融，则烟霞、碧萝诸峰，又若儿孙罗立。"罗文俊《游岳麓记》："纵目一视，诸峰罗列，真如儿孙远迩之间。延野绿而混天碧，柳子之言，洵非欺我。"柳宗元《永州韦使君新堂记》中之句"迩延野绿，远混天碧"其实又上承陈之张正见《山赋》所云"青天共色"。袁枚《游黄山记》："晚，云气更清，诸峰如儿孙俯伏。"郁达夫《钓台的春昼》："向西越过桐庐县城，更遥遥对着一排高低不定的青峦，这就是富春山的山子山孙了。"——作者自注

散文游记要到宋代才有恢弘的规模，不但议论纵横，而且在写景、状物、叙事各方面感性十足，表现出更为持续而且精细的观察力和想象力。例如范成大在《吴船录》中记述峨眉山之游的文字，娓娓道来，详尽而又生动；其中形容"佛现"的一段，前后近五百字，交代光影之轮替，色彩之更迭，有条不紊，那种繁富的视觉经验，在宋以前的游记里实在罕见。他如王质的《游东林山水记》，感性也极浓，不但写景如诗，而且叙事如小说，真是杰作。至于陆游的六卷《入蜀记》，逐日记叙他从山阴到夔州的旅途见闻，夹叙夹议，兼具感性与知性，其分量与规模，遥遥启迪了徐宏祖一类的日记体游记。

游记到了明末，大放异彩，不仅提高了游记本身的成就，更增加了一般散文的光辉。从大手笔的巨制《徐霞客游记》到真性情的山水小品，游记的天地愈益广阔，作者的阵容，除了徐宏祖和公安的三袁、竟陵的钟惺、谭元春之外，还包括王思任、李流芳、张岱、钱谦益等。袁宏道的《虎丘记》《满井游记》，王思任的《小洋》《剡溪》，张岱的《西湖七月半》《湖心亭看雪》等篇，早已成为游记小品的经典之作。王思任和张岱的文体，尤其一反拟古的陋习和道学的酸气，在遣词和语法上的独创简直暗合现代的散文。且看王思任的《剡溪》：

> 将至三界址，江色狎人，渔火村灯，与白月相上下，沙明山净，犬吠声若豹……山高岸束，斐绿叠丹，摇舟听鸟，杳小清绝，每奏一音，则千峦啾答……山城崖立，晚市人稀，水口有壮台作砥柱，力脱幨往登，凉风大饱。城南百丈桥翼然虹饮，溪逗其下，电流雷语。移舟桥尾，向月碛枕漱取酣，而舟子以为何不傍彼岸，方喃喃怪事我也。

这样鲜活大胆的文体，真是"独抒性灵，不拘格套"，作者显示敏于感应自然，敢于驱策文字的爽朗个性，也只有这样的个性，才写得出《让马瑶草》那么淋漓恣肆的书信。① 这种文字，除了开头一句写月色和犬声学王维而太露痕迹之外，② 其他各句都别出心裁，一反陈规。"向月碛枕漱取酣"一句，既浓缩了"枕石漱流"的成语，又以"酣"字代替了水的美质。"怪事"原是名词，此地却活用为动词；"文必秦汉"的仿古拟古之辈怎敢如此？至于张岱《湖心亭看雪》之句：

湖上影子，惟长堤一痕，湖心亭一点，与余舟一芥，舟中人两三粒而已。

就更以善使计量词闻名，尤其是以"粒"计人。

  明晚小品摆脱古文的道貌和陈言，固然清新娱人，但如过重性灵，刻意求真，久之也会流于轻倩俏皮，就像画中的册页扇面，无论怎么灵巧，总不能取代气吞山河的立轴横披。中国游记的集大成者，要推华山夏水的第一知己徐宏祖，也就是烟霞半生的徐霞客。从二十二岁起到五十六岁去世为止，除了丧姒守孝三年和其他原因滞家之外，三十年间他近游远征，多在探胜寻幽途中，游踪遍及华北、华东、东南沿海及云贵高原等十六省，逐日所记，不但描摹风景，而且考察地理水文，洋洋四十万字，无论在篇幅、文采、见识各方面，都不愧钱谦益所赞的

---

① 马瑶草就是明末的奸臣马士英。王思任这封信是古今最痛快的书信之一，不可不读。由此也可印证：感性十足的美文和大义凛然的作品，可以同出一人之手。不少批评家一看到美文，就迫不及待地斥为脱离现实，似乎每个作家只会写一类文章。——作者自注

② 王维《山中与裴迪秀才书》："夜登华子冈，辋水沦涟，与月上下。寒山远火，明灭林外。深巷寒犬，吠声如豹。"——作者自注

"世间真文字，大文字，奇文字"。潘耒为《徐霞客游记》作序，更说："意造物者不欲使山川灵异久秘不宣，故生斯人以揭露之耶？要之宇宙间不可无此畸人，竹素中不可无此异书。惜吾衰老，不复能褰裳奋袂，蹑其清尘，遂令斯人独擅奇千古矣！"

潘耒在序中又举出旅游的三个条件："无出尘之胸襟，不能赏会山水；无济胜之支体，不能搜剔幽秘；无闲旷之岁月，不能称性逍遥。"潘耒忘了另一个必要条件：有钱。徐霞客家道富有，在明末乱世又不求功名，加以胸襟高超，精力无穷，自然是理想的壮游客。更幸运的是，高堂寡母支持他的远游大志，还为他制了一顶远游冠以壮行色。纵然如此，徐霞客之成为古今第一旅行家，还有三点过人之处。第一是他的文采高妙，美景奇观一到笔下，不但鲜活灵动，而且洋溢作者的逸兴豪情，加以日间之游当晚即记，景犹在目，情犹在胸，不假雕琢，已天然有趣。第二是他的学识广博，自谓"髫年蓄五岳志"，早就"博览古今史籍及舆地志、山海图经，以及一切冲举高蹈之迹，每私覆经书下潜玩，神栩栩动"。所以到他真正登山涉水，尤其是晚年入滇之游，乃能就胸中之所知所疑实地探讨，穷山脉而究水源，不但条理分明、观察精细，更旁及途中所历的关梁厄塞、风土人情和罕见的植物。所著盘江考及江源考等专文，按之现代知识，亦什九翔实无误。足见徐霞客的游记兼有文学的感性和地理的知性，一般游记在相比之下就显得分量单薄，正如潘耒序中所笑的"近游不广，浅游不奇，便游不畅，群游不久"。第三是他的无畏精神，使他的文才地学得以充分发挥。世上作家和地理学家不少，却很少人像他那样烟霞成癖，嗜游如狂，为了一窥究竟，往往不避艰险，不畏风雨，不计程期，露宿之余，还要吃生果充饥，途中屡次遭窃，进退不得。最长的四年西游，一同出发的有僧人静闻和王、顾二仆，静闻病死途中，二仆不堪劳苦，也先后逃逸，顾仆逃走时更把箱中所有一齐偷走。徐霞客远游时，常须步行，有时遇困，还要和仆人分负行李。通常他清早五时起身，六时出发，午饭往往下午才吃，有时忙于攀涉，甚至不吃。累了一天，晚饭之后还要写日记，少则数句，多则三四千字。这种以全生命来求美求知的伟大精神，使徐霞客成为中国游记文学的巨擘，更成为中国文化倾慕自然的象征。

　　清代游记虽多，进展却少，尤其自乾嘉以后，讲求义理、考据、词章三者合一，标榜"味淡声稀，整洁从容"的桐城派古文笼罩了散文的写作，也限制了游记的自然生机。桐城派的文章平易稳健则有之，但不够痛快淋漓，加以思想上总背着"翼道卫教"的包袱，又要花不少篇幅来考证地理沿革，人文变迁，真正写景的时候反而轻描淡写，少见性情，也缺乏感性。徐霞客面对山水，便浑然忘我，不是说"雨廉纤不止，然余已神飞雁湖山顶"，便是说"是峰居黄山之中，独出诸峰上，四面岩壁环耸，遇朝阳霁色，鲜映层发，令人狂叫欲舞"；这种浪漫的激情在方苞、姚鼐的游记里却找不到。

　　有意和桐城派分道的作家也不少，遥应公安派而主抒写性情的袁枚便是代表。他在《峡江寺飞泉亭记》里曾说："僧告余曰：'峡江寺俗名飞来寺。'余笑曰：'寺何能飞！惟他日余之魂梦或飞来耳。'"这种率性语气就颇近徐霞客了。不过袁枚论文主张"不剿袭陈言"，他在真正创作时却仍然常学前人，未尽自由。①和徐霞客相比，他只能算是文士踏青，徐才是勇士探险。袁枚论观瀑之难说：

---

① 见 P058 注之二例：一袭柳宗元，一袭杜甫。不过袁枚毕竟才高，游玩每有奇想，《游桂林诸山记》便有如下的句子："又次日，游木龙洞。洞甚狭，无火不能入，垂石乳，如莲房半烂，又似郁肉漏脯，离离可摘，疑人有心腹肾肠，山亦如之。"——作者自注

> 凡人之情,其目悦,其体之不适,势不能久留。天台之瀑离寺百步;雁宕瀑旁无寺;他若匡庐,若罗浮,若青田之石门,瀑未尝不奇,而游者皆暴日中,踞危崖,不得从容以观。(《峡江寺飞泉亭记》)

在另一文中,袁枚又描写土人号海马者背他游黄山之状:

> 余不能冠,被风掀落;不能袜,被水沃透;不敢杖,动陷软沙;不敢仰,虑石崩压;左顾右睨,前探后瞩,恨不能化千亿身逐峰皆到。当海马负时,捷若猱猿,冲突急走,千万山亦学人奔,状如潮涌。俯探深坑怪峰在脚底相待,倘一失足,不堪置想。然事已至此,惴栗无益,若禁缓之,自觉无勇。不得已,托孤寄命,凭渠所往,觉此身便已羽化。(《游黄山日记》)

徐霞客寻融县之龙洞,涉水却几乎淹死:

> 有小溪西来注之,上有堰可涉。循溪而东,从左越坳下。坳皆凭石,层嵌藤刺,冒之不觉陷身没顶,手足失势,倾荡洪涛中,汩汩终无出理。久之竟出坳背,俯攀棘滚崖,出洞左蔬畦,得达洞……若更生焉。(《粤西游日记·二》)

再看他游黄山时如何冒险攀跻:

> 仰见群峰盘结,天都独巍然上挺。数里,级愈峻,雪

愈深，其阴处冻雪成冰，坚滑不容著趾。余独前，持杖凿冰，得一孔置前趾，再凿一孔，以移后趾。从行者俱循此法得度。（《游黄山日记》）

2

在古典文学里，所谓游记通常是指一篇游赏山水的散文，题目也明白标示所游何地，例如《游岳麓记》。旅游当然不限于山水，像元好问的《济南行记》，龚自珍的《己亥六月重过扬州记》，便以城市为主；其动机也不必在于游赏，像程敏政的《夜渡两关记》，戴名世的《乙亥北行日记》，目的只在赶路，沿途的景色和事件只是偶然相值，并非刻意求来。这些都是游记的支流，主流的游记仍是志在山水，所以如此，除了大自然能满足人的美感并消除世务的烦忧之外，还有悠久的文化因素。

在教育上，中国人素信大自然对性情的陶冶移化之功：孔子就说"知者乐水，仁者乐山。知者动，仁者静"。司马迁少时游踪遍天下，对他日后的治学著述极有益处。苏辙《上枢密韩太尉书》便说："太史公行天下，周览四海名山大川，与燕赵间豪俊交游，故其文疏荡，颇有奇气。"在同一封信中苏辙又自恨寡陋，愿多游历以开拓胸襟："所见不过数百里之间，无高山大野可登览以自广①……恐遂汩没，故决然舍去，求天下奇闻壮观，以知天地之广大。"语云："读万卷书，行万里路。"足见名山大川之游，正是读书人修养的要道。

在政治上，读书人虽从儒家先忧后乐，以天下为己任，但在情操上

---

① 苏辙此说颇有问题，他的家乡眉山离有名的峨眉山不过八十公里。——作者自注

却最推崇"功成而不居"的退隐人物，如范蠡、张良之辈。李商隐诗"永忆江湖归白发，欲回天地入扁舟"所咏，正是此意。就算一时不能挂冠归田，也要"百重堆案掣身闲"，乘机多近自然。身逢乱世，为了逃避暴政或异族统治，有为的儒者也被迫变成逸民，隐迹江湖。有心仕进的人，更是一生在宦游、赴任、迁调、贬谪的途中。苏轼便是典型的例子，曾经自叹"此生定向江湖老，默数淮中十往来"。但是贬官之祸往往成了游客之福，所以苏轼在饱啖荔枝之余，又不禁自喜"南来万里真良图"。柳宗元如果不远谪，我们也读不到《永州八记》了。

在宗教上，释道二教深入人心，寺塔道观之类遍布风景区域，天下名山几被占尽，不但气氛幽静而神秘，僧侣之中更多异人，可以谈寂灭，说空有，也难怪文人的游迹不绝。何况山深路远之处，有了寺庙，方便歇脚，甚至可以投宿，僧人熟悉山中路径，又可以为客导游，所以游记之中处处都是衲影钟声。

至于在哲学上，登临之际，面对广阔的空间，游目骋怀，最能超越小我的大患，冥冥中神往于绵亘的时间，或感千古兴亡，或叹宇宙不朽，总之都到了忘我之境。大致游者如果凭吊古迹，多易惆怅，如果赏玩烟霞，则多心旷神怡，因为一涉人事，总有得失，难以忘言忘机。柳宗元在《始得西山宴游记》中，俯视数州，"心凝形释，与万化冥合"，这才是山水之游的最高哲学境界，此时个体的生命刹那间泯化无迹，已汇入整体的大生命了。"采菊东篱下，悠然见南山"，正是这种"出神"的状态。这种至境，圣人和先知大概常有，山水游记的作家恐怕就只能偶得之于翠微与淼漫之间。柳宗元赞西山："不与培塿为类，悠悠乎与颢气俱，而莫得其涯；洋洋乎与造物者游，而不知其所穷。"其实游者的心灵面对壮丽的大自然时，也是悠悠洋洋，投入无限的时空，归于造物，正是陶潜所谓"复得返自然"。

3

散文以功用来区分，素有写景、叙事、抒情、议论之说。游记是散文的一种，当然也有这种种功用。一般说来，写景多为静态，属于空间；叙事多为动态，属于时间；抒情则为物我交感的作用，主观的感受可受外物影响，是为情因景生，也可以反过来影响外物，是为境由心造；至于议论，则是跳出主观的抒情，对经验分析并反省，把个别的经验归纳入常理常态，于是经验有了意义，有了条理，乃成思考。这四种功用在一般的散文里往往只有轻重主客之分，绝少相互排斥。景中无事，事中无景，都不够生动。一流的抒情文往往见解过人，一流的议论文也往往笔带情感。下面且录袁宏道《游桃源记》的两段文字，略加分析：

> 众山束水，如不欲去，山容殊闲雅，无刻露态。水至此亦敛怒，波澄黛蓄，递相亲媚，似与游人娱。

这一段本来是写景，用的却是动态的叙事手法，两个主角是山和水，但其动作，也就是所叙之事，却有人的意义。山原来无所谓"闲雅"，水原来也不解"亲媚"，赋山水以人性，便是抒情了。前面我说过：由外而内的"因景生情"和由内而外的"境由心造"，都是抒情。所以苏轼在《后赤壁赋》中所说的"划然长啸，草木震动，山鸣谷应，风起水涌，予亦悄然而悲，肃然而恐，凛乎其不可留也"是抒情；袁宏道的"水至此亦敛怒"也是抒情。

> 晓起揭蓬窗，山翠扑人面，不可忍，遽促船行。逾水溪十余里，至沙萝村，四面峰峦如花蕊，纤苞浓朵，横见侧出，二十里内，秀茜阁眉，殆不可状。夫山远而缓则乏神，逼而削则乏态，余始望不及此，遂使官奴息誉于山阴，梦德悼言于九子也。

这一段一共三句话，第一句主要是叙事。"山翠扑人面"原是写景，却用叙事的方式，化静为动。这五个字本意是"山色突现，又浓又近"，但一个"扑"字把山色"鞭人面而来"的强烈动感攫住了，不让王安石的"两山排闼送青来"专美于前。其实许多写景的好句都以叙事出之，因为叙事动作鲜明，有戏剧感。苏轼最擅此道，他常把事物间静的关系化成动的演出，《越州张中舍寿乐堂》的前八句是最生动的例子：

> 青山偃蹇如高人，常时不肯入官府。
> 高人自与山有素，不待招邀满庭户。
> 卧龙蟠屈半东州，万室鳞鳞枕其股。
> 背之不见与无同，狐裘反衣无乃鲁。

回到袁宏道的游记来，当可发现第二句主要在写景，却用一个延伸的明喻来交代。大意是说：从江上望群峰，有如花心，有的是细苞，有的是浓朵，有的见正面，有的见侧面，一路看了二十里，那秀丽鲜艳的山色近在眉际，几乎形容不出。这一句其实也有一点动感，因为峰势纤浓不一，横侧交错，正是舟行二十里的所见，不过这种动感缓而不觉，难和"山翠扑人面"相比。倒是峰峦如花蕊的比喻，颇具抒情性。① 我认为广义的抒情不应限于触景生情的情绪反应，还应该包括景由心造的自由想象。"落花犹似坠楼人"将花和人的形象叠在一起，是自由想象所造的心境。同样，把峰峦和花蕊叠成一个复象后，读者心目中的"纤苞浓朵，横见侧出，秀茜阁眉"当然已经换了花的形象；虚的花在读者眼前浮现，但没有完全遮没了后面的实的峰峦，如此虚实交射，观者便从现实世界投入了想象世界。文学的比喻正是一种造境，读者明知其假，却愿信假为真，将虚作实；正如英国诗人柯尔律治所说："诗的信念来自读者在刹那之间欣然排除了难以置信的心理。"②

至于袁宏道前文的第三句，却由写景、叙事、抒情转到了议论，不是大发议论，但仍不失为小小的结论。"夫山远面缓则乏神，逼而削则乏态"，已经由个例归纳为原理，由感性进入知性。在感性散文里适时引进知性的概念，是能放能收的表现，也使文势有起伏，有对比，有澄清经验之功。

游记虽如上述，在四种功用之中有所偏重或兼容并包，但散文家未必擅写游记。我认为散文家仍有专才与全才之分，专才或善于议论而拙于抒情，或适相反，全才则无论知性的议论或感性的抒情，都游刃有余。大致说来，散文家中专才多而全才少，现代尤其如此。游记在散文之中，原则上应该是感性重于知性；因为登山临水、访寺寻僧、过州

---

① 张晓风的散文《常常，我想起那座山》，把重山复岭比成花瓣，把水上的游人比成花蕊，奇思不下于袁宏道。——作者自注

② In this idea originated the plan of the Lyrical Ballads; in which it was agreed that my endeavors should be directed to persons and characters supernatural, or at least romantic; yet so as to transfer from our inward nature a human interest and a semblance of truth sufficient to procure for these shadows of imagination that willing suspension of disbelief for the moment, which constitutes poetic faith. (S. T. Coleridge: Biographia Literaria, Chapter 14.)——作者自注

历郡的过程，必须叙事，事中有景，又必须写景，这两种基本功夫到了家，才能情融于景，情寄于事，三者交流，达到抒情之境。游记作家在写景叙事上必须敏于观察，巧于组织，而且充溢之以感情，振荡之以想象，文章才会踏实，清晰，而有活力。观察力不足，写景便不鲜明。组织力不足，叙事便无条理。感情不真，想象不活，则整篇文章死气沉沉，像一篇不关痛痒的报告。

许多散文作者不懂情之为物飘忽而无形，与其坦陈直说，不如附之景与事较为具体踏实，同时又更为婉转含蓄。不善写景叙事的作者，其实也就不善抒情。古代的散文家多半会写诗，有的更是当行本色的诗人甚至大诗人，当然不至于不会写景。唐宋八大家之中诗人占了五位半。至于宋以后的散文家，除了唐顺之、归有光、方苞、姚鼐等少数特例之外，从吴澄、虞集一直到龚自珍，哪一位不多少是所谓"诗文双绝"，至少是能写诗？而叙事的艺术呢，古代的读书人莫不熟读史传，用意原在探究治乱兴衰之道，但对于写文章，除了引证史实穿插典故之便，还可以提供叙事的条理和笔法。现代的散文家大半不会写诗，也少读史，所以遇到要交代景色的时候，往往一笔带过，或用成语来补观察与想象之不足，而叙事的时候，不是缺乏条理，就是没有波澜。这样的散文家写起游记来时，总难得心应手，于是写景如抄成语典，叙事如记流水账。在这样的窘境下，抒情也只有任其浅露了。

4

游必有地，亦必以时。地有景色，时分先后，所以游记不可能不写景叙事。至于情，则因景与事而起，景在眼前，事经身历，俯仰流连之际，自然而然已抒情过半，只须在紧要关头，画龙点睛，吐露胸中的感想，抒情便达到了高潮。一般的游兴如果是在山水，则所抒的情大概也是对大自然的赞叹，亦即王羲之所谓的"仰观宇宙之大，俯察品类之盛"。至其极致，便到了柳宗元"心凝形释，与万化冥合"之境。所以游记的抒情通常不是慷慨激昂抚膺歌哭的一类：抒情的对象是自然而非人事，其形态应该比家国师友之情要单纯而恬静。至于议论，则可发可不发，发也不宜太长或太抽象。

游记有时有地，当然更有人。有了人，当然要叙事、抒情、议论。没有人，也可以专写景色，论形势，便成了山水记或地方志，属于舆地学了。《水经注》不但考述地理人文，而且善于写景，饶有诗意，常为后人诗文写景的依据。例如记"三峡"的一段，综述四季景色，乃是当地的常态而非某人某次的经历："每至晴初霜旦，林寒涧肃，常有高猿长啸，属引凄异，空谷传响，哀转久绝"之类的名句，千古美之，但是山水之中没有人物的活动，所以仍是山水记而非游记。再如龚自珍考察舆地的文章，夹叙夹议，又饶文采，可谓古代最精彩的报告文学，其见识与豪情不是今日的报告文学所能追摹。例如《说居庸关》一文，本来是研究地势与边防的知性文章，却因议论纵横而见气势，更因加入了人的活动，尤其是第一人称的亲身经历，而与游记相通。下面的一段叙事，不下于任何游记：

> 自入南口，流水啮吾马蹄，涉之决然鸣，弄之则忽涌忽洑而尽态，迹之则至乎八达岭而穷……蒙古自北来，鞭橐驼，与余摩臂行，时时橐驼冲余骑颠，余亦挞蒙古帽，堕于橐驼前，蒙古大笑。

一九八二年十二月

第 三 讲

我 的 写 作 经 验

想象，可以视为艺术的特权，真理的捷径。

我的写作经验

本来我就不应该写这样一篇文章的。一个作家只有到垂暮之年，著作等身，得失之间，寸心了然，才有资格谈谈他的写作经验。到了这种时候，他才能将创造的艺术，有系统地归纳起来，留供青年作者们参考。例如英国名小说家毛姆在一九三八年出版他那本经验之谈《总结》时，已经六十有四，作品的单行本也有三十几部了。一个作家到了喜欢谈经验时，他的生命之中已经回顾多于前瞻，换句话说，他就是一个"老作家"了。我想任何真实的作家都不愿被人尊为"老作家"的。据说曾经有人问西班牙大画家毕加索（Pablo Picasso）谁是新人，毕加索立刻回答道："我就是！"毕加索不认老，不停止创造，也许将来临终时，他还会为自己的墓设计一种新的形式呢！这种永远求变的普洛透斯的精神，实在值得我们喝彩。

我之不愿意写什么经验之类的文章，也是这个原因。我希望自己即使到了七十岁，也有二十岁的作者来和我讨论创造的艺术；我希望将来老时，自己的作品被握在读者手中的时候多于被供在书架上的时候。

可是究竟我有没有写作经验呢？当然是有的。十多年来，我曾经写过诗，读过诗，译过诗，编过诗，评过诗，也教过诗。和诗发生过这么多种的关系，不论结果是成功或失败，经验总归是有的，那么，现在各位读者就把我当作一个好朋友，让我们来谈谈诗的创作吧。

首先，让我们谈谈一首诗创作的过程，也就是说，一首诗如何从作者的心底长途跋涉而到达他的笔尖。我们时常听人说起：一个成功的作家，必须具有丰富的生活经验。又时常听人说起：一个成功的作家，必须耐得住长期的寂寞。如是则一个作家既要和社会（亦即现实生活）

有密切的接触，又不得不和社会保持适当的距离，这不是很矛盾么？不是的。一个作家在体验生活时，他必须和外界有够深的交往，但是当他想把这种体验变成艺术，形诸文字时，他必须回到自己的内心，作一番整理、消化、酝酿、成熟的工作，然后生活的原料才能经加工变成艺术的成品。

现代诗是反浪漫主义的，因为浪漫主义的诗人在体验生活时，既缺乏适度的清醒的客观（没有作家可能绝对地客观，也无此必要），在处理这些体验时，又缺乏适度的酝酿过程。因此浪漫主义的诗（像徐志摩的大部分作品）往往是情感的发泄，而不是进一步经升华作用后的有所选择的美的创造。许多读者（包括许多初习写诗的作者）往往将尚呈原料状态的自然（无论是作为物质自然的风景，或是作为精神自然的感情）误认为艺术，以为一首诗中出现了蔷薇、月光、森林，或者呼喊些爱情、忧郁、沉醉等等，就是美的商标，诗的要素了。这是非常错误的。这些东西之不等于诗，正如桑叶之不等于蚕丝。艺术和自然的距离恰恰等于诗人和非诗人的距离。自然是混乱的，粗糙的，必须经过整理，始有秩序；经过加工，始见光彩。柏拉图所谓诗人只能模仿自然，是错误的。相反地，诗人能补自然之不足，正如女娲氏能炼一块又一块的五色石去补天一样。

华兹华斯曾说："诗来自沉静时回忆所得强烈情感之自然流溢。"此语颇合我国"痛定思痛"的原理。所谓"痛定"，所谓"沉静时回忆"，都是指对于情感之酝酿而言。当我们正在身受情感之际，由于缺乏此种必要之美感观赏距离，很容易会将它误解为美的本身，诉之于诗，乃成为情感之宣泄，思想之说理，颇有日记之功用，毫无艺术之价值。有一种流行的错误思想，以为诗人之异于常人，在于他有过人的"丰富的感情"，几乎以为滥用感情是诗人的特色。事实上，诗人的感情不见得比常人丰富，甚至恐怕不如晚报上的新闻人物那么丰富。诗人异于常人，不过是他能超越那种感情，能够驾驭它、整理它、观察它，导它向适合艺术表现的一面去发展，芜杂的使它澄清，模糊的使它突出，稚嫩的使它成熟，然后才谈得上制成艺术品。

诗人究竟是用什么将自然的原料化为艺术的成品呢？首先，他当然要有原料，他要有丰富的人生经验。但这只是起点。在处理这些经验时，他必须另具丰富的而且是创造的想象力（creative imagination），才能决定经验之中，何者应留，何者应舍，何者应加深，何者应修改；才能决定现实经验与想象间化合的比例；才能使作品异于历史或新闻。然而这种想象力应该是有建立秩序的功用之创造想象，而不是胡思乱想，此亦诗人之有异于疯人之处。也就是说，无论如何想象，诗人必须使他的想象增强一首诗总的效果，而不得分散或减低直觉的专注。例如一个诗人写"瘦"；他可以说"瘦得像一根柴"，也可以说"瘦得像长颈鹿"，然而这些都似乎是平面的，仅止于外表的形象。但如果他说"瘦得像一只病蜘蛛"，当然较生动，如果他说"瘦得像耶稣的胡子"或者"瘦得能割断风，但割不断乡愁"，那意象遂由平面而立体，由形态而精神了。创造的想象就是这个意思。

经验的处理，和想象的发酵作用，有一部分可以得之于修养。学问（书本中的和书本外的）可以使一个诗人自其他诗人、作家，或任何事物学习这些技巧。学问愈广，着眼点愈多，手法愈富变化，也愈明取舍增减之道。学问够的诗人，一旦面临某种生活经验，几乎很快就可以知道，前人曾有过几种处理的手法，成功或失败到何种程度，因而可以试用别的新手法来处理，或利用旧手法与新手法交织而成。学问不够的诗人不知要浪费多少工夫在别人已经失败的路上。

学问可以力致，想象半借禀赋，但可以稍稍加以训练，经验则俯拾皆是，只看你留心吸收及努力消化的程度而定。有了经验的充分原料，经时间的过滤与澄清，再加想象的发酵作用，最后用学问（包括批评的能力）来纠正或改进，创造的过程大致如此。至于什么嗅烂苹果，用蓝色稿纸，捧女人的脚等怪癖异行，那是因人而异的习惯，不足为凭。至少以我而言，我不要烟酒，不要咖啡，不要任何道具，除了一枝笔，一叠纸，一个幽暗的窗。

一九六一年一月

论题目的现代化

题目的现代化，是今日中国作家早该注意的问题之一。一个真正敏感的作家，应该将他纤细的触须，伸到艺术的每一个角落。我们无法想象，一篇洋溢着现代精神的作品，居然肯戴上一顶发霉的帽子。作家是最不愿穿制服的一种心灵，他的第一信仰就是创造。可是，事实上，许多作家头上戴的，好像只是一家帽厂的出品。为了表现一点个性，为了给文坛一点新的气象，文学作品的题目，必须现代化起来了。

我说文学作品，因为"纯粹音乐"（absolute music）和抽象画往往用编号代替标题。只要你说 K.357 或是 Op.88，六二〇六或是壬寅〇八，内行的人马上明白那是怎么一回事。文学作品，无法做到绝对纯粹或抽象的程度；通常说来，题目仍是必要的。西洋的十四行，是少数例外之一。莎士比亚的一百五十多首十四行全部是编号的，豪斯曼那本古色古香的《希洛普郡一少年》也以数字识别。中国的古典诗，有时也在一个总题目下，将若干首编起号来。杜甫的《漫兴》九首和李贺的《马诗》二十三首，便是现成的例子。有时援《论语》之例，以篇首字句作题，例如杜甫的《一室》《宿昔》和《吾宗》。有时难于定题，或有难言之隐，索性以《无题》为题，像李商隐的某些作品。

有时题在文先，有时文成立题；其中利弊，初无定论，大抵关系作家的习惯。据《新唐书》说，李贺"未始先立题然后为诗，如他人牵合程课者"。长吉自称"寻章摘句老雕虫"，驴背寻诗，锦囊贮句，往往先有奇句，然后经营成篇，自然题在诗后。先有题，后有作品，只要不是应酬文章，也会产生佳构。有时候我心中涌起一个题目，一个十分美好的意象，玲珑剔透，浑然天成、挥之不去，不招自来，演成欲罢不能的局面，只好从这个题目出发，直至一篇作品完成。这种不招自来的题目，像一扇开向宝藏的窗子，一旦启示，便无法关上了。《万圣节》《香衫棺》《恐北症》《五陵少年》《等你，在雨中》等等作品，便是在这样的过程中完成的。

　　有的题名运用双声，妙结连环，像莎翁的 *Love's Labour's Lost*①，像班扬的 *Pilgrim's Progress*②。有的更兼用双声和叠韵，像尤德尔（Nicholas Udall）的喜剧 Ralph Roister Doister③，简直天衣无缝，拆都无从拆起。中国古典诗的《将进酒》也是双声缀成的。许多乐府的题名，另有一种古雅的韵味，像《箜篌引》《丽人行》《梁甫吟》等都能勾起一串串的联想。至于那些缤缤纷纷的词牌，更有一种说不出的情调。《少年游》《念奴娇》《鹧鸪天》《菩萨蛮》《踏莎行》《雨霖铃》，在一个有古典背景的心灵里，无端端地唤起多么凄丽的意象！

　　对于艾略特，英国古典诗名 Epithalamion 和 Prothalamion④ 一定也曾引起不少联想。英国诗人好用拉丁文为题名，例如道森（Ernest Dowson）两首有名的情诗，便是用罗马诗人贺拉斯的句子为题，无怪他的女朋友一个字也不懂。其中一首，*Non Sum Qualis Eram Bonae sub Regno Cynarae*（《我不再是往日辛娜拉裙下的我》）有这么一行：

　　　　I have forgot much, Cynara! Gone with the wind.

---

① *Love's Labour's Lost*，中文译名《爱的徒劳》。——编者注
② *Pilgrim's Progress*，中文译名《天路历程》。——编者注
③ *Ralph Roister Doister*，中文译名《拉尔夫·罗伊斯特·多伊斯特》。——编者注
④ Epithalamion，喜歌；Prothalamion，婚礼预祝歌。——编者注

后来经美国女作家米切尔据为她畅销小说的书名。事实上，许多现代小说的书名都是有出典的，例如海明威的 *The Sun Also Rises*（《太阳照常升起》）出自《圣经·旧约》的《传道书》，而 *For Whom the Bell Tolls*（《丧钟为谁而鸣》）则出自十七世纪诗人多恩的散文。此外，比较有名的例子，还有赫胥黎的 *Eyeless in Gaza*[①]（弥尔顿句），哈代的 *Far from the Madding Crowd*[②]（格雷），和 *Under the Greenwood Tree*[③]（莎士比亚），福克纳的 *The Sound and the Fury*[④]（莎士比亚），吴尔夫的 *Look Home-ward, Angel*[⑤]（弥尔顿），和菲茨杰拉尔德的 *Tender Is the Night*[⑥]（济慈）。我的第二本散文集《掌上雨》，也摘自崔颢的诗句"仙人掌上雨初晴"。在七十三期的《文星》上，我的一篇短文《不朽的P》犯了比"文白夹杂"恐怕还要严重的"中英夹杂"，那些白话文学的清教徒们又要侧目而视了。事实上，《阿Q正传》早已有例在先。英国作家不但用拉丁文，还用其他的外文为题名：有用法文的，例如济慈的 *La Belle Dame sans Merci*（《无情的妖女》）；有用意大利文的，例如弥尔顿的 *L'Allegro*（《欢乐颂》）和 *Il Penseroso*（《沉思颂》）；甚至于还有用希腊文的，例如弥尔顿的 *Areopagitica*（《论出版自由》），此外，也有因题生题的，不过这类的题名多少带点调侃的意味。例如乔伊斯的 *A Portrait of the Artist As a Young Man*（《一个青年艺术家的肖像》），到了

---

① *Eyeless in Gaza*，中文译名《加沙的盲人》。——编者注

② *Far from the Madding Crowd*，中文译名《远离尘嚣》。——编者注

③ *Under the Greenwood Tree*，中文译名《绿荫下》。——编者注

④ *The Sound and the Fury*，中文译名《喧嚣与骚动》。——编者注

⑤ 吴尔夫，指托马斯·沃尔夫（Thomas Wolfe，1900—1938），美国作家。*Look Home-ward, Angel*，中文译名《天使望故乡》。——编者注

⑥ *Tender Is the Night*，中文译名《夜色温柔》。——编者注

狄伦·托马斯（Dylan Thomas）①的笔下，便成了他的半自传性的 *Portrait of the Artist as a Young Dog*（《青年狗艺术家的肖像》），到了奥格登·纳什手里，竟成为谐诗 *Portrait the Artist as a Prematurely Old Man* 了。

有的题名，有很深的寓意，甚且还带点"拆字"的手法，例如英国诗人锡德尼爵士（Sir Philip Sidney）的十四行集《爱星者与星》（*Astrophel and Stella*）便是。原来锡德尼当日恋爱艾塞克斯伯爵的女儿珮内萝琵（Penelope Devereux），并且和她订了婚。后来珮内萝琵被迫嫁给瑞奇勋爵，成为瑞奇夫人，锡德尼便写了这一卷十四行以寄意，且以"星"（拉丁文为 stella）影射珮内萝琵，以"爱星者"自喻。他把自己的姓名化入了 Astrophel 之中。化名的过程是这样的：

Philip Sidney 缩写成 Phil+Sid

Phil 可视为 Philos（希腊文"爱"）的缩写

Sid 可视为 Sidus（拉丁文"星"）的缩写

将 Sidus 换成 Astron（希腊文"星"）

将 Astron+phil，然后略加删改

乃得"爱星者"Astrophel

如果李商隐生在十六世纪的英国，他也许会做同样的文字游戏。介于题名和本文之间，有时还有副标题、小引，以及富于暗示的引文。副标题用于论文中似乎较多。有时为了解释创作的动机、过程，或环境，小引是必要的。如果《高轩过》的作者不说明"韩员外愈，皇甫侍御湜见过，因而命作"，我们就很难肯定诗中的"东京才子，文章巨公"

---

① 狄伦·托马斯（1914—1953），一译迪伦·托马斯，英国诗人。——编者注

究竟是谁。姜白石词端的小引,轻轻着墨,便烘托出弥漫的气氛,柯尔律治的杰作《忽必烈汗》的附言,不但阐明创作过程,抑且可以用做弗洛伊德学说的注脚。有一度我不太能欣赏华兹华斯的长诗《忆童年时所得永生之暗示》(*Ode on Intimations of Immortality from Recollections of Early Childhood*),后来,在一个比较完备的版本里,读到他自己的附言,这才豁然贯通。在作品前面,引用一段古人或时人的文字,在现代文学中似乎颇见盛行。艾略特就最好此道。他引用的范围很广,从但丁到伊丽莎白时代的戏剧不等。可是那些引用文字,都和诗的主题相关,富于微妙的暗示作用,且为熟谙古典的读者增加一层似曾相识的乐趣。这种引文的作风,对于目前中国的现代文学颇有影响。

任意翻开目前的中文刊物,我们立刻看见那些没有个性,陈腐不堪的题目。那些帽子,千篇一律,张冠李戴,实在没有什么分别。大多数的作家,都安于拣现成的帽子戴,很少独出心裁,为自己订做一顶新帽。《失去的童年》《未完成的恋曲》《生命的灯》《牧歌小唱》《褪色的梦》《石榴花开的时候》《恨难忘》《意绵绵》等等题目,都是老祖母时代流行的帽子了,还戴在头上做什么!一篇文学作品的题目,宁可失之生硬或怪诞,也不可失之陈腐或油滑。世界上最恶劣的题目,莫过于西洋影片的中文译名,自以为风雅之至,事实上庸俗得令人恶心。明明是《红磨坊》(*Moulin Rouge*),偏偏要译成《青楼情孽》;明明是《太阳重升》,偏偏要译成《妾似朝阳又照君》。事实上,根据原文直译,往往朴实可爱,而且容易记忆,更容易还原成原名;《金臂人》《七年之痒》《茶与同情》《纽伦堡大审》《山》《鸟》,便是最好的例子。知道如何避免电影译名式的题目,是一个作家得救的起点。在积极的一方面,如果他不能把题目取得很鲜明、很挺拔、很帅,至少他也应该做到朴素或凝重的程度。翻开朱西宁的《铁浆》或司马中原的《加拉猛之墓》,我们看不见脂粉气的形容词，只看见一些富于男性美的题目，例如《新坟》《刽子手》《黑河》《红砂岗》《猎》，多么干脆，多么重，多么斩钉截铁！《东门野蛮及其伙伴们》《没有脸的人》《死亡航行》《鸡尾酒会及其他》《蓝色音乐季》《白兰地酒柜似的下午》《治外法权·尺·老虎》《月光·枯井·三脚猫》，随手抄来的几个题目，都富有个性，只要见过一次，便很难忘记。罗（J. L. Lowe）的一本书《去上都的路》（*The Road to Xanadu*），如果改成学院气十足的《柯尔律治的研究》，便索然寡味了。侯（P. P. Howe）写的哈兹里特（William Hazlitt）传，题名为《诞生在土星光下》（*Born under Saturn*），也是一记绝招。关于题目的现代化，美国诗人们都很敏感。随便翻开现代美国诗选，像《星期天的圆顶》《无辜的风景》《战士走在大学树下》《正午的梦魇》《凡小丑皆戴面具》等的题目，立刻拍打着我们的眼睛。卡明斯的题目总是引人入胜的：

> 或人住在一个很那个的镇上
> 春天是一只也许的手
> 春天，万能的女神
> 情人！因为我的血会唱歌
> 一乘一（指爱情）

这些题目很难忘记。好的开始是一半的成功。一首诗或一篇散文，从题目便开始了；要等到第一行或第一句才开始，就太慢了。一切都在现代化，连题目也不能例外。作家们，拿点精神出来！剪掉散文的辫子，扔掉题目的烂帽子！

一九六三年十一月十二日

艺术创作与间接经验

1

一切艺术的创作，包括文学创作在内，在心智上的活动大致需要三个条件：知识、经验、想象。且以一篇描写登山的作品为例。山有多高，地理与地质如何，生态有何特色，山名从何而来，有何历史与传说，诸如此类资料，皆属知识范围，最好能够尽量掌握。这些知识不一定全派得上用场，但是知道了总令人放心，不知道却易犯错；同时，知道了，可以印证经验，更可以引导想象。例如山名龙山或僧帽山，相传明末有高士隐居，或者清初有志士逃亡，立刻，想象就有所依附，遐想乃找到空间。至于经验，就是实际去登山，去体会峰回路转的山势，俯仰古木寒泉的风景，为游记取得踏实的亲身感受。没有经验，当然一切都是空的。但是仅有经验，却未仔细观察，深切体会，和事后的回味咀嚼，则仍嫌不足。其结果，也许是一篇平实甚至周详的报导，也许是地方志、新闻稿、调查报告，却未必是艺术作品。因为若要生动有趣而令人难忘，往往还需要想象。

所谓想象，不是胡思乱想，而是顺着人情、事态、物理，对于现实有所取舍，有所强调，终于超越时空，突破常识的限制，重组自然，作更自由而巧妙的安排。法国作家夏沙（Malcolm de Chazal）说得好："艺术是造化加速，神明放缓。"意思就是，艺术可以下握自然而上窥天机，乃是超凡入圣的途径。艺术能够如此，正有赖于想象。

以柳宗元的《钴鉧潭西小丘记》为例。他说："其石之突怒偃蹇，负土而出，争为奇状者，殆不可数。其嵌然相累而下者，若牛马之饮于溪；其冲然角列而上者，若熊罴之登于山。"第一句写石虽然也有相当的拟人化，但是大致上还停留在写实的层次。第二句经过想象的作用，便完全跳出了现实的秩序，赢得了自由，正是超越了造化而逼近了神明。

同样，王质的《游东林山水记》有这么一句："天无一点云，星斗张明，错落水中，如珠走镜，不可收拾。"前面的大半句只是写实，到了后面八个字，虚实之门忽然洞开，乃借想象之力而入自由之境。

想象，可以视为艺术的特权，真理的捷径。诗艺之中，诸如明喻、隐喻、换喻、夸张、拟人、象征等等手法，皆可视为创造性想象的锻炼，因为综而观之，这些手法都使用"同情的摹仿"（sympathetic imitation），使两件原不相涉的东西发生关系。前引柳宗元句"其嵌然相累而下者，若牛马之饮于溪；其冲然角列而上者，若熊罴之登于山。"正是用明喻把奇石与家畜野兽组合在一起。我写过一首小诗叫《山中传奇》，起头四句如下：

> 落日说黑蟠蟠的松树林背后
> 那一截断霞是他的签名
> 从焰红到烬紫
> 有效期间是黄昏

断霞是落日的返照所形成，正如名是人所签成，而晚霞如果横曳半空，也真有落日挥笔签名之势，挥的还是彩笔。但是这半空断霞不能持久，只绚烂一个黄昏而已，正如签了名的支票，过期就失效一样。就这么，自然的变化用人事来表现，天南地北的晚霞和签名便发生了关系，而落日和晚霞之间也建立了新的秩序。

雪莱在他宏丽的论文《诗辩》里就指出："想象所行者乃综合之道；理性重万物之异，想象重万物之同。"想象，正是一股莫之能御的亲和力，能将冷漠的荒原凝结成有情的世界。现实赖它重组，新的秩序赖它建立。

鲁（Joseph Roux）说："我们所知者有限，而所预感者无穷；在这方面诗人远超过学者。"比彻（Henry Ward Beecher）更直截了当，迳说"想象乃文明之天机与神髓，诚为真理之不二法眼"。诗人的知识不如学者、专家，而其经验也不如各行各业的行家、业者，但是诗人善于运用知识，使它充满感性，而且敏于诠释经验，使它富于意义。凭了这种同情的想象力，诗人才能突破物我之异，进入生命之同。

且回到前文所述描写登山的作品。有了知识，掌握了山的资料，还是不够，得实地去登山。实地登山，流汗之余，在峰顶饱览野景，但若神魂未能完全投入，未能如柳宗元登西山那样，"心凝形释，与万化冥合"，仍然是不够的。如果登山者徒有登山的经验，却无兴会淋漓的想象，对万物缺乏同情，无由交感，则虽然上山，却未见山，仍不足以成作品。李白说他"相看两不厌，只有敬亭山"。辛弃疾说他"我见青山多妩媚，料青山见我应如是"。麻革说他既入龙山，"月出寒阴，微明散布石上，松声翛然自万壑来，客皆悚视寂听，觉境愈清，思愈远"。这才算是想象起了作用，真见了山，真动了心。

2

自从十九世纪以来，批评家往往强调所谓写实主义，并且主张吸收生活经验。这当然是一条创作的大道，但并非唯一的出路。一个人的生活经验毕竟有限，如果作家取材的对象只能限于亲身的所经所历，限于他个人直接介入的时空,那他的创作天地就无法拓广。前面我指出,创作所赖的三个条件是知识、经验、想象。一位作家如果拙于运用知识,又不善于发挥想象,凡事只能凭借自己赤裸裸的经验,那他的作品就不免近于报告文学。何况有许多题材,作家根本无法直接体验,只能多加观察,并佐以知识与想象。例如男作家写女子,无论如何强调写实,总不能真的变成女子去直接体会,最多只能就近观察,并且设身处地,将心比心,也就是运用同情的想象,以补不足。中国古典文学里许多入情入理的闺怨诗与宫词,十分动人,却是男人所写,正是此理。

　　直接经验的天地虽然比较真实,却也比较狭窄。一个人到底不能事必躬亲,不少敏捷的作家因此乞援于间接经验。我所谓的间接经验,往往得之于他人的直接经验。例如要将某一历史事件写成小说或叙事诗,我们不能躬逢其盛,只能尽量搜集他人的口述与笔述,包括录音、访问、日记、书信,甚至针对同一事而写的其他作品。这些间接经验对我们来说只是一堆资料,但是经过我们想象的重组与催化,可以点铁成金,令死资料活起来。

　　我所谓的间接经验,还有另一个来源,具有另一层意义,那就是他人凭借自己的直接经验所创造的作品。杜甫、苏轼等诗人常有题画之作。苏轼的七绝:"竹外桃花三两枝,春江水暖鸭先知。蒌蒿满地芦芽短,正是河豚欲上时。"咏的乃是惠崇所绘的春江晚景。此一画面对惠崇而言,无疑是直接经验,但是对于观画的东坡,毕竟隔了一层,是间接经验了。当然,此情此景,东坡在自己的生活里,也就是自己的直接经验里,或许也曾见过,但是未曾明确把握,发为文字,要等惠崇以画家的眼光手到擒来,焦点对准,境界全出,东坡的诗心才有所依附,而把它"转化"为诗。

　　各种艺术形式之间的转化,正是艺术创作的一大取材,其意义,不外乎借他人的眼光来充实并变化自己的主题与手法。东坡化他人之画为自己之诗，而他自己的《赤壁赋》，自宋以来，也不知有多少画家怀着仰慕之情以它入画。同样，曹操《观沧海》名句"日月之行，若出其中；星汉灿烂，若出其里"也变成了溥儒的画境。

西洋的绘画在印象派出现以前，虽也取材于现实生活，例如宫廷画师为贵人画像，一般画家写乡野节庆或市井众生，但是神话、宗教、历史等题材，却占了大宗。处理这些题材，难以乞援于实际的经验，只能凭借一些文献或传说，用超凡的想象来发挥。

达·芬奇的《蒙娜丽莎》画的是佛罗伦萨的贵妇，真正含笑坐在他眼前的世间女子；可是《最后的晚餐》要处理的，却是无法亲身经验、更无所谓写实的宗教场面。根据新约《马可福音》第十四章第十三节至第二十节所载，耶稣在逾越节的餐桌上对众徒说："你们之中，与我共餐的一人会将我出卖。"此语一出，举座愕然，十二门徒逐一问耶稣说："是讲我吗？"耶稣答道："是十二人中，与我共蘸一盘的那位。"在达芬奇的画中，"举座"是一张长桌，耶稣端坐中央，众徒分坐两旁，左右各为六人，一律朝向观画的我们。这当然只是达·芬奇的布局，因为当日那一餐师徒十三人究竟是怎么一个坐法，谁也没有见过。《马可福音》里只说那房间是一间"客房"（guestchamber），宽大而在楼上（a large upper room）。达芬奇这样的画法颇有专家不以为然。例如耶路撒冷圣经研究中心的神学家伏雷明，就指出当时的桌面应该较矮，众人应该是依罗马统治者的习俗，坐在地上，同时餐桌也不会排成长条，耶稣与众徒更不会朝着同一方向并排而坐。

其实，不但后人不以为然，前人也有相异的想法。比达·芬奇早生约四十年的荷兰画家包茨（Dierick Bouts，1410—1475）也画过一幅《最后的晚餐》，布局却大不相同：餐桌要短许多，耶稣与四位使徒坐里朝外，左右两旁各坐二徒；打横而坐在桌之两侧者各为三人；余下的二人则坐外朝里，背对着观画者，面对着耶稣。耶稣举起右手，讲的也是那一句话，但众徒的反应要淡得多，整个画面远不如达·芬奇那一幅生动。包茨的《最后的晚餐》高仅七十二公分①，宽五十八公分；达·芬奇的《最后的晚餐》宽达九百一十公分，高四百二十公分，形态完全不同。两幅画有一点却是相同的，即餐桌都颇高，坐者也都有椅子，达·芬奇的名画也许有违常情，不够"写实"，可是人物的表情与姿势热烈得多，十二使徒分成四组，每组三人，自成格局，而四组之间又互相呼应，造成律动不绝的气势，令人震慑。

　　用同一题材来创作，而结构与风格迥异，正是作家的想象有别之故。同样地，根据同一普遍的宗教题材，例如"圣母与圣婴"或"圣乔治屠龙"，各家画出来的作品也有很大出入。拉斐尔的"圣母与圣婴"体态丰满，艾尔·格列柯的同题作品则体态清瘦。拉斐尔的"圣乔治屠龙"名作里，白马痴肥，妖龙猥小，背景的风光明媚安详，宜于郊游；德拉克洛瓦的同题绘画里，则将白马改为骠悍的赤骏，猥小的妖物改成庞然的猛兽，背景则放在峭壁之间，风云变幻，战况惊险。同一题材，在拉斐尔手下具古典的静趣，到了德拉克洛瓦手下，就激起浪漫的动态，正由于想象留下了广阔的空间，足供艺术家回旋。

　　在西洋的古典时代，诗、画、雕塑、音乐等艺术，往往交感互应，彼此转化，将他人的直接经验变成自己的间接经验，透过同情的想象换胎重生，成新的艺术。正如在现代文苑，小说与戏剧也往往换胎重生，变成了电影。

---

① 公分，长度单位"厘米"的旧称，符号 cm。——编者注

3

　　回顾自己写诗四十年，从前述的间接经验取材而成的作品，亦复不少。一位作家如果不甘于写实主义的束缚而有心追求主题的多殷性，这样的取材法该有相当的效益。以下容我就这种多元的取材法略加分析，或可提供同道参考。

　　历史不能经验，却可以靠知性来认识，靠想象来重现，并加以新的诠释。我国的古典诗人原就习于咏史，甚至为历史翻案。我写《刺秦王》与《飞将军》，灵感来自《史记》的"列传"。《梅花岭》一诗，来自清人全祖望述史可法成仁始末的《梅花岭记》；他如《昭君》《黄河》《秦俑》等也都取材于我国历史。

　　古典文学更是一大宝库，若能活用，可谓取之不竭。理想的结果，是主题与语言经过蜕变，应有现代感，不能沦为旧诗的白话翻译，或是名言警句的集锦。若是徒知死参，古典的遗产就成了一把冥钞，必须活用，才会变成现款。从李白的诗与生平，我曾经企图转化出《戏李白》《寻李白》《念李白》《与李白同游高速公路》等作。杜甫感召了《湘逝》与《不忍开灯的缘故》。屈原附灵于《水仙操》《漂给屈原》与《召魂》。其实，早在四十年前，爱读《楚辞》的我就已在中央副刊发表《淡水河边吊屈原》了。在香港教书的时候，曾经耽读苏轼作品，并企图在《夜读东坡》与《橄榄核舟》里重现坡公的风神。和陈子昂抬杠，则抬出了《诗人》。前述诸诗大半成于香港，说明了我在中文大学中文系的那十年，耳濡目染，受了古典芬芳多大的启示。

　　传说也提供了《夸父》《羿射九日》《公无渡河》等诗的酵母。

　　绘画一直令我神往：《我梦见一个王》《发神》《飞碟之夜》诸诗，分别取自王蓝、席慕蓉、罗青的画境。《寄给画家》及《你仍在岛上》

两首都从席德进的水墨脱胎：前一首写于他临终之前，说他将有远游，"去看凡·高或者徐悲鸿"，许多朋友担心他看到会不悦，不料他看了却很高兴。迄今我写过三首《向日葵》，都起意于凡·高的名画。最近的这一首是凡·高百年祭三篇之一，其他两篇：《星光夜》与《荷兰吊桥》也是以凡·高名画命名。《造山运动》一首，则是观赏了江明贤、李义弘、陈牧雨、黄才松、蔡友五位画家当众联手挥毫，再造黄山，兴起而作。

音乐亦然。我早年的诗集《万圣节》，几乎整本都有西洋古典音乐的回音。《月光曲》里有德彪西幽冷的琴韵。《江湖上》里有鲍勃·迪伦①苦涩的鼻音。《白玉苦瓜》一集里，包括《民歌》《乡愁》《乡愁四韵》《摇摇民谣》在内，至少有半打作品是仿民谣；《歌赠汤姆》则是汤姆·琼斯的反响。早年我很迷格什温（George Gershwin）忧郁而潇洒的古典爵士，有意在《越洋电话》一诗中学习切分法，恐怕并未奏功，字里行间也听不出来吧。国乐也往往令我有写入诗中的清兴，例如《炊烟》一首，便是聆赏了古筝伴奏舞蹈的结果。另外一例，便是在六龟的龙眼树下"听容天圻弹古琴"。

电影也令我感发兴奋，例如《海妻》一诗，便是有感于李察·波顿②与琼·柯琳丝合演的影片 Sea Wife（《茫茫沧海》），《史前鱼》则是纪念《阿拉伯的劳伦斯》。《甘地之死》《甘地纺纱》《甘地朝海》三首，则是在香港看了艾登布罗③导演的影片《甘地》，感动之余，一口气完

---

① 鲍勃·迪伦（1941— ），原译巴布·迪伦，美国摇滚、民谣艺术家和作家，2016 年获诺贝尔文学奖。——编者注

② 李察·波顿（Richard Burton，1925—1984），亦译理查德·伯顿，英国男演员。——编者注

③ 艾登布罗（Richard Attenborough，1923—2014），亦译理查德·阿滕伯勒，英国演员、导演、编剧、制片人。——编者注

成的。但愿中国人拍的片子也能令我有入诗的冲动。

摄影越来越普遍，水准也越见提高，更是写诗的上佳触媒。摄影是静态的艺术，但可以满含动感，而且暗示某种意义。在时间之流里摄影机攫住了奇妙的一瞬，只有诗人能把那一瞬接通其上下文，使静态解冻为事件，而流动起来。摄影可以听其自然，不落言诠，诗却必须言诠自然，抉出自然无言的含义。我曾前后两年，为柯达公司所制的照片月历配合二十四首小品，后来保留了六首，辑成《戏为六绝句》，收入了《白玉苦瓜》。在《垦丁国家公园诗文摄影集》的巨册里，我也为王庆华的照片写了十九首短诗，后来辑为一组，纳入《梦与地理》。他所拍摄的《兰屿颂》里，也有我题诗六首。近年我存摄影有得，《妇女杂志》曾经按月选刊，免不了又要我配上小诗，就这么，又写了一年。摄影家徐清波的摄影集《玻璃・窗的世界》专拍纽约的摩天楼群，也有我的六首诗对照印证。

新闻报导也可以提供题材，尤其是富于感性配有图片的一类。《进出》一首虽有我抗战的经验为本，却是日本政府粉饰侵略的新闻所触发。《哀鸽》是有感于苏联军机击落民航客机之残暴。纽约大停电，秩序大乱，却有古道热肠的人在广场分赠白烛，消息见报，入了我的《大停电》。《慰一位落选人》是写福特竞选失败。……全斗焕寂寞而屈辱的下场，令我慨叹权柄之不足恃，而写了《百潭寺之囚》。……戈尔巴乔夫遭遇政变，奥黛丽・赫本死于结肠癌，消息见报，佐以照片，我也各写一首以记。

电视在当代生活中日见重要，带来的讯息又快又生动，百闻不如一见，最能动人感性。经国先生逝世，那一连串感性的形象，半旗、黑纱、黄菊、人群、灵车，都逼到家家的荧光幕前，令人过目难忘。所以，等到高雄市的追思大会邀我写诗，那些镜头不禁逼人而来，在视神经上还感到痛楚隐隐，自然就成了诗。冬季奥运会上，东德溜冰选手薇特在冰上踢踏《卡门》舞曲，天衣无缝，叹为观止，乃成诗二首，一名《冰上舞者》，一名《冰上卡门》。我不用去奥运现场，仅凭电视转播的间接经验——多强烈的视觉经验啊——亦可得诗。足见写实主义的框框囚不住艺术创作的想象，至少于诗为然。

　　我们已经进入资讯的时代，在地球村里，实际生活经验之不足，可由各种媒体来补充，无须事必躬亲。要寻找题材，途径很多，无须效古人"骑驴觅句"。为免误会，我得郑重指出，实际生活当然仍是我们主要的经验，其理至明，但是各种媒体既已延伸了我们的耳目，各种学问、各种艺术既已启迪了我们的心灵，只要我们能善用这些间接经验来开展自己的天地，创作的题材当不至于迅趋枯竭。

一九九〇年十一月

本文略有删节——编者注。

第 四 讲

翻 译 乃 大 道

翻译，尤其是文学的翻译，

是一种艺术，变化之妙存乎一心。

翻译和创作

希腊神话的九缪斯之中，竟无一位专司翻译，真是令人不平。翻译之为艺术，应该可以取代司天文的第九位缪斯乌拉尼亚（Urania）；至少至少，也应该称为第十位缪斯吧。对于翻译的低估，不独古希腊人为然，今人亦复如此。一般刊物译文的稿酬，往往低于创作；教育部审查大学教师的学力，只接受论著，不承认翻译；一般文艺性质的奖金和荣誉，也很少为翻译家而设。这些现象说明了今日的文坛和学界如何低估翻译。

流行观念的错误，在于视翻译为创作的反义词。事实上，创作的反义词是模仿，甚或抄袭，而不是翻译。流行的观念，总以为所谓翻译也者，不过是逐字逐词的换成另一种文字，就像解电文的密码一般；不然就像演算代数习题一般，用文字去代表数字就行了。如果翻译真像那么科学化，则一部详尽的外文字典就可以取代一位翻译家了。可是翻译，我是指文学性质的，尤其是诗的翻译，不折不扣是一门艺术。也许我们应该采用其他的名词，例如以"传真"来代替"翻译"这两个字。真有灵感的译文，像投胎重生的灵魂一般，令人觉得是一种"再创造"。直译，甚至硬译、死译，充其量只能成为剥制的标本：一根羽毛也不少，可惜是一只死鸟，徒有形貌，没有飞翔。诗人查尔迪认为，从一种文字到另一种文字的翻译，很像从一种乐器到另一种乐器的变调（transposition）：四弦的提琴虽然拉不出八十八键大钢琴的声音，但那种旋律的精神多少可以传达过来[①]。庞德的好多翻译，与其称为翻

[①] Transltor's Note: The Inferno, tr. by John Ciardi (Mentor books, 1954).——作者自注

译，不如称为"改写""重组"，或是"剽窃的创造"[①]；艾略特甚至厚颜宣称庞德"发明了中国诗"。这当然是英雄欺人，不足为训，但某些诗人"寓创造于翻译"的意图，是昭然可见的。

假李白之名，抒庞德之情，这种偷天换日式的"意译"，我非常不赞成。可是翻译之为艺术，其中果真没有创作的成分吗？翻译和创作这两种心智活动，究竟有哪些相似之处呢？严格地说，翻译的心智活动过程之中，无法完全免于创作。例如，原文之中出现了一个含义暧昧但暗示性极强的字或词，一位有修养的译者，沉吟之际，常会想到两种或更多的可能译法，其中的一种以音调胜，另一种以意象胜，而偏偏第三种译法似乎在意义上更接近原文，可惜音调太低沉。面临这样的选择，一位译者必须斟酌上下文的需要，且依赖他敏锐的直觉。这种情形，已经颇接近创作者的处境了。根据我创作十多年的经验，在写诗的时候，每每心中涌起一个意念，而表达它的方式可能有三种：第一种念起来洪亮，第二种意象生动，第三种则意义最为贴切。这时作者同样面临微妙的选择，他同样必须照顾上下文，且乞援于自己的直觉。例如杰弗斯（Robinson Jeffers）的诗句：[②]

> ...by the shore of seals while the wings
> Weave like a web in the air
> Divinely superfluous beauty.

我可以译成下面的两种方式：

[①] 请参阅拙著《英美现代诗选》169页。——作者自注

[②] 摘自 Divinely Superfluous Beauty，全诗译文见《英美现代诗选》207页。——作者自注

① ……在多海豹的岸边，许多翅膀
像织一张网那样在空中编织
充溢得多么神圣的那种美。
② ……濒此海豹之滨，而鸥翼
在空际如织网然织起
圣哉充溢之美。

第一种方式比较口语化，但是费辞而松懈；第二种方式比较文言化，但是精炼而紧凑。结果我以第二种方式译出。但是有些诗语俚而声亢，用文言句法译出，就不够意思。下面杰弗斯的另一段诗①，我就用粗犷的语调来对付了：

"Keep clear of the dupes that talk democracy
And the dogs that bark revolution,
Drunk with talk, liais and believers.
I believe in my tusks.
Long live freedom and damn the ideologies,"
Said the gamey black-maned wild boar,
Tusking the turf on Mal Paso Mountain.

"管他什么高谈民主的笨蛋，
什么狂吠革命的恶狗，

---

① 摘自 *The Stars Go Over the Lonely Ocean*，全诗译文见《英美现代诗选》194页。杰弗斯的诗在哲学的观念上属于尼采，所以对民主与革命均不信任，宁效野猪遁世自高。——作者自注

> 谈昏了头啦，这些骗子和信徒。
> 我只信自己的长牙。
> 自由万岁，他娘的意识形态。"
> 黑鬣的野猪真有种，他这么说，
> 一面用长牙挑毛巴索山的草皮。

用字遣词需要选择，字句次序的排列又何独不然？艾略特《三智士朝圣行》中的句子：

> A hard time we had of it.

很不容易译成中文。可能的译法，据我看来，有下列几种：

> ①我们有过一段艰苦的时间。
> ②我们经历过多少困苦。
> ③我们真吃够了苦头。
> ④苦头，我们真吃够。

如果不太讲究字句的次序，则前三种译法，任用一种，似乎也可以敷衍过去了。可是原文只有七个字，不但字面单纯，而且还有三个所谓"虚字"。相形之下，一、二两句不但太冗长，而且在用字上，例如"艰苦""经历""困苦"等，也显得太"文"了一点。第三句是短些，可是和前两句有一个共同的缺点：语法不合。艾略特的原文是倒装语法：诗人将 a hard time 置于句首，用意显然在强调三智士雪中跋涉之苦。前三种中译都是顺叙句，所以不合。第四句中译就比较接近原文了，因为它字少（正巧也是七个字），词俚，而且也是倒装。表面上，第一种译法似乎最"忠实"，可是实际上，第四种却最"传真"。如果我们还要照顾上下文的话，就会发现，上面这句原文实际上是响应同诗的第一行：

> A cold coming we had of it.①

可见艾略特是有意用两个倒装句子来互相呼应的。因此我们更有理由在译文中讲究字句的次序了。所谓"最佳字句排最佳次序"的要求，不但可以用于创作，抑且必须期之翻译。这样看来，翻译也是一种创作，至少是一种"有限的创作"。同样，创作也可以视为一种"不拘的翻译"或"自我的翻译"。在这种意义下，作家在创作时，可以说是将自己的经验"翻译"成文字。（读者欣赏那篇作品，过程恰恰相反，是将文字"翻译"回去，还原成经验。）不过这种"翻译"，和译者所作的翻译，颇不相同。译者在翻译时，也要将一种经验变成文字，但那种经验已经有人转化成文字，而文字化了的经验已经具有清晰的面貌和确定的涵义②，不容译者擅加变更。译者的创造性之所以有限，是因为一方面他要将那种精确的经验"传真"过来，另一方面，在可能的范围内，还要保留那种经验赖以表现的原文。这种心智活动，似乎比创作更繁复些。前文曾说，所谓创作是将自己的经验"翻译"成文字。可是这种"翻译"并无已经确定的"原文"为本，因为在这里，"翻译"

---

① 艾略特这两行诗均摘自 *Journey of the Magi*，全诗译文见《英美现代诗选》173 页。这两行诗之所以倒装，是因为艾略特引用了英国神学家 Lancelot Andrewes 以耶诞为题的证道词 "A cold coming they had of it..." 而改为第一人称口吻。——作者自注

② 这和修辞中的 ambiguity 或 irony 等无关。——作者自注

的过程，是一种虽甚强烈但浑沌而游移的经验，透过作者的匠心，接受选择，修正，重组，甚或蜕变的过程。也可以说，这样子的"翻译"是一面改一面译的，而且，最奇怪的是，一直要到"译"完，才会看见整个"原文"。这和真正的译者一开始就面对一清二楚的原文，当然不同。以下让我用很单纯的图解，来说明这种关系：

经验→文字
（创作）
文字→经验
（欣赏）
文字＝经验？
（批评）
经验→原文
　↓
译文
（翻译）

翻译和创作在本质上的异同，略如上述。这里再容我略述两者相互的影响。在普通的情形下，两者相互间的影响是极其重大的。我的意思是指文体而言。一位作家如果兼事翻译，则他的译文体，多多少少会受自己原来创作文体的影响。反之，一位作家如果在某类译文中沉浸日久，则他的文体也不免要接受那种译文体的影响。

张健先生在论及《英美现代诗选》时曾说："一般说来，诗人而兼事译诗,往往将别人的诗译成颇具自我格调的东西。"① 这当然是常见的现象。由于我自己写诗时好用一些文言句法,这种句法不免也出现在我的译文之中。例如,《圣哉充溢之美》篇末那几行的语法,换了"国语派"的译者,就绝对不会那样译的。至少胡适不会那样译。这就使我想起,他曾经用通畅的白话译过丁尼生②的《尤利西斯》的一部分。胡适的译文素来明快清畅,一如其文,可是用五四体的白话去译丁尼生那种古拙的无韵体,其事倍功半的窘困,正如苏曼殊企图用五言排律去译拜伦那篇激越慷慨的《哀希腊》。其实这种现象在西方也很普遍。例如,荷马那种"当叮叮"的敲打式"一长二短六步格",到了十八世纪文质彬彬的蒲柏笔下,就变成了蒲柏的拿手诗体"英雄偶句",而叱咤古战场上的英雄,也就驯成了坐在客厅里雅谈的绅士了。另一个生动的例子是庞德。艾略特说他"发明"了中国诗,真是一点不错。清雅的中国古典诗,一到他的笔底,都有点意象派那种自由诗白描的调调儿。这就有点像个"性格演员",无论演什么角色,都脱不了自己的味道。艾略特曾强调诗应"无我"③,这话我不一定赞成,可是拟持以转赠他的师兄庞德,因为理想的译诗之中,最好是不见译者之"我"的。在演技上,理想的译者应该是"千面人",而不是"性格演员"。

另一方面,创作当然也免不了受翻译的影响。一六一一年钦定本的《圣经》英译,对于后来英国散文的影响,至为重大。中世纪欧洲

---

① 见1968年9月14日《中国时报·人间副刊》汶津的专栏文章:《简介三本英美译丛》。——作者自注

② 丁尼生(Alfred Tennyson, 1809—1892),英国诗人。——编者注

③ impersonality: 艾略特主张诗人应泯灭自我以迁就诗之主题,也就是说,应该摆脱自我而进入事物之中心。此说实与济慈致 Woodhouse 信中所云 "A poet is the most unpoetical of anything in existence; because he has no identity" 不谋而合。反浪漫的大师,在诗的理论上竟与浪漫诗人如此接近,真是一大 irony 了! ——作者自注

的文学，几乎成为翻译的天下。说到我自己的经验，十几年前，应林以亮先生之邀为《美国诗选》译狄金森作品的那一段时间，我自己写的诗竟也采用起狄金森那种歌谣体来。及至前年初，因为翻译叶芝的诗，也着实影响了自己作品的风格。我们几乎可以武断地说，没有翻译，五四的新文学不可能发生，至少不会像那样发展下来。西洋文学的翻译，对中国新文学的发展，大致上可说功多于过，可是它对于我国创作的不良后果，也是不容低估的。

翻译原是一种"必要之恶"，一种无可奈何的代用品。好的翻译已经不能充分表现原作，坏的翻译在曲解原作之余，往往还会腐蚀本国文学的文体。三流以下的作家，或是初习创作的青年，对于那些生硬、拙劣，甚至不通的"翻译体"，往往没有抗拒的能力，濡染既久，自己的"创作"就会向这种翻译体看齐。事实上，这种翻译体已经泛滥于我国的文化界了。在报纸、电视、广播等等大众传播工具的围袭下，对优美中文特具敏感的人，每天真不知道要忍受这种翻译体多少次虐待！下面我要指出，这种翻译体为害我们的创作，已经到了什么程度。

正如我前文所示，翻译，尤其是文学的翻译，是一种艺术，变化之妙存乎一心。以英文译中文为例，两种文字在形、音、文法、修辞、思考习惯、美感经验、文化背景上既如此相异，字、词、句之间就很少现成的对译法则可循。因此一切好的翻译，犹如衣服，都应是定做的，而不是现成的。要买现成的翻译，字典里有的是；可是字典是死的，而译者是活的。用一部字典来对付下列例子中的 sweet 一字，显然不成问题：

① a sweet smile

② a sweet flower

③ Candy is sweet.

但是，遇到下面的例子，任何字典都帮不上忙的：

① sweet Swan of Avon

② How sweet of you to say so!

③ sweets to the sweet

④ sweet smell of success

有的英文诗句，妙处全在它独特的文法关系，要用没有这种文法的中文来翻译，几乎全不可能。

① To the glory that was Greece

　And the grandeur that was Rome.

② Not a breath of the time that has been hovers

　In the air now soft with a summer to be.

③ The sky was stars all over it.

④ In the final direction of the elementary town

　I advance for as long as forever is.①

---

① 第一段摘自 *To Helen*：by Poe；第二段摘自 *A Forsaken Garden*：by A. C. Swinburne；第三段摘自 *The Song of Honour*：by Ralph Hodgson；末段摘自 *Twenty-four years*：by Dylan Thomas。——作者自注

以第二段为例，the time that has been 当然可以勉强译成"已逝的时间"或"往昔"，a summer to be 也不妨译成"即将来临的夏天"；只是这样一来，原文文法那种圆融空灵之感就全坐实了，显得多么死心眼！

不过译诗在一切翻译之中，原是最高的一层境界，我们何忍苛求。我要追究的，毋宁是散文的翻译，因为在目前的文坛上，恶劣的散文翻译正在腐蚀散文的创作，如果有心人不及时加以当头棒喝，则终有一天，这种非驴非马不中不西的"译文体"，真会淹没了优美的中文！这种译文体最大的毛病，是公式化，也就是说，这类的译者相信，甲文字中的某字或某词，在乙文字中恒有天造地设恰巧等在那里的一个"全等语"。如果翻译像做媒，则此辈媒人不知道造成了多少怨偶。

就以英文的 when 一字为例。公式化了的译文体中，千篇一律，在近似反射作用（reflex）的情形下，总是用"当……的时候"一代就代了上去。

①当他看见我回来的时候，他就向我奔来。
②当他听见这消息的时候，他脸上有什么表情？

两个例句中"当……的时候"的公式，都是画蛇添足。第一句大可简化为"看见我回来，他就向我奔来"。第二句也可以净化成"听见这消息，他脸上有什么表情？"流行的翻译体就是这样：用多余的字句表达含混的思想。遇见繁复一点的副词子句，有时甚至会出现"当他转过身来看见我手里握着那根上面刻着玛丽·布朗的名字的旧钓鱼竿的时候……"这样的怪句。在此地，"当……的时候"非但多余，抑且在中间夹了那一长串字后，两头远得简直要害相思。"当……的时候"之所以僵化成为公式，是因为粗心的译者用它来应付一切的 when 子句，例如：

① 当他自己的妻子都劝不动他的时候，你怎么能劝得动他呢？
② 弥尔顿正在意大利游历，当国内传来内战的消息。
③ 当他洗完了头发的时候，叫他来找我。
④ 当你在罗马的时候，像罗马人那样做。

其实这种场合，译者如能稍加思索，就应该知道如何用别的字眼来表达。上列四句，如像下列那样修正，意思当更明显：

① 连自己的妻子都劝他不动，你怎么劝得动他？
② 弥尔顿正在意大利游历，国内忽然传来内战的消息。
③ 他洗完头之后，叫他来找我。
④ 既来罗马，就跟罗马人学。

公式化的翻译体，既然见 when 就"当"，五步一当，十步一当，当当之声，遂不绝于耳了。如果你留心听电视和广播，或者阅览报纸的国外消息版，就会发现这种莫须有的当当之灾，正严重地威胁美好中文的节奏。曹雪芹写了那么大一部小说，并不缺这么一个当字。今日我们的小说家一摇笔，就摇出几个当来，正说明这种翻译体有多猖獗。

当之为祸，略如上述。其他的无妄之灾，由这种翻译体传来中文里的，为数尚多，无法一一详述。例如 if 一字，在不同的场合，可以译成"假使""倘若""要是""果真""万一"等等，但是在公式化的翻译体中，它永远是"如果"。又如 and 一字，往往应该译成"并且""而且"或"又",但在翻译体中,常用"和"字一代了事。

In the park we danced and sang.

这样一句,有人竟会译成"在公园里我们跳舞和唱歌"。影响所及,这种用法已渐渐出现在创作的散文中了。

翻译体公式化的另一表现,是见 ly 就"地"。于是"慢慢地走""悄悄地说""隆隆地滚下""不知不觉地就看完了"等语,大量出现在翻译和创作之中。事实上,上面四例之中的"地"字,都是多余的,中文的许多叠字,例如"渐渐""徐徐""淡淡""悠悠",本身已经是副词,何待加"地"始行?有人辩称,加了比较好念,念来比较好听。也就罢了。最糟的是,此辈译者见 ly 就"地",竟会"地"到文言的副词上去。结果是产生了一批像"茫然地""突然地""欣然地""愤然地""漠然地"之类的怪词。所谓"然",本来就是文言副词的尾语。因此"突然"原就等于英文的 suddenly,"然"之不足,更附以"地",在理论上说来,就像说 suddenlyly 一样可笑。事实上,说"他终于愤然走开",不但意完神足,抑且琅琅上口,何苦要加一个"地"字?

翻译体中,还有一些令人目迷心烦的字眼,如能慎用,少用,或干脆不用,读者就有福了。例如"所"字,就是如此。"我所能想到的,只有这些";在这里"所"是多余的。"他所做过的事情,都失败了。"不要"所",不是更干净吗?至于"他所能从那扇门里窃听到的耳语",更不像话,不像中国话了。目前的译文和作品之中,"所"来"所"去的那么多"所",可以说,很少是"用得其所"的。另一个流行的例子,是"关于"或"有关"。翻译体中,屡见"我今天上午听到一个有关联合国的消息"之类的劣句。这显然是受了英文 about 或 concerning 等的影响。如果改为"我今天上午听到联合国的一个消息",不是更干净可解吗?事实上,在日常谈话中,我们只会说"你有他的资料吗?",不会说"你有关于他的资料吗?"。

翻译体中,"一个有关联合国的消息"之类的所谓"组合式词结",屡见不鲜,实在别扭。其尤严重者,有时会变成"一个矮小的看起来已经五十多岁而实际年龄不过四十岁的女人",或者"任何在下雨的日子骑马经过他店门口的陌生人"。两者的毛病,都是形容词和它所形容的名词之间,距离太远,因而脱了节。"一个矮小的"和"女人"之间,夹了二十个字。"任何"和"陌生人"之间,也隔了长达十五字的一个形容子句。令人看到后面,已经忘了前面,这种夹缠的句法,总是不妥。如果改成"看起来已经五十多岁而实际年龄不过四十岁的一个矮小女人",或者"下雨的日子骑马经过他店门口的任何陌生人"①,就会清楚得多,语气上也不至于那么紧促了。

公式化的翻译体还有一个大毛病,那就是:不能消化被动语气。英文的被动语气,无疑是多于中文。在微妙而含蓄的场合,来一个被动语气,避重就轻地放过了真正的主词,正是英文的一个长处。

① Man never is, but always to be blessed.
② Strange voices were heard whispering a stranger name.

---

① 为简洁起见,这两句译文还可以改为"看来已经五十多岁而实际不过四十岁的一个矮小女人"和"下雨天骑马经过他店门的任何陌生人"。事实上,在正常的中文里,这样的两句大概会写成"一个矮小的女人,看来已经五十多而实际不过四十岁"和"任何陌生人下雨天骑马经过他店门(都会看见他撑把雨伞站在门前……)"。后者和"下雨天骑马经过他店门的任何陌生人,都会看见他撑把雨伞站在门前……"意思完全相同,但是语法自然得多了。公式化的翻译体方便了译者个人(?)但是难为了千百读者。好的翻译则恰恰相反。——作者自注

第一句中 blessed 真正的主词应指上帝，好就好在不用点明。第二句中，究竟是谁听见那怪声？不说清楚，更增神秘与恐怖之感。凡此皆是被动语气之妙。可是被动语气用在中文里，就有消化不良之虞。古文古诗之中，不是没有被动语气："颠倒不自知，直为神所玩"，后一句显然是被动语气。"不觉青林没晚潮"一句，"没"字又像被动，又像主动，暧昧得有趣。被动与否，古人显然并不烦心。到了翻译体中，一经英文文法点明，被动语气遂蠢蠢不安起来。"被"字成为一只跳蚤，咬得所有动词痒痒难受。"他被警告，莎莉有梅毒"；"威廉有一颗被折磨的良心"；"他是被她所深深地喜爱着"；"鲍士威尔主要被记忆为一个传记家"；"我被这个发现弄得失眠了"；"当那只狗被饿得死去活来的时候，我也被一种悲哀所袭击"；"最后，酒被喝光了，菜也被吃完了"，这样子的恶译，怪译，不但流行于翻译体中，甚至有侵害创作之势。事实上，在许多场合，中文的被动态是无须点明的。"菜吃光了"，谁都听得懂。改成"菜被吃光了"简直可笑。当然"菜被你宝贝儿子吃光了"，情形又不相同。事实上，中文的句子，常有被动其实主动其形的情形："饭吃过没有？""手洗好了吧？""书还没看完""稿子才写了一半"，都是有趣的例子。但是公式化的译者，一见被动语气，照例不假思索，就安上一个"被"字，完全不想到，即使要点明被动，也还有"给""挨""遭""教""让""为""任"等字可以酌用，不必处处派"被"，在更多的场合，我们大可将原文的被动态，改成主动或不露形迹的被动。前引英文例句的第二句，与其译成不伦不类的什么"奇怪的声音被听见耳语着一个更奇怪的名字"，何不译成下列之一：

①可闻怪声低语一个更怪的名字。

②或闻怪声低唤更其怪诞之名。

③听得见有一些怪声低语着一个更怪的名字。

同样,与其说"他被警告,莎莉有梅毒",何如说"他听人警告说,莎莉有梅毒"或"人家警告他说,莎莉有梅毒"?与其说"我被这个发现弄得失眠了",何如说"我因为这个发现而失眠了"或"我因为发现这事情而失眠了"?

公式化的翻译体,毛病当然不止这些。一口气长达四五十字,中间不加标点的句子;消化不良的子句;头重脚轻的修饰语;画蛇添足的所有格代名词;生涩含混的文理;毫无节奏感的语气,这些都是翻译体中信手拈来的毛病。所以造成这种种现象,译者的外文程度不济,固然是一大原因,但是中文周转不灵,辞汇贫乏,句型单调,首尾不能兼顾的苦衷,恐怕要负另一半责任。至于文学修养的较高境界,对于公式化的翻译,一时尚属奢望。我必须再说一遍:翻译,也是一种创作,一种"有限的创作"。译者不必兼为作家,但是心中不能不了然于创作的某些原理,手中也不能没有一枝作家的笔①。公式化的翻译体,如果不能及时改善,迟早会危及抵抗力薄弱的所有"作家"。喧宾夺主之势万一形成,中国文学的前途就不堪闻问了。

一九六九年元月二十四日

---

① 我这种六十五分的要求,比起"唯诗人可以译诗"的要求来,已经宽大多了。——作者自注

翻译乃大道

去年九月，沈谦先生在《幼狮少年》上评析我的散文，说我"右手写诗，左手写散文，偶尔伸出第三只手写评论和翻译"。沈先生在该文对我的过誉愧不敢当，但这"偶尔"二字，我却受之不甘。我这一生对翻译的态度，是认真追求，而非逢场调戏。迄今我已译过十本书，其中包括诗、小说、戏剧。去年我就译了王尔德的《不可儿戏》和《土耳其现代诗选》；奥威尔的《一九八四》，竟成了我的翻译年。其实，我的"译绩"也不限于那十本书，因为在我的论文里，每逢引用英文的诗文，几乎都是自己动手来译。就算都译错了，至少也得称我一声"惯犯"，不是偶然。

作家最怕江郎才尽，译者却不怕。译者的本领应该是"与岁俱增"，老而愈醇。一旦我江郎才尽，总有许多好书等我去译，不至于老来无事，交回彩笔。我心底要译的书太多了，尤其热中于西方画家的传记，只等退休之日，便可以动工。人寿有限，将来我能否再译十本书，自然大有问题。不过这豪迈的心愿，在独自遐想的时候，总不失为一种安慰。

翻译的境界可高可低。高，可以影响一国之文化。低，可以赢得一笔稿费。在所有稿费之中，译稿所得是最可靠的了。写其他的稿，要找题材。唯独翻译只需具备技巧和见识，而世界上的好书是译不尽的。只要你不跟人争诺贝尔的名著或是榜上的畅销书，大可从从容容译你自己重视的好书。有一次我在香港翻译学会的午餐会上演讲，开玩笑说："我写诗，是为了自娱，写散文，是取悦大众。写书评，是取悦朋友。翻译，却是取悦太太。"

从高处看，翻译对文化可以发生重大的影响。两千年来，影响欧洲文化最重要的一部巨著，是《圣经》。《旧约》大部分是用希伯来文写成，其余是用希腊文和阿拉姆文；《新约》则成于希腊文。天主教会采用的，是第四世纪高僧圣杰洛姆主持的拉丁文译文，所谓"普及本"（the Vulgate）。英国人习用的所谓"钦定本"（the Authorized Version）译于一六一一年。德国人习用的则是一五三四年马丁·路德的译本。两千年来，从高僧到俗民，欧美人习用的《圣经》根本就是一部大译书，有的甚至是转了几手的重译。我们简直可以说：没有翻译就没有基督教。（同理，没有翻译也就没有佛教。）

"钦定本"的《圣经》对十七世纪以来的英国文学，尤其是散文的写作，一直有不可磨灭的影响。从班扬以降，哪一位文豪不是捧着这译本长大的呢？在整个中世纪的欧洲文学里，翻译起过巨大的作用。以拉丁文的《不列颠帝王史》为例：此书原为蒙迈司之杰夫礼①所撰，先后由盖马与魏斯译成法文，最后又有人转译成英文，变成了有名的《亚瑟王武士传奇》。

翻译绝对不是小道，但也并不限于专家。林琴南在五四时代，一面抵死反对白话文，另一面却在不识 ABC 的情况下，用桐城派的笔法译了一百七十一种西方小说，无意之间做了新文学的功臣。

一九八五年二月三日

---

① 蒙迈司之杰夫礼（Geoffrey of Monmouth），英国编年史家、传教士。约 1100 年生于蒙迈司（属威尔士）。著有拉丁文编年史《不列颠帝王史》(1135—1139)。——作者自注

翻译与批评

由于近来有些画家、作曲家、诗人准备发起一项文艺复兴运动，而我在《文星》上写了几篇试探性的短文，遂引起文艺界某些人士的关切。一种意见在提出后，有了反应，无论如何总是好事。某些反应是善意的，例如方以直[①]先生在《征信新闻》上发表的文章。我们深为这种友情所鼓舞。

但是另有一些反应，虽早在我们意料之中，仍令人感到有些遗憾。有些人说，余光中要"回来"了，他那条现代诗的路走不通了，终于要向传统投降了。有些人说，在诗中用几个典故，或是发怀古之幽思，不得谓之认识传统。对于这些见解，我无意浪费蓝墨水，作无益的争辩。不错，我是要回来的，正如刘国松、杨英风、许常惠要回来一样，可是我并不准备回来打麻将，或是开同乡会，或是躲到汉家陵阙里去看西风残照。我只是不甘心做孝子，也不放心做浪子，只是尝试寻找，看有没有做第三种子弟的可能。至于孝子、浪子，甚至"父老们"高兴不高兴，我是不在乎的。

真正的回来，不是一件简单的事，更不是一念怀乡，就可以即时命驾的。方以直先生说，他愿意在松山机场欢迎浪子回来。他的话很有风趣。可是他的原意，我想，不会是指那些在海关检查时被人发现脑中空空囊中也空空的赤贫归侨吧。

"回来"并不意味着放弃"西化"。五四迄今，近半世纪，"西化"的努力仍然不够，其成就仍然可怜。最值得注意的是：浪子们尽管

---

① 方以直即王鼎钧先生的笔名。——作者自注

高呼"全盘西化",对于西洋的现代文艺,并无若何介绍。"回来"与"西化",并不如字面所示的那么相互排斥,不同的只是两者之间的比例和主客关系。"回来"是目的,"西化"是达到此一目的之手段之一。因此,如果有人误认为我们要放弃对于西洋文艺的介绍,那是很不幸的。

要介绍西洋文艺,尤其是文学,翻译是最直接可靠的手段。翻译对文学的贡献,远比我们想象的为大。在中世纪的欧洲,许多国家只有翻译文学,而无创作文学。影响英国文学最大的一部作品,便是一六一一年英译本的《圣经》。许多不能直接阅读原文的作家,如莎士比亚、班扬、济慈,都自翻译作品吸收了丰富的营养。

然而翻译是一种很苦的工作,也是一种很难的艺术。大翻译家都是高明的"文字的媒婆",他得具有一种能力,将两种并非一见钟情甚至是冤家的文字,配成情投意合的一对佳偶。将外文译成中文,需要该种外文的理解力和中文的表达力。许多"翻译家"空负盛名,如果将他们的翻译拿来和原文仔细对照,其错误之多,其错误之牛头不对马嘴,是惊人的。例如,某位"名家"在译培根散文时,就将 divers faces(各种面容)译成"潜水夫的脸"。又如某诗人,便将 dropping slow 译成"落雪",复将豪斯曼诗中的"时态"整个看错,原是过去与现在的对照,给看成都是现在的描写,简直荒唐。创作的高下,容有见仁见智之差。翻译则除了高下之差,尚有正误之分,苟无充分把握,实在不必自误误人。

翻译之外,尚有批评。批评之难尤甚于翻译。我们可以说某篇翻译是正确的翻译,但无法有把握地说某篇批评是正确的批评。创作可以凭"才气",批评却需要大量的学问和灼见。梁实秋先生曾说,我们能有"天才的作家",但不能有"天才的批评家"。作家可以有所偏好,走自己的窄路,批评家必须视野广阔,始能综观全局,有轻重,有比例。

换言之，批评家必须兼谙各家各派的风格，他必须博览典籍。台湾文坛的学术水准甚低，因此我们的文学批评也最贫乏。

要做一个够资格的批评家，我以为应具下列各种起码的条件：

（一）他必须精通（至少一种）外文，才能有原文的直接知识。必须如此，他才能不仰赖别人的翻译。如果一个批评家要从中译本去认识莎士比亚，或从日文论述中去研究里尔克，那将是徒劳。

（二）他必须精通该国的文学史。这就是说，他必须对该国的文学具有历史的透视。必须如此，他对于某一作家的认识始能免于孤立绝缘的真空状态。必须如此，他才能见出拜伦和蒲柏的关系，或是卡明斯多受莎士比亚的影响。批评家必须胸有森林，始能说出目中的树有多高多大。

（三）批评家必须学有所专。他要介绍但丁，必先懂得基督教；要评述雪莱，最好先读柏拉图；要攻击杰弗斯，就不能对于尼采一无所知。一位批评家不解清教为何物而要喋喋不休地谈论霍桑的小说，是不可思议的。

（四）他必须是个相当出色的散文家。他的散文应该别具一种风格，而不得仅为表达思想之工具，我们很难想象，一位笔锋迟钝的批评家如何介绍王尔德，也无法相信，一个四平八稳的庸才能攫住卡明斯的文字游戏。一篇上乘的批评文章，警语成串，灵感闪烁，自身就是一个欣赏的对象。谁耐烦去看资料的堆积和教条的练习？

我不敢武断地说台湾的创作不如西洋，但我敢说，我们的翻译和批评实在太少也太差了。要提高我们的文学创作水准和作家一般的修养，我们需要大量优秀的翻译家和批评家。至少在往后的五年内，我们应该朝这方面去努力。

第 五 讲

诗 意 美 学

若是没有了这些"诗歌",

历史,就不免太寂寞了。

读者、学者、作者

不时有人会问我:"诗应如何欣赏?"

这问题实在难以回答,如果问者是一个陌生人,我就会说:"那要看你对诗有什么要求。如果你的目的只在追求'诗意',满足美感,那就不必太伤脑筋,只要兴之所至,随意讽诵吟哦,做一个诗迷就行了,如果你志在做一位学者,那么诗就变成了学问,不再是纯粹的乐趣了,诗迷读诗,可以完全主观,也就是说,一切的标准取决于自己的口味。学者读诗,却必须尽量客观,在提出自己的意见以前,往往要多听别人的意见,在进入一首诗的核心以前,更需要多认识那首诗的背景和环境。学者对一首诗的'欣赏',必须建基在'了解'之上。如果你志在做一位诗人,那读法又不同了。学者对一首诗的责任,在于了解,不但自己了解,还要帮助别人了解。诗人面对一首诗,尤其是一首好诗,尤其是一首新的好诗,往往像一个学徒面对着师父,总想学点什么手艺,不但目前使用,更待他日翻新出奇,把师父都比了下去。学者读诗,因为是做学问,所以必须耐下心来,读得彻底而又普遍,遇到不喜欢的作品,也不许绕道而过。诗人读诗,只要拣自己喜欢的作品就行,不喜欢的可以不理——这一点,诗人和一般读者相同。不同的是:一般读者读了自己喜欢的诗,就达到目的了,诗人却必须更进一步,不但读得高兴,还要举一反三,触类旁通,善加利用。譬如食物,一般读者但求可口,诗人于可口之外,更须注意摄取营养。"

当然,学者和诗人在本质上也都是读者,不过他们都是专业的读者,所以读法不同。非专业性的读者,可以称为"纯读者","纯读者"之中未必没有博学而高明的"解人",只是他们不写文章,不以学者自命而已。

一般的纯读者，往往在少年时代爱上了诗。那种爱好往往很强烈，但也十分主观，而品味的范围也十分狭窄。纯读者对诗浅尝便止，欣赏的天地往往只限于三五位诗人的二五十首作品。因为缺乏比较，也无力分析，这几十首诗便垄断了他的美感经验，似乎天下之美尽止于此。纯读者的兴趣往往始于选集，也就终于选集，很少发展及于专业，更不可能进入全集。且以《唐诗三百首》为例，因为未选李贺，所以纯读者往往不读李贺。至于杜牧，因为所选九首之中，七绝占了七首，所以在纯读者的印象之中，他似乎成了专用七绝写柔美小品的诗人了。纯读者的品味能力，缺少锻炼，无由扩大，一过青年时代，往往也就不再发展了。

我在少年时代读诗，自命可恃直觉与顿悟，对于诗末的注解之类，没有耐心详阅。这种"不求甚解"的天才读法，对付"床前明月光"和"桂魄初生秋露微"一类的作品，也许可以，而遇到典故复杂背景特殊的一类，就所得无几了。学者读诗，没有一个能不看注解的。要充分了解一首诗，不能不熟悉作者的生平与时代，也不能不分析诸如格律、意象、结构等等技巧。中国的传统研究往往太强调前者，西方的现代批评又往往太注重后者，如能两者相济，当较为平衡可行。诗的讲授、评论、注解、编选、翻译等等，都是学者的工作。

诗人又是另一种特别的读者。苏轼读诗，和朱熹读诗是不一样的。诗人读诗，固然也求了解别的诗人，但是更想触发自己创作的灵感。所以苏轼读了陶诗，便写了许多和陶之作。东坡集中，和韵次韵之作，竟占五分之一以上，那首有名的"人生到处知何似"也是为和子由而写的，但子由的原作却无人读了。杜甫之名句"转益多师是汝师"，正说明了，要做诗人，就要放开眼界，多读各家作品，才能找到自己要走的大道。低下的诗人只能抄袭字句，高明的诗人却能脱胎换骨，伟大的诗人则点铁成金，起死回生，无论所读的作品是好是坏，都能转化为自己的灵感。

读者读诗，有如初恋。学者读诗，有如选美。诗人读诗，有如择妻。

读者赏花。学者摘花。诗人采蜜。

一九七九年夏

诗与音乐

1

自从苏轼说王维诗中有画、画中有诗以来，诗画相通相辅之理，已经深入人心。非但如此，东坡先生还强调"诗画本一律，天工与清新"。他自己的诗中更多题画、论画之作，例如诗画一律之句，便出于《书鄢陵王主簿所画折枝》，而"春江水暖鸭先知"之名句也出自题画诗《惠崇春江晚景》。杜甫对绘画也别具只眼，咏画之作，从早年的《画鹰》到晚年的《丹青引》，都有可观。不过题画的诗，要等宋以后才真盛行，有时甚至把空白处都题满了，成了名副其实的"画中有诗"。这现象，在西洋画中简直不可能。

诗可以通画，但在另一方面，也可以通乐。套苏轼的句法，我们也可以说："诗中有乐，乐中有诗。"诗、画、音乐，皆是艺术。但是诗不同于画与音乐，乃是一种综合艺术，因为它兼通于画和音乐。诗之为艺术，是靠文字组成。文字兼有形、声、义，而以义来统摄形、声。形可指字形，更可指通篇文字在读者心中唤起的画面或情境，所以诗通于画，同为空间的艺术。声可指字音，更可指通篇文字所构成的节奏与声调，所以诗也通于音乐，同为时间的艺术。

凡时间艺术，必须遵守顺序，不得逆序，也不得从中间开始。例如，听贝多芬的交响曲，必须从第一乐章到末一乐章顺序听下去；同样，要读柳宗元的《江雪》，也必须顺着千山、万径、孤舟、独钓，一路进入那世界，而终于抵达寒江之雪。若是《江雪》这首诗由王维绘成一幅水墨画，则我们观画时，很可能一眼就投向"独钓寒江雪"的焦点，然后目光在千山万径之间徘徊，或者逡巡于寒江之上，总之，没有定向，没有顺序。正如我们观赏米开朗琪罗在西斯廷教堂的宏伟壁画，到上帝创造亚当的一景，惊骇的目光不由会投向神人伸手将触而未触的刹那，因为那是戏剧焦点的所在；但是此情此景若写成诗或谱成曲，大半不会迳从这焦点开始，总要酝酿一番才会引到这高潮。

如此看来，经由意象的组合，意境的营造，诗能在我们心目中唤起画面或情景，而收绘画之功。另一方面，把字句安排成节奏，激荡起韵律，诗也能产生音乐的感性，而且像乐曲一样，能够循序把我们带进它的世界。诗既通绘画，更通音乐，乃兼为空间与时间之艺术，故称之为综合艺术。诗中有乐，乐中有诗，其间的亲密关系，实在不下于诗、画之间。

2

中国文学传统常称诗为"诗歌"，足见诗与音乐有多深的渊源。从《诗经》《楚辞》到乐府、宋词、元曲，一整部中国的诗史可谓弦歌之声不绝于耳。有时候倒过来，会把诗歌叫作"歌诗"；例如，李贺的诗集就叫作《李长吉歌诗》，杜牧为之作序，也称为"歌诗"，《旧唐书》称贺诗为"歌篇"，《新唐书》则称之为"诗歌"，这种诗、歌不分的称谓，在诗题上尤为普遍。诗作以歌、行、曲、调、操、引、乐、谣等等为题者，不可胜数。李白的诗风颇得汉魏六朝乐府民歌的启迪，二十五卷诗集里乐府占了四卷，乐府诗共有一四九首，约为全部产量的六分之一。李贺更是如此，无论新旧唐书，都说他有乐府数十篇，云韶诸工皆合之弦管。

诗歌一体，自古已然。《毛诗·大序》："情动于中而形于言，言之不足，故嗟叹之；嗟叹之不足，故咏歌之；咏歌之不足，不知手之舞之，足之蹈之也。"这抒情言志的过程，始于诉说而终于唱歌，更继以舞蹈，简直把诗、歌、舞溯于一源，合为一体了。古人如何由诗而歌、由歌而舞，我们无缘目睹，但是当代的摇滚乐，从贝里（Chuck Berry）到猫王普瑞斯利再到迈克尔·杰克逊，倒真是如此。强烈的情感发为强烈的节奏，而把诗、歌、舞三者贯串起来，原是人类从心理到生理的自然现象，想必古今皆然。

沈德潜编选的《古诗源》，开卷第一首就是《击壤歌》，而《古逸》篇中以歌、谣、讴、操为题名者有四十五首，几近其半。楚汉相争，到了尾声，却扬起两首激昂慷慨的歌。项羽的《垓下歌》是在被围之际，听到四面楚歌，夜饮帐中而唱出来的，刘邦的《大风歌》也是在酒酣之余，击筑而歌。《垓下歌》是因夜闻汉军唱楚歌而起，而《大风歌》更有敲击乐器伴奏。今日仅读其诗，已经令人感动，若是再闻其歌，更不知有多慷慨。这两位作者原来皆非诗人，却都是担当历史的当事人，在历史沉痛的压力下，乃迸发出震撼千古的歌声。若是没有了这些"诗歌"，历史，就不免太寂寞了。

宋词之盛，最能说明诗与音乐如何相得益彰。时人有善歌者，苏轼问他，自己的词比柳永的如何。那人说："柳中郎词只合十七八女郎，执红牙板，歌'杨柳岸，晓风残月'。学士词须关西大汉，铜琵琶，铁绰板，唱'大江东去'。"这虽然是作品风格的比较，却也要用歌唱方式与乐器来对照。至于诗、乐兼精的姜夔，如何将诗艺、声乐、器乐合为一体，但看他的七绝《过垂虹》就知道了："自作新词韵最娇，小红低唱我吹箫。曲终过尽松陵路，回首烟波十四桥。"

其实中国的古典诗词，即使没有歌者来唱，乐师来奏，单由读者感发兴起，朗诵长吟，就已有音乐的意味，即使是低回吟叹，也是十分动人的。其实古人读书，连散文也要吟诵，更不论诗了。中国文人吟诵诗文，多出之以乡音，曼声讽咏，反复感叹，抑扬顿挫，随情转腔，其调在"读"与"唱"之间。进入中国古诗意境，这是最自然最深切的感性之途。我以往在美国教中国文学，去年在英国各地诵诗，每每如此吟咏古诗。有时我戏称之为"学者之歌"（scholarly singing），英美人士则称之为 chanting。

其实英美诗人自诵作品，只是读而已，甚至不是朗诵。弗罗斯特[①]、威尔伯（Richard Wilbur）、贝杰曼（John Betjeman）等人读诗，我曾在现场听过。叶芝、艾略特、卡明斯、奥登、狄伦·托马斯等人读诗，我也在每张五美元的唱片上听过，觉得大半都只是单调平稳，不够动人。艾略特的读腔尤其令我失望；叶芝读《湖心的茵岛》，曼声高咏，有古诗风味，却因录音不佳，颇多杂声，很可惜。唯一的例外是威尔士的狄伦·托马斯：他的慢腔徐诵，高则清越，低则沉洪，音量富厚，音色圆融，兼以变化多端，情韵十足，在英语诗坛可称独步。不过他的方式仍然只是朗读，不似中国的吟咏。中国文人吟诗的腔调，在西方文化里实在罕见其俦，稍可相比的，我只能想到"格瑞哥里式吟唱"（Gregorian chant）。这种唱腔起于中世纪的弥撒仪式，天主教会沿用至今，常为单人独唱，节奏自由，起伏不大，且无器乐伴奏，所以也称"清歌"（plainsong or plainchant）。不过这种清歌毕竟是宗教的穆肃颂歌，听起来有点单调，不像中国文人吟诗那么抒情忘我。

《晋书》有这么一段："王敦酒后，辄咏魏武帝乐府歌曰：'老骥伏枥，志在千里。烈士暮年，壮心不已。'以如意打唾壶为节，壶边尽缺。"后世遂以"击碎唾壶"来喻激赏诗文，可见国人吟诗，有多强

[①] 弗罗斯特（Robert Frost，1874—1963），原译佛罗斯特，美国诗人。——编者注

调节奏感。杜甫写诗，自谓"新诗改罢自长吟"，正是推敲声律节奏。《晋书》又有一段，说袁宏曾为咏史诗。谢尚镇牛渚时，秋夜乘月泛江，恰逢宏在舫中讽咏，遣问焉。答云：是袁临汝郎诵诗。尚即迎升舟，谈论申旦，自此名誉日茂。可见高咏能邀知音，且成佳话，也难怪李白夜泊牛渚，要叹"余亦能高咏，斯人不可闻"。更可体会，为什么朱熹写《醉下祝融峰》，会说自己"浊酒三杯豪气发，朗吟飞下祝融峰"。

英国诗人豪斯曼说，他在修脸时不敢想诗，否则心中忽涌诗句，面肌便会紧张，只怕剃刀会失手；又说他生理对诗的敏感，集中在胃。中国人的这种敏感，更形之于成语。龚自珍《己亥杂诗》里便有这么一首："回肠荡气感精灵，座客苍凉半酒醒。自别吴郎高咏减，珊瑚击碎有谁听？"又自注道："曩在虹生座上，酒半，咏宋人词，呜呜然。虹生赏之，以为善于顿挫也。近日中酒，即不能高咏矣。"可见定庵咏起诗来，一唱三叹，不知有多么慷慨激楚，所以始则回肠荡气，终则击碎珊瑚。

3

在西方的传统里，诗与音乐也同样难分难解。首先，日神阿波罗兼为诗与音乐之神。九缪斯之中，情诗女神埃拉托（Erato）抱的是竖琴（lyre），而主司抒情诗与音乐的女神欧忒耳珀（Euterpe）则握的是笛。英文 lyric 一字，兼为形容词"抒情的"与名词"抒情诗"，正是源出竖琴，而从希腊文（lurikos）、拉丁文（lyricus）、古法文（lyrique）一路转来，亦可见诗与音乐的传统，千丝万缕，曾经如此绸缪。

古典时代如此，中世纪亦然。例如，minstrel 一字，兼有"诗人"与"歌手"之义，特指中世纪云游江湖的行吟诗人，其尤杰出者更入宫廷献艺。法国的 jongleur（江湖卖艺者）亦属同行，不过地位较低，近于变戏法的卖艺人了。中世纪后期在法国东南部普洛旺斯一带活跃的行吟诗人，受宫廷眷顾而擅唱英雄美人故事者，称为 troubadour，在法国北部的同行，则称 trouvére；在英国，又称 gleeman。

西洋的格律诗，每一行都有定量的音节，其组合的单位包含两个或较多的音节，称为"步"（foot），依此形成的韵律称为"格"（meter）。例如，每行五步，每步两个音节，前轻后重，这种安排，就称为"抑扬五步格"（iambic pentameter）。蒲柏的名句"浅学诚险事"（A little learning is a dangerous thing），即为此格。可是 meter 更有计量仪器之义，如温度计（thermometer）、速度计（speedometer）。作曲家在乐谱上要计拍分节、支配时间，同样得控制数量，如此定量的格律，也是 meter。所以英文"数量"一词的多数 numbers，就有双重的引申义，可以指诗，也可以指音乐的节拍。蒲柏在《论批评》的长诗里，说明"声之于义，当如回音。"并举例说："当西风轻吹，声调应低柔，/平川也应该更平静地流。"原文是：

Soft is the strain when Zephyr gently blows,
And the smooth stream in smoother numbers flows.

其中 strain 和 numbers 两字，都可以既指诗的声调，也指乐曲。蒲柏幼有夙慧，自谓"出口喃喃，自合诗律。"（I lisp'd in mumbers for the numbers came）西方诗、乐之理既如此相通，也就难怪诗人常以乐曲为诗题了。诸如歌（song）、颂（ode）、谣（ballad）、序曲（prelude）、挽歌（dirge）、赋格（fugue）、夜曲（nocturne）、小夜曲（serenade）、结婚曲（epithalamion）、变奏曲（variations）、回旋曲（rondeau）、狂想曲

（rhapsody）、安魂曲（requiem）等等，就屡经诗人采用。其实，流行甚广的十四行诗（sonnet），原意也就是小歌。

4

诗与音乐的关系如此密切，真说得上"诗中有乐，乐中有诗"了。但两者间最直接的关系，应该是以诗入乐。诗入了乐，便成歌。有时候是先有诗，后谱曲。例如，王维的一首七绝，本来题为《送元二使安西》，后来谱入乐府，用来送别，并将末句"西出阳关无故人"反复吟唱，称为《阳关三叠》，遂成《渭城曲》了。至于李白的《清平调》三首，则是先已有曲，就曲赋诗。据《太真外传》所记，玄宗与贵妃赏牡丹盛开，李龟年手捧檀板，方欲唱曲，玄宗嫌歌词太旧，乃召"翰林学士李白立进《清平调词》三章……命梨园子弟略约词调，抚丝竹，遂促龟年以歌之"。

苏格兰诗人彭斯以一首骊歌《惜往日》（*Auld Lang Syne*）名闻天下，其实此诗并非纯出他一人之手。彭斯当日，这老歌已流传多年，一说是沈皮尔（Francis Sempill，一六八二年卒）所作，但可能更古。彭斯在致汤姆森（Geoge Thomson）信中说："这首老歌年湮代远，从未刊印……我是听一位老叟唱它而记下来的。"这恐怕是世界上最有名的歌了，离情别绪本已荡人愁肠，再经哀艳的《魂断蓝桥》用烛光一烘托，更是愁杀天下的离人，彭斯在世的最后十二年间，收集、编辑、订正并重写苏格兰民谣，不遗余力，于保存《苏格兰乐府》（*The Scots Musical Museum*）贡献至巨。

以诗入乐，还有一种间接的方式，那便是作曲家把诗的意境融入音乐，有些标题音乐便是如此。柏辽兹的灵感常来自文学名著，莎士比亚的诗剧《李尔王》《罗密欧与朱丽叶》《无事自扰》，歌德的诗剧《浮士德》，都是他取材的对象。拜伦的长诗《海罗德公子游记》，也激发他谱成交响曲《海罗德游意大利》。肖邦的钢琴曲抒情意味最浓，给人的感觉像是无字之歌，只由黑白键齿唱出，乃赢得"钢琴诗人"之称。另一位音乐大师与诗结缘更深，其诗意也更飘逸婉转，便是象征派宗师德彪西。他的钢琴小品无不微妙入神，令人沦肌浃髓，而且时见东方风味，奇艳有如混血佳人。《宝塔》一曲，风铃疏落，疑为梦中所敲；那种迷离蛊惑之美，虽比之李商隐的"一春梦雨常飘瓦，尽日灵风不满旗"，也不逊色。德彪西的曲名，例如《水中倒影》《雨中花园》往往就像诗题。有一首序曲叫作《声籁和香气在晚风里旋转》，简直是向波德莱尔挑战了。德彪西曾将波德莱尔、魏尔伦、罗赛蒂的名诗谱成歌曲，却把马拉美的《牧神的午后》转化为一首无字而有境的交响诗。

5

诗与音乐还可以结另一种缘，便是描写音乐的演奏。诗艺有赖文字，在音响上的掌握当然难比乐器的独奏或交响，但文字富有意义和联想，还可以经营比喻和意象，却为乐器所不及。例如，摹状音乐最有名的《琵琶行》，有这样的一段："轻拢慢捻抹复挑，初为霓裳后六幺。大弦嘈嘈如急雨，小弦切切如私语；嘈嘈切切错杂弹，大珠小珠落玉盘。"我们一路读下去，前两句会慢些，后四句就快了起来，因为"拢、捻、抹、挑"是许多不同的动作，必须费时体会，但后四句的"嘈、切、大、小、珠"各字重叠，有的还多至四次，当然比较顺口。"嘈嘈切切错杂弹"七字都是摩擦的齿音，纷至沓来，自然有急弦快拨之感。急雨、私语、珠落玉盘等比喻，兼有视觉与听觉之功，乃使感性更为立体。

"轻拢慢捻"那一句，四个动作都从手部，也显得弹者手势的生动多姿。由此可见，诗乃综合的艺术，虽然造形不如绘画，而拟声难比音乐，却合意象与声调成为立体的感性，更因文意贯串其间而有了深度，仍有绘画与音乐难竟之功。

中国诗摹状音乐的佳作颇多，从李白的"为我一挥手，如听万壑松。客心洗流水，余响入霜钟"到韩愈的"跻攀分寸不可上，失势一落千丈强"，从李颀的"长飙风中自来往，枯桑老柏寒飕飗"到李贺的"昆山玉碎凤凰叫……石破天惊逗秋雨"，不一而足。不过分析之余可以发现，这些诗句运用的都是比喻与暗示，绝少正面来写音乐，正由于音乐不落言诠，所以不便诠解。例如，李白《听蜀僧濬弹琴》的四句，挥手只见姿势，万壑松风也只是比喻，诗艺真正见功，还在后两句。流水固然仍是比喻，但是能涤客心，就虚实相生，幻而若真，曲折而成趣了。至于余响未随松风散去，竟入了霜钟，究竟是因为琴声升入钟里而微觉共震，还是弹罢天晚、余音不绝，竟似与晚钟之声合为一体了呢？则只能猜想。所以描写音乐的诗，往往要表现听者的反应或者现场的效果，而不能从正面着力。德莱顿为天主教音乐节所写的长颂《亚历山大之宴》，便是将描写的主力用在听者的感应上。

6

诗和音乐结缘，还有一种方式，便是以乐理入诗。艾略特晚年的杰作《四个四重奏》(*Four Quartets*)，摆明了是用四重奏，也就是奏鸣曲的结构，来做诗的布局与发展，因此评论家常用贝多芬后期的四重奏，来分析此诗的五个乐章，除了长的乐章合于典型的快板、慢板之外，第四乐章总是短而轻快，近于贝多芬引入的谐谑调。

我听爵士乐和现代音乐，往往惊喜于飘忽不羁的切分音，艳羡其潇洒不可名状，而有心将它引进诗里。所谓切分法，乃是违反节奏的常态，不顾强拍上安放重音的规律，而让始于弱拍或不在强拍开端之音，因时值延伸而成重音。我写《越洋电话》，就是要试用切分法，赋诗句以尖新偶傥的节奏。开头的四行是这样的："要考就考托福的考试 / 要迷就迷很迷你的裙子 / 我说，Susie/ 要签就签上领事的名字。"这样的句法，本身是否成功，还很难说，恐怕要靠朗诵的技巧来强调，才能突出吧。

早年我曾在《大度山》和《森林之死》一类的诗里，实验用两种声音来交错叙说，以营造节奏的立体感。后来在《公无渡河》里，我把古乐府《箜篌引》变为今调，而今古并列成为双重的变奏曲加二重奏：

公无渡河，一道铁丝网在伸手
公竟渡河，一架望远镜在凝眸
堕河而死，一排子弹啸过去
当奈公何，一丛芦苇在摇头

一道探照灯警告说，公无渡海
一艘巡逻艇咆哮说，公竟渡海
一群鲨鱼扑过去，堕海而死
一片血水涌上来，歌亦无奈

西方音乐技巧有所谓"卡旦萨"①（Cadenza）一词，是指安排在协奏

---

① 卡旦萨，现称"华彩段"。——编者注

曲某一个乐章的尾部，可以自由发挥的过渡乐段，其目的是在乐队合奏的高潮之余，让独奏者有机会展示他入神的技巧。那即兴的风格通常是酣畅而淋漓。我把这观念引进自己早年探险期的散文里，在意气风发的段落，忽然挣脱文法，跳出常识，一任想象在超速的节奏里奋飞而去，其结果，是"秋夜的星座在人家的屋顶上电视的天线上在光年外排列百年前千年前第一个万圣节前就是那样的阵图"或是"挡风玻璃是一望无餍的窗子，光景不息，视域无限，油门大开时，直线的超级大道变成一条巨长的拉链，拉开前面的远景蜃楼摩天绝壁拔地倏忽都削面而逝成为车尾的背景被拉链又拉拢"。

7

诗中有画，诗中亦有乐，究竟，哪一样的成分比较高呢？诗不能没有意象，也不能没有音调，两者融为诗的感性，主题或内容正赖此以传。缺乏意象则诗盲，不成音调则诗哑；诗盲且哑，就不成其为诗了。不过诗欠音调的问题还不仅在哑，更在呼吸不顺。我们可以闭目不看，但是无法闭气不吸；即使睡眠，也无法闭住呼吸，却可以一夜合眼。诗的节奏正如人的呼吸，不能稍停。反过来说，呼吸正是人体最基本的节奏，一首诗的节奏不妥，读的人立刻会感到呼吸不畅，反感即生。

且以"古诗十九首"为例："生年不满百，常怀千岁忧。昼短苦夜长，何不秉烛游？为乐当及时，何能待来兹。愚者爱惜费，但为后世嗤。仙人王子乔，难可与等期。"除了第三、第四两句意象生动之外，其余并无多少可看，所以感性的维持，就要偏劳音调了。

一首诗不能句句有意象，却不可一句无音调。音调之道，在于能整齐而知变化，也就是能够守常求变。再以贺知章的《回乡偶书》为例："少小离家老大回，乡音无改鬓毛衰。儿童相见不相识，笑问客从何处来。"如果每句删去第六个字，文意完全无损，却变得不像诗了。原因正在文意未变，节奏却变了，变单调了，也就是说，太整齐了。"少小离家老回"的节奏，是"少小——离家——老回"全是偶数组成，有整齐而无变化。"少小——离家——老大回"便有奇数来变化，乃免于单调。

大凡艺术的安排，是先使欣赏者认识一个模式，心中乃有期待，等到模式重现，期待乃得满足，这便是整齐之功。但是如果期待回回得到满足，又会感到单调，于是需要变化来打破单调。变化使期待落空，产生悬宕，然后峰回路转，再予以满足，于是完成。贺知章这首七绝正是如此：第二句应了首句起的韵，是满足；第三句不押韵，使期待落空，到末句才予以延迟的满足，于是完成。其实，每句七字，固然是整齐，但是平仄的模式每句都在变化，也是一种艺术。

音调之道，在整齐与变化。整齐是基本的要求，连整齐都办不到，其他就免谈了。若徒知整齐而不知变化，则单调。若变化太多而欠整齐，也就是说，只放不收，无力恢复秩序，则混乱。说得更单纯些，其中的关系就是常与变。若是常态还未能建立，则一切变化也无由成立，只能算混乱了。所谓变，是在常的背景上发生的。无常，则变也不着边际，毫无意义。

七十年来，新诗一直未能解决音调的困境。开始是闻一多提倡格律诗，每诗分段，每段四行，每行十字，双行押韵，以整齐为务。虽然闻氏也有二字尺、三字尺等的变化设计，但格律诗之功仍在整齐而欠变化，把一切都包扎得停停当当，结果是太紧的地方透不过气来，而太松处又要填词凑字。后来是纪弦鼓吹自由诗，强调用散文做写诗的工具。对于少数杰出诗人，这主张确曾起了解除格律束缚的功效；但对于多数作者，本来就不知诗律之深浅，却要尽抛格律去追求空洞的自由，其效果往往是负面的。对于浅尝躁进的作者，自由诗成了逃避锻炼、免除苦修的遁词。

所谓自由，如果只是消极逃避形式的要求，秩序的挑战，那只能带来混乱。其实自由的真义，是你有自由不遵守他人建立的秩序，却没有自由不建立并遵守自己的秩序。艺术上的自由，是克服困难而修炼成功的"得心应手"，并非"人人生而自由"。圣人所言"从心所欲，不逾矩"，毕竟还有规矩在握，不仅是从心所欲而已。

至于用散文来写诗，原意只是要避免韵文化，避免韵文的机械化，避免陈腐的句法和油滑的押韵，而不是要以错代错，落入散文化的陷阱。艾略特就曾痛切指陈："许多坏散文都是假自由诗之名写出来的……只有坏诗人才会欢迎自由诗，把它当成形式的解放。自由诗反叛的是僵化的形式，却为建立新形式或翻新旧形式铺路；它坚求凡诗皆必具的内在统一，而坚拒定型的外在貌合。"

目前许多诗人所写的自由诗，在避过格律诗的韵文化之余，往往堕入了散文化，沦为现代诗的一大病态。就单纯的形式来说，散文化有以下的几个现象。

首先是诗行长短无度，忽短忽长，到了完全不顾上下文呼应的地步，而令读者呼吸的节奏莫知所从，只觉得乱。诗行忽长忽短，不但唐突了读者的听觉，抑且搅扰了读者的视觉，令人不悦。如果每一行都各自为政，就失去常态，变而不化，难称变化，只成杂乱。

其次是回行，回行对于自给自足的煞尾句，也是一个变化。在煞尾句的常态之中，为了悬宕或顿挫，偶插一两个待续句，也就是回行，原可收变化之效，调剂之功。但如不假思索地一路回行下去，就会予人欲说还休，吞吐成习之感。有时我细读报刊上的诗作，发现回行屡屡，大半没有必要，因此也无效果，徒增迟疑、闪烁之态而已。李白的《静夜思》到了回行癖的笔下，说不定会嗫嚅如下：

> 我床留明月的
> 光啊，疑惑是地上的
> 霜呢。我抬头望望
> 那明月，又低头思思
> 故乡

再次是分段。一般的现象是任意分段，意尽则段止，兴起就再起一段：每段行数多欠常态，所以随便分下去，都是变化，因此凌乱。若是长诗，每段行多，则虽不规则尚不很显眼。若是诗短而偏偏段乱，则更不堪。若是段多而行少，总是三三两两成段，就显得头绪太多而思考不足。

也许有人要问：这也嫌乱，那也嫌乱，难道要我们回头去写格律诗吗？答曰，那倒不必，自由诗写不好的人，未必就写得好格律诗。只是目前泛滥成灾的散文化，自由诗要负一大责任。

一九九三年十一月

诗与哲学

最近接到你的来信,说你喜欢读诗,尤其是感性十足而又洋溢着抒情意味的作品,像诗中的绝句,词中的小令,西方浪漫派的诗,和徐志摩的小品,但是,你说,你不喜欢诗人说理,包括所谓哲理诗。

我对你的选择,能够同情,却不赞许。我同情你,是因为你年轻,又初入诗国,认识尚浅;但是不赞许你,因为诗的天地广阔,有如人生,不但能表现感性,也能提供知性,不但可以抒情,也可以说理。

诗不是哲学,但可以含蓄哲理,在表现个人的情思之外,还可以探究普遍的道理。据我所知,有些哲学家不喜欢诗,当然,也有些诗人不喜欢哲学。不过我深信,毫无诗意的哲人未免失之枯燥与严峻,反之,耽于个人经验而不能提升为普遍真理的诗人,也恐怕难成大家。

不过诗情要通于哲理,不能直截了当地把感性的经验归纳成落于言诠的知性规则,只能用暗示与象征来诱导读者,使他因小见大,由变识常,举一反三,而自悟真理。哲学大师康德在《纯理性的批判》结尾中说:"头上是灿烂的星空,胸中是道德的规律:此二者令我满心惊奇而敬畏,思之愈久,念之愈深,愈觉其然。"这句话兼具知性与感性,气象不凡,虽非纯诗,却有诗意。朱熹《观书有感》诗云:

> 昨夜江边春水生,蒙冲巨舰一毛轻。
> 向来枉费推移力,此日中流自在行。

表面上是说水涨船高,航行因而轻便,实际上却暗示读书或穷理,都要循序渐进,等到用力够深,思虑成熟,自会豁然贯通。一夜春雨,江水骤至,是影射久思之余的顿悟。蒙冲巨舰即大船,蒙冲,即艨艟。第二、第三、第四句暗示,重大的问题以前费力思考,难以解决,现在终于领悟,举重若轻,顺利分析而得到结论。

朱熹乃哲学家之善写诗者,抽象的事理在他诗中得以具体的形象生动表达,很有说服力。另一方面,诗人之中也有深谙哲理的,更善于借可见、易见之物来喻不见、难见之理,苏轼便是有名的例子。下面是他的名作《题西林壁》:

横看成岭侧成峰,远近高低各不同。
不识庐山真面目,只缘身在此山中。

表面上此诗是写庐山之景变化多端,难以详述,也难以综览。实际上庐山是表,世事是里;庐山只是借喻,世事才是本题。苏轼以小喻大,以特例来喻常理,生动而巧妙地说明了当局者迷、主观者偏的道理。我们离庐山太近了,甚至就在山中,反而只见细节,不见全貌,只见殊姿,不见共相。

现代诗中企图表现哲理的作品不少,但成功的不多。现年七十七岁的卞之琳先生是一位杰出的现代诗人,他早年的短诗《断章》,寥寥四句,是一首耐人寻味的哲理妙品:

你站在桥上看风景,
看风景人在楼上看你。

明月装饰了你的窗子,
你装饰了别人的梦。

表面上，这首诗前二行在写景，后二行由实入虚，写景兼而抒情。就摆在这层次上来看，这首诗已经够妙、够美，不但简洁而生动地呈现出画面，更有一种匀称的感觉。如果我们在耽于美感的观照之余，能越过表相去探讨事物的本质与普遍的真理，就发现这首诗的妙处不限于写景与抒情。

原来世间的万事万物皆有关联，真所谓牵一发而动全身。你站在桥上看风景，另有一人却在高处观赏，连你也一起看了进去，成为风景的一部分，有如山水画中的一个小人。同样地，明月出现在你的窗口，你呢，却出现在别人的梦中。你的窗口因为有月而美，别人的梦呢，因为你出现才有意义。

这么看来，这首诗有一种交相反射、层层更进的情趣，令人想起"螳螂捕蝉，黄雀在后"的成语。波斯古谚"我埋怨自己没有鞋子，直到有一天看见别人没有脚"，也有这种层递发展。只是波斯古谚的发展是递减，而"螳螂捕蝉，黄雀在后"是递加。卞之琳的《断章》也是递加。

《断章》的妙处尚不止此，因为它更阐明了世间的关系有主有客，但主客之势变易不居，是相对而非绝对。你站在桥上看风景，你是主，风景是客。但别人在楼上看风景，连你也一并视为风景，于是轮到别人为主，你为客了。明月装饰了你的窗子，你是主，明月是客。但是你却装饰了别人的梦，于是主客易位，轮到你做客，别人做主。同样一个人，可以为主，也可以为客，于己为主，于人为客。正如同一个人，有时在台下看戏，有时却在台上演戏。

再想一下，又有问题。台下观众若是客，台上演员果真是主吗？你站在桥上看风景，果真风景是客，你是主吗？语云"物是人非"，也许风景不殊，你才是匆匆的过客吧？

《断章》的前两句另有一层曲折。你站在桥上看风景,其中的你,是背着楼呢,还是向着楼呢?若是背楼,则你看风景,别人看你,是递加之势。若是向楼,则你看风景,也看楼上人,楼上人看风景,也看桥上人(就是说:也看你)。这就不是同向递加,而是相向交射了,那就变成了对镜之局,正如辛弃疾所说的:"我见青山多妩媚,料青山见我应如是。"

世事纷纭,有时是递加,有时是交射,有时却巧结连环。就像过节送礼,最后却回到自己手中。如果之琳先生不在意,我倒想借用他的道具来安排另一局世棋。诗名就叫《连环》如何?

> 你站在桥头看落日,
> 　落日却回顾,
> 　回顾着远楼,
> 有人在楼头正念你。
> 你站在桥头看明月,
> 　明月却俯望,
> 　俯望着远窗,
> 有人在窗口正梦你。

一九八七年十二月十一日

李白与爱伦·坡的时差

——在文法与诗意之间

1

时间这东西虽然看不见、摸不着，却固执而顽强，没有力量能挽回或阻挡。它最大的美德是民主：贫富之间最大的差别在空间的分配，但时间的分配却一视同仁，再贵的金表一分钟也没有六十一秒。所以美国喜剧演员马克思（Groucho Marx）说："没有人的脚后跟不被时间踩伤。"时间逼人，逼出了马尔服（Andrew Marvell）的名句：

> 在我的背后我不断耸听
> 时间的飞车愈追愈逼近。

苏格兰的作家林克莱特（Eric Linklater）却把它改成了："在我的背后我时常耸听／时间的飞车换挡的声音。"这一改，化古为今，真是绝顶聪明。

海拉克赖忒斯曾叹："抽足再涉，已非前流。"[①] 孔子在川上，也感慨："逝者如斯夫，不舍昼夜！"所谓逝者，一去不回，就是时间。"时不我予"的感慨，无论是西方或东方的圣人，都是心同戚戚。但是在日渐全球化的所谓地球村里，对于时间的感受，"隔球"毕竟还不就像

---

① 海拉克赖忒斯，今通译为赫拉克利特（Heraclitus，约前540—约前480与前470之间），古希腊哲学家，爱非斯学派的创始人，著有《论自然》。"抽足再涉，已非前流"又译为"人不能两次踏进同一条河流"。——编者注

"隔壁"。譬如,中国人去美国,飞过了半个地球,他必须改用当地的时间;反之,美国人来中国,也必须调表。所以对一位远客说来,"易地"就等于"易时"。前年我去西雅图华大演讲中国的诗画,题目正是 Out of Place, Out of Time。我取这个题目,用意正在强调:中国古典画所用的不是西方的空间,而中国古典诗所用的也非西方的时间。

时间与空间乃现实世界之两大坐标,其间的关系十分奇妙,或许写诗比用散文较便于表达。我只觉得,两者的关系是相依互补的。例如、地球这只大瓜,若按二十四小时分成二十四瓣,则每片的空间得十五度,因此,说上海距纽约大约是十二瓣,跟说两者相距是十二小时,不过是同一银币的两面而已。这件事当然取决于太阳与地球的关系。超过这个关系,星际的距离就要用光年来计算,于是空间的度量竟要用时间来标明。

2

跨越经线作长途旅行,时差加减只要调表就行了。更有趣的,是中国与西方对时间观念的差异和由此而来的语言之分歧。中文与西文的一大差异在文法,在于西文多词尾变化(inflection)而中文没有。词尾变化可分人称、宾主、数量、性别等类,已经够麻烦了,但是最大的梦魇还在动词的"时态"(tense)。英文的时态在欧洲的语系中幸好是"一切从简"的了;换了拉丁语系、斯拉夫语系与日耳曼其他语系,动词时态的变化动辄三四十种,如果再由动词结尾的什么 ar、er、ir、are、ere、ire 等变化来旁生枝节,再加上什么反身动词之类,那就不是一个孙悟空拔毛所能应付得了的。

把好好一个动词变化成许多分身,叫作什么现在式、过去式、未来式、完成式、进行式，又再拼组成什么现在进行式、未来完成式等的次分身，这一切，正说明西方的心灵对时间的各殊面貌是多么专注而着迷，务必张设天罗地网，追捕其动态与静观。因此，如果说西方的文明是来自对时间的崇拜，恐怕不为过吧？

更有趣的是：英文的 time 一字源出拉丁文的 tempus，而 tempus 的第一义虽是 time，但其引申义却包括 tense（动词时态）与 calamity（灾难），岂非暗示如此烦琐的分歧会引来灾难？

对比之下，中文的动词千古不变，根本没有词尾变化。例如，一个"去"字，无论这动作发生在过去、现在、未来，由我、由你、由他，或由一群人来做，都无所谓，只用同一个"去"字，别无分身。这在西方语系习于条分缕析的人听来，完全不可思议。不过，虽然动词本身不变，却有一些"助动词"（auxiliaries），相当于英文的 shall、will、have、can 之类，来表时态，例如，"要去""会去""去过"便是。用西文的观点来看，中文的动词能通古今、人我、独群、主客之变，简直无所不能，可以不变而应万变。动词可以一成不变，究竟是拙是巧，是不足或是自由，就看你怎么诠释了。

3

我教英诗已经有四十年，发现若要真正欣赏英诗，基本的甚至起码的功夫在看通文法：文法没有看通，诗意就休想彻悟。许多人把诗译错，多半是因为把文法看走了眼。我常对学生说："没有人读诗是为了文法，但是不透过文法就进不了诗。文法是守在诗之花园入口的一条恶犬。"学生们听了，似笑非笑，似懂非懂。

英诗之难懂，原因不一。首先，为了押韵，得把韵脚放在行末，所以要调整句法，往往更需倒装。何况句法要有顿挫、有悬念、有变化，顺序往往不如逆序，或穿插有致的半顺半逆。例如，莎翁十四行第一一六首之句：Let me not to the marriage of true minds / Admit impediments. 要回逆为顺，理解为 Let me not admit impediments to the marriage of true minds. 还不算难。但是遇到像席德尼爵士（Sir Philip Sidney）这样的句子：Thy languished grace，/To me that feel the like，thy state descries. 若非真正的行家，恐怕就难以索解了。

其次，与其他西文一样、英文好用代名词。上一句里的人、物、事、到了下一句忽然不见了、变成了he、she、they、him、her、them、it、its、their 的分身。冤有头，债有主：回到前文去追认谁是本尊，乃是看通文法的基本锻炼。这一步做不到，就难充解人了。例如，布雷克的《人性分裂》一诗，就有这样几句：The Cruelty knits a snare，/ And spread his baits with care./ He sits down with holy fears，/ And waters the ground with tears：/Then Humility takes its root/ Underneath his foot. 细读之下，才发现原来"残酷"是雄性，用的代名词是"他"，而"谦逊"是中性，用的代名词是"它"，真是扑朔迷离，雌雄难辨。读英文作品，不幸遇到一堆抽象名词，偏偏又爱戴上代名词的假面具，就会陷入文法的迷魂阵，还有心情去赏诗意吗？真是可疑。

不过若说文法是严守诗苑之门的恶犬，恐怕又言重了。文法复杂苛细，固然有碍诗意，但如运用得当，也能举重若轻，几乎不落言诠就捉住了美感。在动词的时态转化上尤其如此。例如，爱伦·坡的《给海伦》中段：

> On desperate seas long wont to roam,
> Thy hyacinth hair, thy classic face,
> Thy naiad airs have brought me home
> To the glory that was Greece,
> And the grandeur that was Rome.

《给海伦》一诗的精彩尽在此段。前三行道尽尤利西斯的乡愁与海伦,甚至维纳斯之美,已经诗情洋溢,但高潮却在后面两行,简直是"西风残照,汉家陵阙"的气象。不过这怀古高潮的推动,却只凭一个动词最单纯的过去时态。浑不费力的小小一个 was,就占尽了风流。而这,却是中文无能为力的。翻译的时候,最多只能动用"往昔""曾经""逝去""不再"之类的字眼,但是都太费词、太落实、太复杂,哪像 was 这么直截了当,一字不移。何况这一字可以连用两次而不觉犯重,反而更加气派,可是"往昔"等词却不堪重复。再举史云朋《荒园》(*A. C. Swinburne: The Forsaken Garden*)的一段为例:

> All are at one now, roses and lovers,
> Not known of the cliffs and the fields and the sea.
> Not a breath of the time that has been hovers
> In the air now soft with a summer to be.

史云朋不能算伟大的诗人,他那着魔的音调也不再像当年那么迷人了,但是此段末二行的动词时态却仍然动人。Time that has been 倒还平常,但是 soft with a summer to be 却美极了。单说 soft with summer(夏气轻柔)已经很美,但是 soft with a summer to be 却是说"夏日将至,空气转柔",就更微妙了。不过中文只能说"夏日将至""夏天将临""快到夏季"等,也嫌太落实、太郑重、太平铺直叙,哪像 a summer to be 这么飘逸、轻灵、透亮啊,像是精灵的耳语。英文文法的"不定词"(infinitive)轻而易举的动作,没有动词时态化的中文却做不到。

但是反过来说,没有动词时态变化的中文,在叙事的效果上,也有英文难以胜任的地方。例如李白的《越中览古》:

越王勾践破吴归,义士还家尽锦衣。
宫女如花满春殿,只今唯有鹧鸪飞。

此诗译成英文,动词时态并不难安排:前三句用过去式,末句用现在式就行了。但是前三句既用过去式叙述,读者心中早有准备,知道这是说的从前,所以末句回到现今,顺理成章。中文原诗正相反,古今的事压在同一平面上,所以末句的落差其来也骤。中国诗在时态上无先后,而中国画在物象上无光影,是因为中国艺术不务实吗?值得好好思考。

二〇〇三年四月八日

文学九讲：从阅读到写作

第 六 讲

中 国 古 典 诗

五百年正是凤凰大轮回的周期，

中国诗就像一只不朽的凤凰，

秦火焚之，成吉思汗射之，凤凰仍是凤凰。

从一首唐诗说起

松下问童子，言师采药去。
只在此山中，云深不知处。

　　近日读唐人贾岛的《寻隐者不遇》，触及很多有趣的问题，其中有旧的，也有新的。第一次读这首五言绝句，想必远在二十年前，当时的印象，当然浮泛得很。以后不时读到，欢喜而已。但是在英诗的传统里泡了一段时期，且受过现代诗和现代画的洗礼之后，再回头来看这首小诗，竟有许多感想。

　　首先，我觉得这是一首好诗，值得我们再三玩味。可是我们还写不写这类诗呢？答案是否定的。至少现代诗中，不再有这种题材了。哪一个现代人会去深山中访问隐者呢？哪一个现代人会隐居在深山中，而且采集药草呢？"莫买沃洲山，时人已知处"的时代，绝对过去了。事实上，在现代诗中写某些旧诗的题材固然不可，以旧诗的观念和手法来写现代的题材也甚可笑。我曾见当代的旧诗人写收音机，好像它是不可置信的一大奇迹，又见一旧诗咏电单车，说它"沿街扑扑喷青烟"，实在不伦不类。文学反映生活，无此生活而有此诗，是虚伪的，因而也是不艺术的。事实上，复古是不会成功的。英国十九世纪的一派诗人和画家，热中于中世纪，而倡"前拉斐尔主义"，要回到十三世纪的风格。可是罗赛蒂的画中，岂有乔托（Giotto）的纯朴清真。

　　那么中国古典诗真的落伍了么？曰又不然。我们固然没有那种闲逸的生活，不可写那种诗，可是我们的性灵之中，仍保持对于那种闲逸气质的向往。我们可以说，在美感中，没有一个人是真正的现代人，如果他不强烈地意识到古代的存在。因此，我们不可写旧诗，但应该欣赏且间接地学习旧诗。真正好的旧诗，在生活背景上是陈旧的，但在美感经验上却恒是新的。准乎此，我们可以在卡明斯的诗中读到莎士比亚，也可以在狄伦·托马斯的诗中听见《圣经》。作一个现代人，我当然喜欢格什温的《蓝色狂想曲》，康妮·佛兰西丝的歌，或是西门町的热闹，可是，每次去圆通寺，我辄感身心安详，听觉透明，出古入今，一念万里，自由极了，我不忍离去。既然人性只是矛盾的综合，恒在动与静之间摆动，则表现动的世界（例如高速的，充溢着噪音的二十世纪）的诗是真实的诗，表现静的世界（例如这首诗中的世界）的诗也是真实的诗。不要以为只有二十世纪的世界是高速运动的世界。我们的大宇宙恒是动的。一切天体莫不运动，地球的公转速度，使目前火箭的速度变成小巫。然而以如此高速运动着的星座们，又是多么的寂静！

以今日的文法观点来看中国的古典诗，则它们大半不合文法。例如，杜甫的"永夜角声悲自语，中天月色好谁看"，如依正常的散文语法，实应读为"永夜角声自语悲，谁看中天好月色"。可是杜甫的原句好不好呢？好极了！我们还觉得非如此则读起来不过瘾。西洋古典诗固然也颠颠倒倒，例如英国十六世纪诗人锡德尼（Sit Philip Sidney）一首十四行中的一句：

> thy languished grace
> To me, that feel the like, thy state descries,

便可还原为"Thy languished grace descries thy state to me that feel the like."可是，由于英语有相当严格的文法，虽然古典诗时有倒装句，但仍不

得违背文法。例如，上例中"泄露"一动词一定为第三人称单数所用，而"同感"一动词显然属于第一人称的"我"。

是的，中国古典诗是不合西洋文法的，这恐怕还是它的长处，因为如此句法更显得自由、浑成，且富曲折之趣。王维的"白云回望合，青霭入看无"如此，钱起的"竹怜新雨后，山爱夕阳时"也是如此。有时候没有动词，如韩翃的"星河秋一雁，砧杵夜千家"；有时候没有主词，如贾岛的这首诗。"松下问童子"，谁问？"只在此山中"，谁在？"云深不知处"，谁不知？可是中国读者都明白，是我（作者）在问，师在此山中，童子不知处。换了英诗，就得填补这些文法上的空白，增加多少文字了。为了证明，我特英译如下：

> Beneath a pine tree looked I for the recluse.
> His page said, "Gatherng herbs my master's away.
> You'll find him nowhere, as close are the clouds,
> Though he must be on the hill, I dare say."

我自信英译不算太拖泥带水，可是贾岛笔下天衣无缝的五言在英译中非"十言"不足以曲达，中文的"五言"当然不等于英文的五个字，可是用英诗的 iambic pentameter 来写这首诗，显然是长了一些，换了豪斯曼那种简练的写法，本来用 iambic tetrameter 应该就够了。你看，译为西洋文字之后，第一行中就凭空多出"我"和"隐者"（即"师"得重复一次），第二行中的"言"就得加上主词"童子"。为了在英文中卖卖关子，我把三、四两行互易，而第三行中得加主词"他"第四行中得加主词"你"〔事实上童子是说"云深（我）不知处"〕。同样地，崔颢的《长干行》：

> 家临九江水，来去九江侧。
> 同是长干人，生小不相识。

也是全无主词的：第一句的"家"虽是主词，但未言明是谁的家。中国古典诗就是这样不合文法，然而又这样方便，在转弯抹角的地方一点没有牵绊，灵利极了。不要以为目前的现代诗完全追随西洋诗，在这方面，它仍是颇受中国古典诗之惠的。例如我近作《啊，春天来了》中有两句：

> 射翻了单于
> 自杀了李广

如果改成合文法的形式，就变成：

> 单于（被）射翻了
> 李广自杀了

这种句法反而白得不耐咀嚼。

其次，我欣然想到，由于中国文字一字一音，且无语尾变化（inflection），一千年前贾岛的这首诗到现在仍平易近人，没有一个典，没有一个僻字，没有一点"文字障"，连初中生都开卷即懂。反观英国文学，六百年前乔叟的诗已经面目全非，非经特殊训练，根本不能欣赏原文，更不论千年以前的《贝奥武甫》了。这是中国古典诗的伟大处，也是中国文字之所以不朽的原因。今日的现代诗，渐渐接受欧化句法而无视于古典之恩惠，恐怕数百年后，也不被国人所了解。现代诗在某些地方甚且超越古典诗，但在精炼和明朗上绝难追上古典诗，且往往使人觉得晦涩而费辞。如何能做到似浅而实深，易解却耐读，是值得现代诗人们研究的。

　　论现代诗者，好谈时空观念之压缩。艾略特在《荒地》中便在同一刹那表现（也可说是叠现）过去与现在，《荒地》的戏剧性之紧张往往便来自这种今昔交互的影响与激荡。大战后的泰晤士河，在夏夜漂流着空酒瓶和三明治包纸、丝绢和烟蒂，然而这也是美好的伊丽莎白时代的泰晤士河，斯宾塞诗中的有女神凌波其上的泰晤士河。一个有希腊姓氏的小亚细亚商人（Mr. Eugenides），竟使用现代商业的术语（C.i.f.），且说通俗的法文。这是时间的交叠，也是空间的辐辏。如果说，《荒地》中使用各国的文字以及历代的典故，那也只是欧洲之时空关系交错于大战后一敏感的读书人之神经。贾岛的这首诗固然没有这么纵横交错的背景，和繁复的表现手法，但是仍具这种时空交感的雏型。以时间而言，这首诗是反复叙述的："松下问童子"是现在，"师采药去"是过去，可是"只在此山中"又把"师采药去"衔接上，且把时间拉回现在。以空间而言，"松下"是一小单位，"山中"是一大单位，皆甚确定，惟"云深不知处"则使该大单位益形浩阔，因为它游移不定。是以这首诗，在时间上是由现在到过去，复由过去到现在，在空间上是由小而大，由固定到游移。这种时空的不断变化，赋此诗以戏剧的生命，而寓动于静，百读不厌。"何当共剪西窗烛，却话巴山夜雨时"；"可怜无定河边骨，犹是春闺梦里人"；这些诗的好处，也就是类此的时空变化下的戏剧感。从这种角度去看古典诗，便觉得它们并不落伍。

　　同样地，从抽象画的趣味看古典诗，也有许多快乐的印证。例如，"星临万户动，月傍九霄多"，便可以看成无数的点（或多角形）与一个圆之间的，以简驭繁的关系之构图，俨然米罗与克利的画面。又如"大漠孤烟直，长河落日圆"两句，便是一个高度秩序化了的富于朴素的几何美的世界。"大漠孤烟直"可以看成一个大平面上的一根垂直线，"长河落日圆"可以看成与一圆形交于一点的一根切线。这种境界岂非康定斯基的画面？"大漠孤烟直"甚至超越康定斯基，因为它是立体的。

这种比较，也许是瞎做媒人，也许是穿凿附会。可是如果你曾经接受现代文学和艺术的洗礼，建立这种艺术观是很自然的事。我的原意只是向保守派说明：现代的文艺，任它如何"反传统"，事实上并不悖于传统的某些法则，也跳不出传统的某些范围，如果他们开明一点，自觉一点，他们不难见古今之同，而欣然赏今。在另一方面，我企图向某些要彻底"反传统"的现代诗人，提供一些值得我们考虑的意见。想想看，传统是否只是落伍的代名词，想想看，照目前的情形发展下去，现代诗真能和唐诗并肩而立，不显得矮一截？

"反叛传统不如利用传统。狭窄的现代诗人但见传统与现代之异，不见两者之同；但见两者之分，不见两者之合。对于传统，一位真正的现代诗人应该知道如何入而复出，出而复入，以至于自由出入。"[1]

江山代有才人出，各领风骚五百年。五百年正是凤凰大轮回的周期，中国诗就像一只不朽的凤凰，秦火焚之，成吉思汗射之，凤凰仍是凤凰。经过现代诗的火葬，新的凤凰已经诞生，且将振翼起飞了。三闾大夫，敬礼！

一九六二年五月

---

[1] 作者自引《从古典诗到现代诗》一文末段。——编者注

象牙塔到白玉楼

——论唐诗创作

公元八世纪的中叶，正当欧洲笼罩在"黑暗时期"之中，基督与穆罕默德争夺霸权，而西方的"近代文学"尚未破晓之际，在东方的大唐帝国，却展开了古典诗的全盛时期。唐自立国以来，历一世纪，而有大诗人李白和杜甫的诞生。中国的古典诗，到了杜甫，可以说已经登凌绝顶，譬之西方，相当于伊丽莎白的英国、路易十四的法国。历来批评家的意见多以为李白功在承先，将六朝遗风，告一段落，杜甫功在启后，影响遍及中唐晚唐，遥导宋诗的先河。

同样是大诗人，有的影响深远，有的影响较受限制，因为有的易学，有的难学。举个例子，早期的艾略特易学，而晚期的叶芝难学。杜甫易学，而李白难学。至少我们可以这么说：李白的诗蹑虚而行，纯然是一片意境，没有留下创作方法上的若何轨迹；杜甫的诗则屡及剑及，除了意境的完成之外，更提供了千汇万状的创作方法。以音乐为喻，我的直觉常告诉我，李白的诗在速度（tempo）上，似乎恒较杜甫的为快。如果我们可以说，李白的诗常在稍快板（allegretto）与急板（presto）之间，则杜甫的诗自最缓板（largo）到急板不等，杜甫题材广阔，技巧繁复，在诗人之中是一大行家（virtuoso），后之诗人都挤到草堂里去上课，而不去采石矶学捕水中之月，原是非常自然的事。

因此到了中唐，杜甫的影响已经普遍而且显著。中唐的诗人历经丧乱，诗风倾向写实主义，可以白居易为代表。白居易的诗在中唐盛行的程度，仿佛柳永的词之在北宋。可是不同于柳永的享乐，白居易是以教诲（didacticism）自命的。《与元九书》是中唐文学思想的一大文献。白居易以教诲为文学的任务，他以为"文章合为时而著，歌诗合为事而作"。但在文学史的认识上，他是一个退化论者。他认为风骚以降，诗道崩坏；他嫌谢灵运溺于山水，陶渊明放乎田园。杜甫是最为通达的人，在他，"清词丽句必为邻"。白居易则以为"余霞散成绮，澄江净如练；归花先委露，别叶乍辞风之什；丽则丽矣，吾不知其所讽焉。"甚至对于李、杜，他也颇表不满。李白不用说了，即使杜甫，他也认为"可传者千余篇，至于贯穿今古，觏缕格律，尽工尽善，又过于李。然撮其《新安吏》《石壕吏》《潼关吏》《塞芦子》《留花门》之章；'朱门酒肉臭，路有冻死骨'之句，亦不过三四十首。杜尚如此，况不逮杜者乎？"

虽然如此，《长庆集》中的作品，仍极受杜甫社会写实诗风的启示。杜甫是一位综合性的艺术家；他有广度，也有深度；有知性，也有感性；有高度的严肃，也有高度的幽默；能平易，亦能矜持；能工整，亦能变化。大致上说来，元白之伦继承自杜甫的，是他的广度，不是他的深度；是知性，不是感性；是严肃，不是幽默；是平易和工整，不是矜持和变化。元白所扬弃的，中晚唐的其他诗人加以吸收，其尤突出者，当推中唐的韩愈和晚唐的李商隐。韩、李学杜，皆自难处着手，李复转学于韩，比韩复杂，也比韩成功。韩愈在诗的思想和技巧上，是反白的，围集在韩愈四周的许多"次要诗人"（minor poets）自然也是反白的。在元白那种老妪都解浅显且通俗的诗风笼罩诗坛之际，韩愈圈内的诗人们放纵想象，着重意象，倾向散文，追求超自然的境界等表现，有意无意之间，恐怕都是对通俗的训海诗的一大反动。

韩愈的圈子

白居易是中唐诗坛的祭酒，韩愈则是中唐文坛的一代宗师。他排老攘释，以儒家道统的代言人自居；他反对六朝以来专重形式的骈文，提倡复古以为抗衡，结果是创造了新散文；他更以散文大师的左手写诗，当然回避与骈文相互呼应的律诗，而将古风作更自由的散文变奏。他在这三方面的努力，到了宋代，都发生很大的影响，因此在北宋人的心目中，他被铜像化了，成为"道统"，成为"文宗"，成为"百世师"。大文豪如欧阳修、苏轼、秦观等等，对韩愈都推崇备至，苏轼甚至说唐文只有《送李愿归盘谷序》一篇，又说"诗之美者，莫如韩退之"（虽然他接着便说，"然诗格之变，自退之始"，大有艾略特责备弥尔顿之意）。

在儒家正统的文艺思想上，韩愈与白居易实在没有什么不同，可是在诗的风格上，韩愈似乎有意在李、杜之外另创局面，对同一时代的白居易，也有意背道而驰，在散文之中罕见的韩愈的"自我"（ego）的某一面，往往淋漓而恣肆地出现在他的诗里。这一面正是韩愈的"超自然癖"（supermaturalism）与"自大狂"（megalomania），正是他对未知的神秘世界的狂热向往和对儒家思想自我束缚的无意识的反抗。这一面违反了儒家的中庸之道，也违反了儒家诗观的温柔敦厚之旨。韩愈是一个非常繁复有趣的综合体，他攘佛尊孔，却不自觉地流露对于神异世界的敏感。这些"偏差"在他的载道的古文之中，应该是被他的儒家的意识形态压抑着的。我总怀疑，韩老夫子的自我，他的 libido，是从散文的世界逃遁到诗的世界里去的。

名重天下，掌握教育与考试大权的韩愈博士，在诗的创作上既然表现这样的风格，一些风格相近的诗人自然就聚集在他的周围了。孟郊、贾岛，是其中最闻名的人物，此外还有皇甫湜、樊宗师、卢仝、马异、刘叉、李贺、沈亚之等多人。郊寒岛瘦，名场仕途两不得意有以致之。孟郊五十始中进士，一生官卑命蹇，白居易说他六十终试协律。贾岛原是和尚，韩愈教他作文，并劝他还俗应举，同样命途多舛，且曾面忤宣宗，又得罪大尹刘栖楚。孟郊和贾岛是典型的苦吟诗人，对于现实生活，他们有很强烈的感受，可是欠缺较高的境界和气度，既不能像李白那样超越而且解脱，也不能像杜甫那样将个人的痛苦泯化于全民族的苦难。总之他们只是二流的诗人，深邃而狭窄。

孟郊与贾岛仅止于狷，有的韩派诗人简直是狂而且妄了。这一撮诗人，如果生在现代，必然成为精神病治疗的最佳对象。病情其实简单极了：长期的压抑形成了心理上的"情意综"（complex）。在孟郊和贾岛，这种变态是自卑加上自怜，在卢仝、马异、刘叉，则是自卑的变相表现，成为自大。孟郊和贾岛将自己的疮疤尽情地公开，自虐兼而自怜，因而得到一种变相的满足。卢仝等诗人则掩饰自己的疮疤，且尽量幻想自己和伟大的事物合为一体。无论外在的表现是自卑的暴露狂，或是自大的夸张狂，其内在的郁结恒是长期的压抑。中国诗人最大的矛盾，是一面热中于政治，另一面又自命清高，至少传统的用世观念使他们幻觉，天才而不用于政治，是可悲的浪费。考试失败，仕宦失意，就悲观厌世，以贾谊或屈原自命。这种误会做诗就应做官的观念，形成了艺术和政治不分的混乱心理。在英国文学史上，培根和斯威夫特便是这种心理的牺牲品。在西方的古代，不知有多少文学天才被家庭逼迫着去读法律或神学而痛苦万分。卢仝和马异是好朋友，终身不仕，韩愈为河南令时，爱他的诗，曾效"玉川体"写月蚀诗。其实卢仝的长诗《月蚀诗》和《与马异结交诗》，徒有气魄，欠缺结构，放纵幻想，虚张声势，句法尤其不诗不文，不过迎合韩愈以文人诗的癖好罢了。这种诗体和诗风，虽然是"反传统"的，并无若何艺术价值，终于难逃元好问的攻击。

其实这种诗并无独创之处。袁枚曾经指出，卢仝的险怪，得力于《离骚》《天问》《大招》。然而卢仝的长诗，骚体不像骚体，古风不像古风，无论称之为"卢仝体"或"玉川体"，只能聊备一格罢了。马异的《答卢仝结交诗》，也是同样的风格，止于怪诞，不入神奇。至于气盛才衰，杀人夺金的刘叉，于诗并无成就，徒增韩愈教授的烦恼，为韩派作者的光怪陆离添一注脚而已。

皇甫湜是韩愈的终身好友，也是他散文革命的同伴。他不会写诗，但是在卢仝那种散文化和怪诞的影响下，也写了一篇《出世行》，于怪诞之外，更加上了恶劣。例如"旦旦狎玉皇，夜夜御天姝"等句子，简直不堪。他的官也只做到郎中和判官，脾气又坏，打儿子，忤同事，死后白居易写诗悼他，把他和祢衡相比。其他的诗友，除了张籍以外，全部是同样怪异的诗风。樊宗师的作品传后者仅一诗二文，《蜀绵州越王楼诗》和一序一记，风格也类卢仝和韩愈，后人其至弄不清他散文的句读，韩愈还称赞他"不袭蹈前人一言一句"呢。来自南方的沈亚之，亦曾因落第而得李贺赠诗，且坐德州行营使者柏耆之罪谪南康尉。沈亚之出于韩愈之门，文章亦深受散文运动的影响，亟称韩愈，以险崛为务；在唐代传奇小说家中，他亦属于怪诞一类，传奇三篇"皆以华艳之笔，叙恍忽之情，而好言仙鬼复死，尤与同时文人异趣"。

物以类聚。在传记文学向不发达的中国，隔了十二个世纪，我们犹能看见中唐的一个文学运动，如何以韩愈为领导人物，渐渐地成形。说这是一个文学运动或派别，并非我们的臆测。在生活的经验上，这一群诗人大半是科举和干禄两不得意，压抑之余，大半逃避现实，且呈现一种乖戾背逆之气（perversion），成为不能适应环境的人（misfits）。

韩愈自己也曾数贬外州。在文学的风格上，他们大半倾向于超自然的另一世界，好幻想，好铺张，好夸大，直陈而欠含蓄，感性重于知性。如果用欧洲艺术的形容词来描述，则这一派诗人兼有巴洛克（Baroque）的怪诞与敷衍，哥特式（Gothic）的神秘和战栗。

感性重于知性，是这一派诗人的共有特性。所谓感性（sensuality），系指作品特别侧重感官经验（sensorial experiences）的表达。朱光潜早就指出韩愈《听颖师弹琴》中的诗句"跻攀分寸不可上，失势一落千丈强"是感性的典型。这种意象鲜明感觉突出的句子，在这一派作品中，俯拾皆是。一般说来，怪诞的作品背后，往往隐藏着诙谐。在这一派作者之中，李贺、孟郊、贾岛都欠缺幽默感；韩愈时或流露一线诙谐，我总觉得他的《祭鳄鱼文》有点虚张声势，天真可笑；至于卢仝、马异、刘叉、皇甫湜，就滑稽而下流了。

在唐诗之中，韩愈的圈子确是颇为"反传统"的。他们的"反传统"主要表现在两个方面。第一，他们是"惟丑的"，他们崇奉的是 cult of ugliness。此地所谓的"丑"是现实经验的丑，透过诗人匠心的变形作用，如果蜕变得成功，可以转化为艺术经验的美。这也就是说，他们的取材有异于一般的唐代诗人，他们处理那些题材的角度也与众不同。他们这种企图化丑为美，化腐朽为神奇，从幻觉找解脱，从自虐找快感的作风，令我们想起了文学中的爱伦·坡、波德莱尔、霍夫曼（E. T. A. Hoffmann）、莫根施泰恩（Christian Morgenstern）、布莱克和柯尔律治；更令我们想起了绘画中的戈雅、恩索尔（James Ensor）、蒙克（Edvard Munch）、杜米埃（Honoré Daumier）、毕加索和克利，想起了超现实主义的恩斯特（Max Emst）和达里，这些作家和画家都是既矛盾又荒谬，既深刻又浮躁，既热烈又冷酷，而且恐怖得可笑（comically macabre）。

其次，韩门作者是"惟奥的"，他们信奉的是 cult of obscurity。此地的"奥"，是指他们的表现形式，在文字上，古僻生冷，浓重拙露；在结构上，不规则而且不流畅，在习用的古风之中显示出散文的倾向；在音响上，好用突兀险仄之声，狭促而不谐和；在意象上，轮廓显著而笔触用力，往往纷繁而且复叠。多元色调（poly-chromatic）的楚辞，铺张扬厉（extravagant）的汉赋，到此更负荷着艰奥而晦涩的古僻（archaism），形成中国古典诗的一股逆流。我们常听人诉苦，说现代诗怎么怎么难懂。可是古人诉苦说韩派诗人难懂也由来已久，例如，《昌谷诗集》，开卷第一篇《李凭箜篌引》，其中"吴质不眠倚桂树"一句，徐渭、董懋策、黄陶庵、黎二樵，众说纷纭，或疑吴刚之误，或疑即吴季重。至于"神血未凝身问谁"和"七星贯断姮娥死"等句，解人虽多，亦莫衷一是。有人指出，现代诗人之间，亦往往不解彼此作品。这种现象在韩派作者之间亦曾经发生。陈商不第，曾向韩愈请教，韩愈读了他的文章，竟也感到"语高而旨深，三四读尚不能通晓，茫然增愧赧"，又说"为文必使一世人不好，得无与操瑟立齐门者比与？"文章写到连博学的大文豪韩愈都读不通，实在难逃晦涩之讥了。

为了抵制"元轻白俗"，为了响应散文的革命，中唐这一撮诗人创造出一种"反传统"的"惟丑"且"惟奥"的新诗，这原是十分可喜的运动。可惜他们没有把握分寸，欠缺应有的才情和境界，乃使这个运动不幸流产，要等到李商隐和宋代的诗人出现，才完成了他们未竟之业。他们"惟丑"，可是对于生活的态度，是逃避而不是处理。他们走超自然的路，可是类鬼而不类仙，没有李白的魄力和神韵，只沦为粗俗的游仙诗。他们走超现实的路，可是他们变形的作用是外烁的而非内发的，是感官的刺激而非灵魂的震颤，所以不能和爱伦·坡或克利相比。亨利·詹姆斯的《碧庐冤孽》(*The Turn of the Screw*) 所以没有沦为低级而廉价的怪异小说（Gothic novel），便是因为它的力量在心理分析，而不全赖恐怖，这两种境界的分别是重要的，因为灵魂的探索是戏剧性的（dramatic）而非表演性的（melodramatic）。他们"惟奥"，可是那种"奥"只是"翳"，不是"秘"，只是"浊"，不是"深"。他们的"难懂"往往只停留在字面，不是沉潜到想象的本质。李商隐比他们深，因为他的"难懂"属于诗思本身。此处我必须说明一下，艺术之中的所谓"难懂"（difficult）和常识上的"不可解"（unintelligible）或逻辑上的"不通"（illogical）有别。"难懂"指读者进入一件艺术品想象本质时要加倍的努力。一件真实的艺术品，当它的所谓"难懂"性终被克服时，将更为耐看、耐听、耐想。要克服韩派诗人的"难懂"，读者只要一部大辞典；但要克服李商隐的"难懂"，他必须锻炼自己的想象力。大致上说来，这一派的境界不够恢弘。论深度，李贺不及李商隐。论高度，卢仝不及李白。论广度，孟郊不及杜甫。孟郊落第，便觉"出门即有碍，谁谓天地宽？"杜甫落魄，仍无碍于"纳纳乾坤大"。

然而韩愈圈内的作者，也不曾完全失败。例如李贺，在他精巧的艺术冷宫之中，便留下了一点持久的价值，遥遥地预期着现代诗某些方面的特性。

药罐中和驴背上

韩愈博士在九世纪初的文坛上，以一位散文大家兼写新诗，声望之高，交接之广，个性之强，相当于英国十八世纪新古典主义的领袖约翰逊博士，如果他的弟子如皇甫湜者，能像鲍斯韦尔那样，写一本生动而详尽的《韩愈博士传》，不但描绘大师的言行起居，抑且旁及他四周的人物，则文学史和批评的工作，将顺利而深入得多。可惜刘昫和宋祁为正史所撰的列传，简陋而不科学，不是冠冕堂皇的擢升谪降纪录，便是无稽的传说和零星的轶事。例如，《旧唐书》李贺的本传仅寥寥数句，不满百字，比现代人求职的履历表还短。《新唐书》的本传略多篇幅，但也大半根据李商隐的《李长吉小传》。李贺的好朋友沈亚之，写了三篇传奇，也不曾为我们记述一点李贺的生平。有关他生平的记述，仅有的资料，恐怕只有杜牧应李贺生前好友沈子明之请而写的《李长吉集》序一篇，李商隐写的《李长吉小传》一篇，唐张固所撰《幽闲鼓吹》及明彭大翼所撰《山堂肆考》中的片段传闻，以及《讳辩》一类文字中的偶尔涉及。根据这些不甚可靠的资料（杜序写在贺死后十五年，李传作者不可能与贺发生直接关系），加上李贺自己的作品，我们似乎可以为这位早夭的诗人浮雕出下面的朦胧侧影：

李贺字长吉，父名晋肃，系出郑王①之后。《新唐书》说他："七岁能辞章。韩愈、皇甫湜始闻未信，过其家，使贺赋诗，援笔辄就如素构，自目曰《高轩过》。二人大惊，自是有名。"大概这就是李贺七岁赋《高轩过》一说的来源，颇为一般文学史所袭，可是杜牧和李商隐都不曾提到这一点，而杜牧之友沈子明为贺生前知己，"义爱甚厚，日夕相与起居饮食"，李商隐的小传材料更得之于"长吉姊嫁王氏者，语长吉之事尤备"。可见《新唐书》之说不确。贺早熟夙慧，当系事实，但是《高轩过》一诗，如系贺作品，绝非七岁儿手笔。语气不类幼童，暂且不说；诗中所谓"文章巨公"应指韩愈，但韩愈长贺二十二岁，贺七岁时，韩愈才二十九，犹未成名，何得为文章巨公？《高轩过》篇首说明，系"韩员外愈，皇甫侍御湜见过，因而命作"。韩愈到元和四年

---

① 郑王，这里指李亮，字直夫，唐太祖（追封）李虎第八子，唐高祖李渊叔。唐高祖武德年间被追封郑王。——编者注

始真除国子博士，改分司都官员外郎，那时他已四十二岁，贺亦已二十岁，《高轩过》作于此时，自然合乎情理。《唐诗纪事》说韩愈为国子博士时，贺以诗进谒，韩愈"已送客解带，门人呈卷，旋读之，首篇《雁门太守行》云：'黑云压城城欲摧，甲光向日金鳞开'，却援带命邀之"。此说如果可靠，则李贺的进入韩派诗人群中，应该是在公元八〇九年，李贺先自荐于韩愈，然后韩愈和皇甫湜去回拜他。

　　李贺是河南昌谷人，他的出现在长安文学界，应该是在二十岁左右。他曾经住在长安的崇义里，和贵族的子弟交游，可是他的朋友，仍以落拓失意的青年作家为主，其中包括权璩、崔植、杨敬之、王参元、沈子明、张又新、沈亚之、皇甫湜、陈商。沈子明在李贺临终前，为贺保存诗作，"离为四篇，凡二百三十三首"。这便是我们今日读到的长吉诗集。张又新号张三头，曾两度被贬，婚姻亦失意，所恋酒妓为政敌李绅所据，又曾遇风漂没二子。沈亚之是吴兴人，元和七年（八一二）落第，正值李贺亦穷蹇潦倒，"无钱酒以劳"，曾作《送沈亚之歌》赠他。后来亚之虽然在元和十年中了进士，且有后辈李商隐的赠诗，亦不达。皇甫湜发现长吉后，与长吉颇频过从，长吉集中有三首诗给他。被韩愈讥为不合时宜的陈商，元和初年不第，到元和九年始中进士。元和四年，正是李贺见韩愈的一年。我想，贺识陈商，亦可能在这年。贺有《赠陈商》一诗，对商极为崇仰，说商"太华五千仞，劈地抽森秀"，又说他自己："二十心已朽；楞伽堆案前，楚辞系肘后；人生有穷拙，日暮聊饮酒；只今道已塞，何必须白首？"可见这首诗必在元和四年左右所写，因为接下去贺又说商"凄凄陈述圣，披褐锄俎豆；学为尧舜文，时人责衰偶。"学为尧舜文，也许是指商的文章古味斑斓；时人责衰偶，也许包括韩愈的责难在内。总之这首诗的写作日期，是在陈商中进士（八一四）之前，应无疑问。此外，韩愈圈内还有一位和尚音乐家，与诗人们甚为熟稔。韩愈和李贺都曾写诗，赞叹他神乎其技的演奏。大家都称他为颖师，只是韩愈和他因习而狎，诗中语气近乎诙谐，说："颖乎尔诚能，无以冰炭置我肠！"李贺齿晚，对颖师有点敬畏。韩愈诗中只说琴音给他的感受，未及乐器及乐师形相；李贺诗中便补述说："笠僧前立当吾门，梵宫真相眉棱尊。古琴大轸长八尺，峄阳老树非桐孙。"可是那时的长吉，已经凉馆惊弦，病笃难起了。

年轻多病的长吉，喜爱而且尊重这些韩门的朋友，可是对一般时人，他的态度则非常高傲不群，得罪了不少人。李商隐说他"当时人亦多排摈毁斥之"。张固也说，贺有表兄，与贺有笔研之旧。贺死后，李藩侍郎搜集贺诗未竟，拜托这位表兄为他寻找遗篇。表兄自称："某尽得其所为，亦见其多点窜者，请得所葺者视之，当为改正。"李藩便把自己已有的贺作完全交给他，过了一年，消息全无，再去找他责问。那位表兄竟说："某与贺自小同处，恨其傲忽，尝思报之，所得兼旧有者，一时投于溷①中矣。"彭大翼在《山堂肆考》中亦简述此事，并记载贺时人元祯以明经中第来谒，贺见了他的名刺，竟当面抢白他说："明经及第，何事来见李贺。"结果元祯羞惭而退。

李贺得罪了这么多人，时辈当然恨他。果然，当他的保护人韩愈博士劝他投考进士的时候，妒他的考生便扬言骂他，说他如举进士，便犯了他父亲晋肃的讳。闻者不察，竟同然其说。韩教授便写了那篇有名的《讳辩》，引经据典，把毁贺人士痛折了一番。尽管如此，李贺卒不就举，就这样断送了一生功名。李商隐说他"位不过奉礼太常"，宋祁说他"为协律郎"。这只是一名正八品小官，主宗庙礼仪，调和律吕，一名乐师罢了。李贺自己也悲叹，"奉礼官卑复何益？"不过这也可以

---

① 溷（hùn），此处指厕所。——编者注

说明长吉集中何以很多乐府宫体，而且富于音乐性。《旧唐书》便说："其乐府词数十篇，至于云韶乐工，无不讽诵。"

事业失意，加上勤奋无度，使长吉多病而早衰。李贺与王勃同为唐代早夭的青年诗人，有人将二十七病故的李贺比拟济慈（按中国年龄亦二十七而殁），二十八溺海的王勃比拟雪莱（亦死于南方）。长吉和子安可说都一鸣成名（《高轩过》与《滕王阁序》）；他们的创作习惯也同样奇幻动人，为后人所争传。只是王勃的磨墨醉卧，梦中经营，显得多么潇洒安逸。李贺的方式，相形之下，就太苦了，很像同门的寒瘦二生①。李商隐说他"每旦日出，与诸公（王参元、杨敬之、权璩、崔植）游，未尝得题然后为诗，如他人思量牵合，以及程限为意。恒从小奚奴，骑距驢②，背一古破锦囊，遇有所得，即书投囊中。及暮归，太夫人使婢受囊出之，见所书多，辄曰：'是儿要当呕出心乃已尔！'上灯与食，长吉从婢取书，研墨叠纸足成之，投他囊中。非大醉及吊丧日率如此。"这是一段生动而详尽的记述，如果王勃潜意识的酝酿像柯尔律治，则李贺的刻意经营有点像爱伦·坡。可是这不能说长吉才思不够敏捷，如果《高轩过》确系对客挥毫。《山堂肆考》便载："有人谒贺，见其久而不言，唾地者三，俄而文成三篇。"

长吉名场不逞，将生命奉献给缪斯，将雕虫小技视为雕龙大业。他委实太辛苦了，不但昼间骑驴猎诗，还要夜间焚膏捕句。艺术家都是这样，在短促的生命之中不断和太阳赛马，和太阴赛马，和死亡赛马，来得太疾的死亡是太短的期限，而一切杰作都得"限期交卷"。长吉不

---

① 寒瘦二生，指孟郊和贾岛。后世用"郊寒岛瘦"形容其简啬孤峭的诗歌风格。——编者注

② 距驢，传说中的异兽，亦以指驴。——编者注

但常常伏案到夜深,有时甚至通宵工作。在《南园十三首》里,他带着凄切的自嘲写道:

> 寻章摘句老雕虫,晓月当帘挂玉弓。
> 不见年年辽海上,文章何处哭秋风?

在《酒罢张大彻索赠诗张初效潞幕》一诗篇末,亦有"陇西长吉摧颓客……吟诗一夜东方白"之句。使其中不自得,将何往而非病?在这样严厉的自策之下,可怜的长吉不但灵魂病着,抑且肉体病着。中唐原是一个苦难的时代,诗人的早衰应是意料中事。白居易未老,便患上视神经衰退,眼中黑斑有如"飞蝇垂珠,动以万数"。韩教授才三十多岁,眼睛、头发、牙齿都已经不健全了。孟郊和贾岛更是满纸的啼饥号寒,哭穷叹病。可是长吉的病情带着一种残酷而恐怖的自虐与自怜,他的病感一直锥进了三十三根脊骨的深处,像一只绝望的毒螯。艾略特说:

> 魏伯斯特深深为死亡所苦,
> 且透视皮肤,看见头盖骨;

在同一诗中,艾略特又说:

> 他熟悉骨髓中央的痛楚,
> 嶙峋骨架有寒颤啊起伏。

豪斯曼(A. E. Housman)也有相似的句子:

当我迎接到晨曦的光辉，
或是夜间躺下来梦寐，
我听见骨骼在体内窃语：
"又一夜，又一天已经逝去。

"这一层感官的皮何时蜕去，
何时解脱这一具欲念之躯？
何时能结束肉身与灵身，
只有峥嵘的骨身啊长存？

"行人啊朝东行，行人啊朝西，
可知为什么你们不能安息？
为了每一位母亲的男孩，
碌碌地奔波，拖一架骨骸。"

长吉的病感正是如此。在《伤心行》中，他便说：

咽咽学楚吟，病骨伤幽素；
秋姿白发生，木叶啼风雨；
灯青兰膏歇，落照飞蛾舞；
古壁生凝尘，羁魂梦中语。

这种自画像并不全是夸张，因为长吉二十七岁便夭逝了。他确实是未老先衰，病骨清癯，发斑且落，右手彩笔，左手药囊地踏上了去白玉楼之路。李商隐说他"细瘦，通眉，长指爪，能苦吟疾书"。长吉也屡在诗中自称"庞眉书客"。《高轩过》中便有这样的句子：

> 庞眉书客感秋蓬，谁知死草生华风！
> 我今垂翅附冥鸿，他日不羞蛇作龙。

戴君仁先生注释谓"庞眉书客"指耆宿之潦倒者，意贺夭殁，不可能庞眉。事实上长吉眉发均斑。《感讽》第二首便说："我待纤双绶，遗我星星发。"而《仁和里杂叙皇甫湜》更形容自己："归来骨薄面无膏，疫气冲头鬓茎少。"就这样为写诗而憔悴，而发斑，而病倒，夜深时仍然坐在药罐子旁边写诗，只有一个巴童（小奚奴？）伺候他。下面是《昌谷读书示巴童》及代拟的《巴童答》：

> 虫响灯光薄，宵寒药气浓。君怜垂翅客，辛苦尚相从。
> （《示巴童》）
> 巨鼻宜山褐，庞眉入苦吟。非君唱乐府，谁识怨秋深？
> （《巴童答》）

庞眉苦吟，当然是指长吉自己。垂翅客与《高轩过》中句"我今垂翅附冥鸿"义同。长吉是昌谷人，远游长安，自称书客，盖留学生之意。《秋来》一首，有"雨冷香魂吊书客"之句。《题归梦》中长吉也自谓："长安风雨夜，书客梦昌谷。"可见"庞眉书客"当系长吉自称。

不第，不达，多病，而且怀乡，敏感的长吉只有自遁于超自然（supernatural）的世界和历史的记忆之中，亦即游仙诗和怀古诗的幻境。死亡的森寒笼罩着他，成为他经常的萦心之念（obsession）。他诗中冉冉升起一股死亡的黑氛。在这方面，李贺实在可以加入济慈、爱伦·坡、波德莱尔及法国颓废诗人的队伍，去掌恐怖之王的黑旗。他的诗中屡次提到服药，《听颖师琴歌》便说："凉馆闻弦惊病客，药囊暂别龙须席。"然而久药不愈，终于病危，《咏怀》之二便预言说："日夕著书罢，惊霜落素丝；镜中聊自笑，詎是南山期！"旧友之不第者，这时也纷纷中第了。例如，陈商中进士第，在长吉死前二年（元和九年）；沈亚之中进士第，在长吉死前一年（元和十年）。只有长吉失意以终。李商隐描绘长吉弥留的情态，虽然自称本长吉姊适王氏者之语，究竟只是一段凄丽的神话，近乎杜牧梦书白驹醒而甑裂的传说。李商隐说："长吉将死时，忽昼见一绯衣人，驾赤虬，持一版，书若太古篆或霹雳石文者，云'当召长吉'。长吉了不能读，欻①下榻叩头，言'阿㜷②（长吉学语时呼太夫人云）老且病，贺不愿去。'绯衣人笑曰'帝成白玉楼，立召君为记，天上差乐不苦也'。长吉独泣，边人尽见之。长吉气绝，常所居窗中，浡浡③有烟气，闻行车嘒管④之声。太夫人急止人哭。待之如炊五斗黍许时，长吉竟死。"最可爱的是，李商隐还恐读者不信，补充了一句说："王氏姊非能造作谓长吉者，实所见如此。"

接着李商隐发了一番感慨，但忘记问长吉的姊姊，诗人死于何病，有无后人，等等。杜牧在序文中，说沈子明在给他的信中，泣叹"贺复无家室子弟，得以给养恤问，常恨想其人，咏味其言止矣"。不过这篇序文是在长吉死后十五年写的。沈子明显然是说长吉独身以终，不

---

① 欻（xū），忽然。——编者注

② 阿㜷（mí），母亲。——编者注

③ 浡（bó），烟起貌。——编者注

④ 嘒（huì）管，声音轻微的管乐器。后世以"嘒管行车"代称文人才士之死。——编者注

过也可能妻子后他而亡，但到杜牧作序之时均已无存。从长吉《送小季之庐山》末篇所说"下国饥儿梦中见"，以及《黄头郎》《咏怀》各诗看来，长吉似乎又是有子且爱妻的。黎二樵就怀疑杜牧所记不确。我们可以断言的是，长吉至少有一个姊姊，十四个哥哥，和一个小弟李犹。他似乎很喜欢这位小季①。

至于李贺的作品，据称散失的很多。李商隐说，王参元、杨敬之常常去长吉贮句的囊中，采取写去；又说长吉每独骑行京洛之间，所至偶有作品，亦随即抛弃。加上被那位表兄投入溷中的手稿，我们的损失是很可观的。

补天的彩石

李贺在中国古典诗中的地位，是非常特殊的。他的宇宙观，他的题材，他的风格，和传统的古典诗很不相同。历来中国的批评家，大率注意到他的才华，但以为他的创作有背弃之常轨，穿幽入仄，诡谲离奇，只可聊备一格罢了。杜牧作序，说长吉风格，"鲸呿鳌掷，牛鬼蛇神，不足为其虚荒诞幻也。"宋景文呼他为鬼才，严沧浪呼他为鬼仙。其后李贺便以鬼才的姿态，幢幢然隐现于中国的古典诗中。李贺欠缺儒家的意识形态，也违反了儒家的文艺思想，因此在传统的批评文字之中，不是一笔带过，便是强为纳入儒家的意识形态，释为警世讽时之作。中国的古典文学批评，像其他深受儒家心智活动影响的学问一样，往往欠缺某种程度的逻辑思考和科学精神，笼统而游移的评语多于精确而深入的分析，令人读过之后，只能抓到一把对仗工整声韵铿锵的

---

① 小季，旧时称最小的弟弟。——编者注

形容词。有时这种批评又趋向另一极端，变成刑警侦案式的考据，历史的（historical）兴趣取代了美学的（aesthetic）兴趣，侧重了政治背景的影射，忽略了艺术表现的成败。我无意否定历史的研究，可是一首诗在艺术上的成败，不能取决于它和历史背景的关系，而了解了一位作者在政治上的浮沉或是感情上的波折，也不一定能充分把握那首诗的境界。诗是灵魂的历史，不是政治史或经济史。现实的阳光，透过了艺术的三棱镜后，不再还原为阳光，却被变形为美丽的彩色。中国文学的批评，便是在这两个极端——悬空与落实——之间徘徊。有关李贺的批评便是一例。无论说李贺"辞尚奇诡"（《新唐书》），"怪得些子"（《朱子》），说"其文思体势，如崇岩峭壁，万仞崛起"（《旧唐书》），或是说"元和之朝，内忧外患，贺怀才兀处，虑世道而忧人心，孤忠沉郁，命词命题，刺世弊而中时隐，倘不深自弢晦，则必至焚身，斯愈推愈远，愈入愈曲，愈微愈减。"（昌谷诗注凡例）等等，都不能真正透视李贺的艺术。

　　刘大杰的《中国文学发展史》，以近三整页的篇幅评述李贺，说他"正如《红楼梦》中的贾宝玉，是一个风姿美貌才情焕发的贵公子"，又说他"善于选用最冷僻幽奇的字眼，构造最巧妙的文句，去掩藏那肉感淫欲的色情。"这两种观念都是错误的。

　　一个没有进士学历，官仅八品，多病，苦吟而怀乡的庞眉书客，大概不能形容成"风姿美貌才情焕发的贵公子"吧？长吉是一个伤心人，九世纪初一个最敏感的悲观主义者。他的悲观既是个人的（personal），也是非个人的（impersonal），也就是说，泛宇宙的（cosmic）。如果仅限于个人的，写实的，则这种悲观只是发牢骚而已。豪斯曼的诗，哈代的小说，都是超越个人的；长吉的作品也是如此。长吉在现实生活上的压抑感，弥漫在他许多半咏史半游仙的真幻不分的诗中，膨胀成神话性的宇宙的幻灭感。在吊古伤今的古典诗中，物是人非，时不我予之感，是一阕弹得最滥的老调子。长吉所表现的，却是以宇宙为背景的幻灭感：

> 晓声隆隆催转日，暮声隆隆催月出。
> 汉城黄柳映新帘，柏陵飞燕埋香骨。
> 磓碎千年日长白，孝武秦皇听不得。
> 从君翠发芦花色，独共南山守中国。
> 几回天上葬神仙，漏声相将无断绝。

上面这首《官街鼓》的诗思，建筑在一个有趣的 paradox（似矛盾而可能真实的叙述）上面。一般的观念，恒认为永恒是超时间的存在，而时间是不断运动、不断消逝的一种东西。可是李贺生活在时间之中，对于他（正如对于我们一样），永恒，亦即神话的空间，神仙的 N 度时间，是必朽而且轮替的，可是时间之流不歇。也就是说，累积起来的时间（以鼓声和漏声为单位），简直长于永恒。这种时间的观念，是异常矛盾而又异常美丽曲折的，可是其中也不无若干真理。天文学家霍伊尔（Fred Hoyle）便将膨胀中的宇宙（the expanding universe）之半径解释为时间。想象对于科学家和对于艺术家，同样的重要，因为它能弥补观察的不足。具有敏锐的想象力，始有强烈的直觉上的同情（sympathy），复由同情而交感（transfusion），由交感而合一（identification）。具有这种想象力，诗人才能将自己的生命注入宇宙的大生命，才能将个人的注入民族的、人类的、生物的和无生物的一切。所以想象力愈强的诗人，他的同情、交感、合一的范围也愈广，对象也愈大。福楼拜说，包法利夫人就是他自己。惠特曼说，他就是美国形形色色的人民。布莱克说，他就是被猎的野兔和折翼的云雀。李贺的想象力却是越级而跃的，从个人的直接跳到历史的、神话的、宇宙的。他的想象在至小的自我和至大的时空做两端的燃烧，中间的一大截却是空白。李贺的生命太短，他还不可能作杜甫和白居易式的同情和合一。在这方面，他在某种程度上接近屈原和李白，但是欠缺前者的道德热忱和后者的自大狂。长吉患的是"常怀千岁忧"的时间过敏症。他不但为今人担忧，为古人担忧，且为宇宙与神担忧。从"月寒日暖煎人寿"到"劫灰飞尽古今平"再到"王母桃花千遍红，彭祖巫咸几回死"；从"天若有情天亦老"到"七星贯断姮娥死"这种超历史的时间过敏症愈益强烈。而这种宇宙性的幻灭感和中国古典诗中的历史兴亡感甚不相同。

　　然而李贺的想象并不纯以庞大的时空为作用的对象，往往，引起他同情，交感并且合一的对象只存在于时空以外，亦即杜牧所谓的"牛鬼蛇神"之类的 supernatural 的幻觉。中国传统批评家目他为诡奇险怪，即因此。袁枚甚至将他和卢仝相提并论，实在低估了他。而某些新文学的批评家又将他归入所谓"唯美派"，其说与传统批评家所持者似相反而实相成。有"鬼才"之称的李贺，恐怕有三分之一的作品涉及鬼神，其中直接而且正面写鬼魅仙狐之类的亦不在少数。长吉，和太白一样，在诗的师承上，接受的是非儒的半骚半道神话传统。爱伦•坡曾说自己："不解，恐惧，狐疑，梦着梦，没有凡人敢梦见的梦。"李贺的梦也是这样：

　　　　西山日没东山昏，旋风吹马马踏云，画弦素管声浅繁，花裙绰䋺步秋尘。桂叶刷风桂坠子，青狸哭血寒狐死。古壁彩虬金帖尾，雨工骑入秋潭水。百年老鸮成木魅，笑声碧火巢中起。

这是描写秦俗尚巫三首之一的《神弦曲》，韵尾由平入仄，意象由真入幻，想象力贯透了幽冥的世界，可以说是长吉基本风格的代表作之一。像这样气氛逼人的作品，题材是虚幻的，描写却是写实的，由许多色调浓烈的具体形象构成一种艺术上的总效果。它给读者的影响，不是心智的（intellectual），不是情感的（emotional），而是感官的（sensational）；因此它留给读者的经验，既非思考的，亦非发泄的，而是官能的震撼。长吉的这类作品，在音乐上，使我们想起标题的交响诗（symphonic poem），例如穆索尔斯基的《荒山之夜》(Night on the Bald Mountain: by Moussorgsky)；在绘画上，使我们想起深浅有异的单色（monochromatic）作品，例如艾尔·格列科的《陀雷多幻景》(View of Toledo: by El Grcco)。在诗一方面，我们可以把它比拟柯尔律治的《古舟子咏》，比拟其中的鬼舟，鬼舟上的僵尸群，七色斑斓的魔海，和海上盘舞的彩蛇。这些作品给我们的经验，主要是感官的，感官的战栗和震撼。恐怖和憎恶，原是人性之中两个基本的强烈经验。它们介于感情和感觉之间，既是心灵的，又是官能的，在日常生活的经验之中，恒被认为"丑"。可是通过艺术的组织和变形作用，现实的"丑"可以转化且升华为想象的"美"。因为在艺术之中，我们挣脱了现实的利害关系，可以超越自我地感受恐怖和憎恶，既免于患得患失的顾虑，又耽于纯粹感官的经验。例如，读到"毒虬相视振金环，狻猊猰㺝吐馋涎"，或是"山魅食时人森寒"等句的时候，我们不怕毒虬或山魅真会危及我们的安全，并且能够专注地感受恐怖和憎恶，因此在想象上能够进入一个完整无憾的世界，也因此感到"美"。艺术上所谓"美"，原是一种自给自足，纯粹而完整的经验。可是在现实生活中，真正面临一条昂首嗔目的毒虬，我们便要分心于安全的问题，而那种感受的完整性便解体了。柯尔律治解释他自己在处理超自然的诗中，要做到

"一种能够乱真的境界，乃能使面临那些想象之阴影的读者，刹那之间欣然排除难以置信的心理，而这便构成了诗的信仰。"这种理论正可以用来解释李贺的若干作品，事实上，李贺和柯尔律治之间，有很强烈的血缘。例如，下列的《李凭箜篌引》，无论在题材的选择上，想象的作用上，或是表现的手法上，和柯尔律治的未完成的杰作《忽必烈》，皆有同曲同工之妙：

> 吴丝蜀桐张高秋，空山凝云颓不流，江娥啼竹素女愁，李凭中国弹箜篌。昆山玉碎凤凰叫，芙蓉泣露香兰笑。十二门前融冷光，二十三丝动紫皇。女娲炼石补天处，石破天惊逗秋雨。梦入神山教神妪，老鱼跳波瘦蛟舞。吴质不眠倚桂树，露脚斜飞湿寒兔。

柯尔律治的诗长五十四行，不便在此引述。可是凡读过英文原著的读者，想必同意我的比拟。两诗相似之处简直太巧了——它们都要摹状音乐，都富于奇幻的意象，都向往另一个空间，都有传说中女人的哭泣，都有为琴音震动的皇帝，都有波跳，石破与无稽之山，都以一梦结尾，且都结得有头无尾，貌若未完成而实为高度的完成。李贺和柯尔律治该都是弗洛伊德析梦的理想对象。他们都具有莎士比亚《仲夏夜之梦》中描摹诗人时所谓的"精妙的激动"（fine frenzy）。他们都有呼风唤雨的魔术，能把各殊的（heterogeneous）意象，组成大同的（homogeneous）意境。也就是说，他们都是超现实主义的先驱。

真的，十一个世纪以前的李贺，在好几方面，都可以说是一位生得太早的现代诗人。如果他生活在二十世纪的中国，则他必然也写现代诗。他的难懂，他的超现实主义和意象主义的风格，和现代诗是呼吸于同一种艺术的气候的。李贺如果是二十世纪初年的美国青年,他必然成为一位最杰出的意象派诗人。所谓"意象主义"(imagism)原来是1914年至1917年间,先后由庞德(Ezra Pound)和阿咪·洛威尔(Amy Lowell)领导的一个新诗革命运动,它在英美曾经发生很大的作用;本身虽然没有产生多少伟大而持久的作品,但是它的摧枯拉朽的力量,它的主张和因此激起的炽烈的论战,却导致了未来的诗坛盛况,解放了许多诗的心灵。在现代诗中的地位,"意象主义"略似"立体主义"之于现代画。消极的一面,这个运动反对十九世纪末二十世纪初诗坛的虚张声势和模糊笼统;积极的一面,它提出了六个主张,简化了,便像这样:(一)使用日常口语,但需用字精确;(二)创造新节奏,以表现新意境,且认为"自由诗"(free verse)较能表现作者的个性;(三)自由选择题材;(四)呈现意象(image),且认为诗应处理具体而确定的事物;(五)写作坚实而明朗的诗;(六)坚信诗之要义为浓缩集中。也许太集中了,某些意象派的小品颇似日本的俳句,只有刹那的感官记录,像庞德写车站的这首:

人群中,这些面孔的鬼影;
潮湿的黑树枝上的花瓣。

李贺的诗在许多方面都预期着这种诗风。和韩派的其他诗人一样,他也受了散文反骈诗体避律的影响,学习《楚辞》以降以至李白韩愈所发展的"自由诗",且在乐府古风之中创造出十分独特的形式,例如他的《苏小小墓》。其次,李贺呕心之作大半能做到浓缩、坚实、明朗的程度。他很能把握物体的质感和官能的经验,不但他的诗风是晶冷钻坚,锵锵作金石声,即连他的字汇和隐喻(metaphor),也硬凝如雕塑品。这一点,很像女诗人西特韦尔(Edith Sitwell)。可是最重要的一点,是李贺诗中那种伸手可触的突出纸面的意象;要说不隔,真是直逼眉睫。看看他的《北中寒》:

> 一方黑照三方紫,黄河冰合鱼龙死。三尺木皮断文理,百石强车上河水。霜花草上大如钱,挥刀不入迷濛天!争瀯海水飞凌喧,山瀑无声玉虹悬。

这种清朗爽利的笔触和构图,何逊于法国诗坛上以冷静客观为务的"高蹈派"(The Parnassians)或美国诗坛的"物象主义"(objectivism)?"挥刀不入迷濛天"一句,比起意象派诗人杜丽特尔女士(Hilda Doolittle,简称 H. D.)那首浪得虚名的《暴气》来,岂不更浓缩而自然?

> 风啊,撕开这暑气,
> 切开这暑气,
> 把它撕成碎片。
> 在这种稠密的大气里,
> 果子无法下坠——
> 暑气上压而磨钝
> 梨子的尖角,
> 也磨圆了葡萄,
> 果子无法落下。
> 切开这暑气吧——
> 犁开它,
> 把它推向
> 你路的两旁。

十三行只重复一个意象,费辞的程度,甚于"绣毂雕鞍"。中国古典诗中,常有很生动的意象派的好句子,但往往妙手天成,不像杜丽特尔那么刻意求工。小奚奴的古锦囊中,这种感性强烈的意象太多了。"隙月斜明刮露寒,练带平铺吹不起"(《春坊正字剑子歌》);"角声满天秋色里,塞上燕脂凝夜紫"(《雁门太守行》);"杨花扑帐春云热"(《蝴蝶飞》);"踏天磨刀割紫云"(《杨生青花紫石砚歌》);"烹龙庖凤玉脂泣……桃花乱落如红雨"(《将进酒》);这些都是值得刻在白玉楼上的句子。

真的,长吉是属于现代的,不仅意象主义和超现实主义,就连象征主义的神龛之中,也应该有他先知的地位。象征主义肇因于爱伦·坡,波德莱尔输入法国,戈蒂耶纳入理论,终于被马拉美和瓦莱里发挥到巅峰。象征主义与颓废主义互为表里,它诉诸人的感觉与灵魂,而不是理性或情感,它企图将人性自理与情中解放出来,而且要加深并扩大诗的经验。在它以后的一切文学,尤其是诗,都多少接受这派诗人的影响,超现实主义只是它的加速发展而已。批评家威尔逊(Edmund Wilson)曾经如此解释象征主义:"企图透过以各殊的隐喻表现的意念之繁复联想,来传达独特的个人感受。"在象征主义的诸多特质之中,最令我们注意的两项,是暗示性(suggestiveness)和官能经验的交融(fusion of the senses)。马拉美曾说:"(欣赏)诗的乐趣,在于逐次的层层剥解,直言其物,便减却四分之三的这种乐趣。诗必须以暗示出之。诗必须恒为一谜。"波德莱尔时常将不同的感官经验交融在一起,以增加彼此的浓度。他曾说,香味芬芳如木箫,翠绿如草原,新鲜如童肤;在短短的两行诗中,便交融了嗅觉、听觉、视觉和触觉。李贺的诗中也充分表现了这两个特质。他在诗中,往往避免直呼物名,自撰新词(亦即所谓代字)以形容其质感。例如,称水为碧虚,天为圆苍，酒为琥珀，花为冷红，草为寒绿，月为吴刀或寒玉（见《江上团团帖寒玉》），剑为玉龙或神光，银河为"玉烟青湿"，为"银湾晓转"，为"天江碎碎银沙路"等，都是例子。在意象的构成上面，他也很注意贯通不同的感官经验，使用 analogy（大异而小同之两物，其部分相似之点谓之 analogy）的桥梁，融和两种物态。例如，在"石涧冻波声"一句中，液体的水波凝结成固体的冰，这原是视觉与触觉的变化，可是连带将听觉的"波声"也给冻住了。用一个"冻"字，代替了结冰与寂静的两态，说浓缩真是浓缩极了。相似手法的例子，还有"羲和敲日玻璃声""银浦流云学水声""劫灰飞尽古今平""春风吹鬓影""忆君清泪如铅水"等。

一般文学史将李贺纳入所谓唯美派，且追溯他为先驱。事实上，英国十九世纪末的唯美派只是法国象征派影响下的一个次要的运动。此一运动在创作方面的代表人物王尔德，只是一位二三流的诗人。他的主要成就是社会讽刺喜剧；那种针锋相对的台词，震世骇俗的警句，和李贺的风格相去远甚。唯美主义一面为对岸的象征主义推波助澜，另一面上承本国前一辈的诗人与艺术家倡导的"前拉斐尔主义"（Pre-Raphaelitism），这一派的作者反对文艺复兴以来的艺术规则，主张要恢复拉斐尔以前的自由与原始。诗人兼画家的罗赛蒂（D. G. Rossetti）自然成为这个两栖艺术运动的领袖；他的诗和画异曲同工，都是细节明艳华美，整体恍惚迷离。李贺比较着重描写现实生活的一面，优雅精致，和罗赛蒂的"以画入诗"很为接近。例如他的《美人梳头歌》，便令我们想起罗赛蒂的《幸福女郎》，更想起济慈的《圣爱格妮丝之前夕》：

西施晓梦绡帐寒，香鬟堕髻半沉檀。辘轳咿哑转鸣玉，惊起芙蓉睡新足。双鸾开镜秋水光，解鬟临镜立象床。一编

> 香丝云撒地，玉钗落处无声腻。纤手却盘老鸦色，翠滑宝钗簪不得。春风烂漫恼娇慵，十八鬟多无气力。妆成欹鬓歌不斜，云裾数步踏雁沙。背人不语向何处？下阶自折樱桃花。

《长吉集》内二百三十多首诗中，尚有少数风格游移的作品，大抵反映了他当代的或稍早的作者给他的影响。《巫山高》《开愁歌》《相劝酒》《高轩过》像李白；《赠陈商》《仁和里杂叙皇甫湜》近杜甫；《春归昌谷》学韩愈；《苦篁调笑引》类元白；《苦昼短》拟卢仝。晚唐的李商隐，风格的某一面很肖李贺，有时竟在字面上追摹。例如，"幽兰泣露新香死"便出自长吉的"芙蓉泣露香兰笑"；而"骐驎蹋云天马狞，牛山撼碎珊瑚声"简直是长吉"旋风吹马马踏云""昆山玉碎凤凰叫""羲和敲日玻璃声"三句的零解重装了。后人受长吉影响的，不绝如缕，来龙去脉已有钱锺书先生详加条析。据我所知，历来对李贺的批评，以《谈艺录》一书最为持平而且深入。其他的文字，往往不能直攫李贺创作的核心，去探古锦囊中的真相，不是诋其险怪，就是病其绮丽。李贺的风格，自新文学革命以来，始终没有享到应有的注视。胡适的白话文学，左翼作家的普罗文学，一般所谓新文艺作家的半票文学，和现代主义作家的无视传统，都是使李贺骑驴不归的原因。然而在二十世纪的拥李的élite（杰出人物）之中，先后有梁任公和钱默存为他辩护，长吉"楼上有知"，也可以抚囊开口而笑了。梁任公在《中国韵文里头所表现的情感》的讲稿中，将李贺归入楚辞，郭璞、李白、韩愈、卢仝一支，且说他的作品"不知者以为是卖弄词藻，其实每一句都有他特别的意境，大抵长吉脑里头幻象很多……我们不能不承认他在文学史上的地位。"任公在那一讲里，举出了恐怕是李贺最好的一首诗——《金铜仙人辞汉歌》，并且在论及同派其他作者时居然使用了"超现实"一词（虽然他的用意不是 surrealistic），不能不使我们敬佩他敏锐的直觉。钱默存在《谈艺录》中也说过："古人病长吉好奇无理，不可解会，是盖知有木义而未识有锯义耳。"

　　然而我们毕竟不能说李贺是一个大诗人（major poet）。他死得太早，也许还没有臻于充分的自我完成。他的视野狭窄；他的结构往往部分压倒整体，有句无篇；他的形式往往太紧促，太自觉；他的想象和观察不成比例，而他的想象上的同情，只能从个人的这一端跃至神话的那一端，时代和人类几乎是一片空白。李白也是这样，可是李白比他自由，自在，有力，而且贯串，有整体的意境和律动。拿李贺的古风和他的一比，立刻就感觉出来了。然而李贺也绝对不是一位小诗人。他自然不能和杜甫李白等等高，可是他自己的声音却纯属他自己所有。在当今的现代诗坛上，李贺的先驱的影子，他的贯通现代各种诗派特质的风格，他的创作技巧，他的宁涩毋滥的浓缩乃至于难懂，他的"笔补造化天无功"的壮丽宣言，大而至于他那一群中唐的韩门诗人，都值得拥护和反对现代诗的双方的注意。今年太岁在甲辰，应该是中国的作家们雕龙的龙年，先以此文纪念一位骑赤虬而赴白玉楼的青年诗人。

一九六四年二月十一日

举杯向天笑

——论中国诗之自作多情

1

  诗人描写的对象，不是人间世，便是大自然。即使所写多为人事，其活动的背景也往往是天象地理，草木虫鱼，也就是大自然了。涉及自然界的万事万物，若只是写实况，只究道理，不带感情，也无文采，那便是科学，不是文学了。诗则不然，无论直接或间接，万事万物总是带有主观，其中有个"我"在。"寒波澹澹起，白鸟悠悠下"，似乎是"无我"之境，其实是静观自得、刹那的忘我出神；"我"已经泯入万物了。至于"平林漠漠烟如织，寒山一带伤心碧"，第一句还是纯景，第二句就有"我"了。接下来的"暝色入高楼，有人楼上愁"，那个"我"就更确定了。

  写景出现在中国文学里，一般认为是从魏晋以后，亦即所谓"庄老告退，而山水方滋"。论者认为谢灵运不但是山水诗的大家，也是山水游记的奠基人，而大谢以前，中国诗中也尽多写景佳句。我们可以从曹操的《观沧海》一路追溯到《九歌》的"袅袅兮秋风，洞庭波兮木叶下"，甚至《小雅》的"伐木丁丁，鸟鸣嘤嘤，出自幽谷，迁于乔木"。

  大自然在中国诗中的形象多彩多姿，难以尽述。如以可畏与可亲来区分，则出现在早期诗中的大自然颇有可畏的面目，尤以《楚辞》弥漫巫风的祭祀篇章为甚。例如，《招魂》《大招》《招隐士》等篇就极言四方异域如何蛮荒险恶，不可久留。《招隐士》是这样结尾的："虎豹斗兮熊罴咆，禽兽骇兮亡其曹。王孙兮归来，山中兮不可以久留。"《大招》警告亡魂："东有大海，南有炎火，西有流沙，北有寒山。"《招魂》最为紧张，不但四方不可以止，连上下也很危险。巫阳把冥府称为幽都，警告亡魂说："魂兮归来！君无下此幽都些，土伯九约。其角鬐鬐些！"这话可以理解。但她竟说："魂兮归来！君无上天些。虎豹九关，啄害下人些！"就令人不解了，不知所谓"天国"究竟何处可寄托。天上有虎豹噬人的凶象，直到近代的龚自珍，还在《己亥杂诗》中用来影射君侧。

李白的杰作《蜀道难》极言四川山岳的险阻可畏，至于"扪参历井仰胁息，以手抚膺坐长叹"的地步，令人不禁想起"三招"的描写。李白将乐府的《箜篌引》变调为《公无渡河》，最后几句也骇目惊心："有长鲸白齿若雪山，公乎公乎挂罥于其间！箜篌所悲竟不还。"

直到清初，苦命的才子吴汉槎坐科场弊案，远放宁古塔二十余年，吴梅村送行的《悲歌赠吴季子》仍出以相似的超自然风格："人生千里与万里，黯然销魂别而已。君独何为至于此，山非山兮水非水，生非生兮死非死……八月龙沙雪花起，橐驼垂腰马没耳……前忧猛虎后苍兕，土穴偷生若蝼蚁。大鱼如山不见尾，张鬐为风沫为雨。日月倒行入海底，白昼相逢半人鬼。"

2

不过中国古典诗中的大自然，仍以可亲的形象为常态。《诗经》虽有"何草不黄"之叹，也有"桃之夭夭，灼灼其华"之咏，"溯游从之，宛在水中央"与"江之永矣，不可方思"的浪漫柔情。只是《诗经》所咏，毕竟多为北方背景，不像南国温暖而多水，草木茂密，风光明媚。

所以丘迟那封流传千古的招降书中，"暮春三月，江南草长，杂花生树，群莺乱飞"的名句，只能在南渡之后，从南朝才子的笔端绣出。

儒家早将大自然人文化，久有"仁者乐山，智者乐水"之说。儒者而兼修道释的柳宗元，以《永州八记》奠下中国山水游记的基础。他说西山："悠悠乎与颢气俱，而莫得其涯；洋洋乎与造物者游，而不知其所穷。"柳宗元将西山提升到哲学与宗教的高度，成了具体而微的大自然：所谓"造物者"，就是大自然。柳宗元说自己上了西山，"心凝形释，与万化冥合"。前一句是"忘我"，后一句是"入神"，正是人文与自然融合的最高境界。

面对天地，能够"心凝形释，与万化冥合"，是中国哲人最可贵的精神。但此情哲人往往心领神会，却说不出来，或者说得不美，只好让诗人说了。在中国最好的写景诗中，大自然不但蔼然可亲，甚至能与诗人心心相印，彼此交感。西方诗学亦有"拟人格"（personification）之说，其中还包括一项修辞格，让诗人以第二人称直呼不在现场的神、人、物，甚至像死亡、懦弱之类的抽象观念，即所谓"径呼法"（apostrophe）。尽管如此，西方诗中物我相忘之例虽多，天人互动之例却罕见。在基督教的文化里，天人呼应几乎不可能，因为物我之间，不，物我之上还有一万能之神，不容"我"擅自做主，能像狄金森那样向上帝偶尔撒娇，或像邓约翰那样向吾主冒昧诉苦，已经是到僭越的边缘了。

李白《独酌青溪江石上寄权昭夷》前八句说："我携一樽酒，独上江祖石。自从天地开，更长几千尺。举杯向天笑，天回日西照。永愿坐此石，长垂严陵钓。"李白不愧是诗仙，醉中竟然举杯笑邀西天共饮，西天竟然回落日之目、晚霞之脸报他一笑。帅呆了吧！更帅的是：晚霞满天，还可以联想成天也喝醉了，脸都红了。

这样的李白才写得出"暮从碧山下，山月随人归""春风不相识，何事入罗帏"的妙句,才能写出"众鸟高飞尽,孤云独去闲。相看两不厌,只有敬亭山"的妙诗。辛弃疾把此意借去,将本生息,写成更得意的妙句:"我见青山多妩媚,料青山见我应如是。""不厌"变成"妩媚",更见自作多情。值得注意的是:辛弃疾《贺新郎》上半阕这两句与下半阕的名句"不恨古人吾不见,恨古人不见吾狂耳",是相反相成的。举目见青山,可喜;回首不见古人,可恨。足见青山常在,而人事多变。辛弃疾之狂态古人见不到,却幸有青山见证,更幸青山所见,不是狂态而是妩媚,足见青山青睐,才真是诗人的知音。《贺新郎》要这样读,才有味道。

3

乐山乐水而山水亦有响应,这种天人默契之境,宋代以来大盛,尤以苏轼最为生动、最富谐趣。他的名句"水是眼波横,山是眉峰聚"与"欲把西湖比西子,淡妆浓抹总相宜",有隐喻也有明喻,但都止于比喻,山水仍然是客,并未反身为主。倒是《法惠寺横翠阁》之句:"朝见吴山横,暮见吴山纵。吴山故多态,转侧为君容",吴山不再安于客体之描述,更反过来变为主动,反作用于人身了。另一首《六月二十七日望湖楼醉书五绝》之句"水枕能令山俯仰,风船解与月徘徊",也把自然写成与人亲狎的玩伴,说人卧船上,本是船在起伏,相对地,却像是山在俯仰;船在风中,本来是船在漂荡,相对地,却像是月在徘徊。这种相对互应的动感,苏轼妙笔写来,却像是大自然以逗人为乐。

苏轼最擅七古,《越州张中舍寿乐堂》开头八句妙喻相接:"青山偃蹇如高人,常时不肯入官府。高人自与山有素,不待招邀满庭户。卧龙蟠屈半东州,万室鳞鳞枕其股。背之不见与无同,狐裘反衣无乃鲁。"其中第二、第四两句，青山不但拟人化了，而且反客为主，倒过来对人有迎有拒，到人事里来插一脚。第五句是自然介入人文，第六句则是人文依靠自然，互应相当密切。

苏轼诗中的谐趣，多在日常生活之中，悟出人与万物的微妙关系，透出一份静观自得之乐。下面的摘句足见他如何善友万物，不择细小："山人睡觉无人见，只有飞蚊绕鬓鸣""夜深风露满中庭，惟有孤萤自开阖""岂惟见惯沙鸥熟，已觉来多钓石温""桥下龟鱼晚无数，识君拄杖过桥声"。

王安石的名联"一水护田将绿绕，两山排闼送青来"，也是把山水无意的现象写成人情有心的响应。西方把这种手法叫作"陌生化"（defamiliarization），其实可译为"去习求新"。其实，西方有一个更早的术语："人情化"（anthropomorphism），可以用来解释宋诗这种"移情万物"的亲切诗艺。

在宋诗中，杨万里也是善于移情万物的大家。他一生成诗四千二百首，像下面这些妙句几乎俯拾皆是："水吞堤柳膝，麦到野童肩""儿童急走追黄蝶，飞入菜花无处寻""酴醾蝴蝶浑无辨，飞去方知不是花""城里万家都睡着，孤鸿叫我起来听""却是竹君殊解事，炎风筛过作清风""风亦恐吾愁路远，殷勤隔雨送钟声""好山万皱无人见，都被斜阳拈出来""老夫渴急月更急，酒落杯中月先入""闭轿那知山色浓，山花影落水田中。水中细数千红紫，点对山花一一同"。

敏感又博感的诗人，莫不多情，而且"自作多情"。正因"自作多情"，才会"误会""幻觉"万物皆有情，不但领诗人的情，而且以情报情，有所回应。一般诗人能赋万物以人性，已属不易，但真正"自作多情"的诗人，才能更进一步，使万物受而知报，领而知还。李白的"举杯向天笑，天回日西照"之所以伟大，正因诗人将自身提高到

"与自然莫逆,作造物知己"的博爱与自信。这原是圣人的境界,但只有诗人入而能出,说得出来。

康德曾谓:"有二事焉,常在此心,敬而畏之,与日更新;上则为星辰,内则为德性。"此语清醒而庄严,洵为哲人气象。相比之下,我还是觉得李白这两句更生动,更自然,更有趣。

西方诗中不是没有李白、苏轼、杨万里这种天人相应、万有交情的境界,但是能做到勃朗宁在《海外乡思》中这三句妙想的,却属难能:

那是聪明的画眉;每首歌他都唱两遍,
怕你会以为他再也赶不上
第一遍妙而无心的欢狂!

雪莱的《西风颂》借用但丁的连锁诗体,层层逼近,气势壮阔,叫来了西风的巨灵,也叫醒了自我的灵魂,但通篇只见诗人向风灵呼喊请愿,诚然动人,却不见风灵有何回应。相比之下,李白呼天而天回应,却自信得多。比起基督徒诗人的原罪意识与一切荣耀皆归于主的自然观来,中国古典诗人"纵浪大化中,不喜亦不惧"的自若,与"万物皆亲、众生如友"的自喜,实在是中华诗艺的可贵美德,值得一切现代诗人深加体会而长保勿失。

曾赋诗人以如许灵感、如此恩情的大块自然、多彩众生,正面临愈演愈烈的文明浩劫。人类不知自爱之余,更祸延自然,连累众生,势将沦为双重的"罪人"。弗洛伊德曾说:"文明的主要任务,其存在的真正理由,端在保护人类,抵抗自然。"面临科技进步引来的大劫,这句话只怕是说不通了。为了对自然感恩惜福,诗人的笔该为环保而挥了吧?否则不幸,只怕有一天诗人下笔,要悲叹"我见青山多憔悴,料青山见我应加倍"了。

二〇〇三年十一月十日

第 七 讲

西 方 现 代 诗

如果诗是时代的呼吸，

则节奏应该是诗的呼吸。

论情诗

——直道相思了无益，未妨惆怅是清狂

1

抒情诗是诗的一大部门，情诗更是抒情诗的精华。抒情诗难工，情诗尤其难工。当局者迷，情诗作者皆是情网中人，要使极其主观的强烈经验，结晶为可供客观欣赏的艺术，实在不很容易。我们常有一种幻觉，误认诗人（尤其是情诗作者）一定比常人感情丰富，因而宜于表现感情。事实上，许多黄色新闻的主角，其感情的丰富与强烈，不会输给李清照或李商隐。诗人的能事，一半在敏于感受，一半仍在巧于表达。对于爱情，诗人应该能入，更应该能出，入而复出，始能将自然的第一经验，去芜存菁，脱胎换骨，转化为艺术的第二经验。如果说，第一经验是粗糙的原料，则第二经验是精致的成品。情诗如果只为写给情人看看，则其性质类似情书和日记，只是私人感情的发泄，事过境迁，毫无价值。要使一首情诗成为情人发上的光轮，缪斯眼中的光彩，还需极为精妙的艺术。

2

我不敢说中国人的想象力一定不如西洋人，可是，显然地，中国的神话比起西洋的来，总嫌零碎而简陋，而中国古典诗也工于抒情而拙于叙事。然而大致上说来，情诗在中国古典诗中的地位似乎尚逊于

它在西洋古典诗中的地位。法国中世纪的情诗《玫瑰传奇》(*Roman de la Rose*)一写就是两万行。许多情诗作者，例如锡德尼爵士（Sir Philip Sidney）、斯宾塞（Edmund Spenser）、勃朗宁夫人（Elizabeth Barrett Browning）、罗赛蒂（D. G. Rossetti）等，都有情诗的专集问世。除了极少数的例外（像弥尔顿和华兹华斯），十四行诗一向被视为情诗的专有形式。英国第一位大诗人莎士比亚就以十四行的形式写了一百五十四首扑朔迷离的情诗。可是中国的诗圣杜甫，似乎没有留下什么值得注意的情诗。也许"香雾云鬟湿，清辉玉臂寒。何时倚虚幌，双照泪痕干？"是少数的例外之一，毕竟不如他那些忧国忧时之作。李白不是没有描述爱情的作品，可是像"但见泪痕湿，不知心恨谁？"那样的诗究非真正的情诗。

　　我国的古典诗中，最佳的情诗作者应该首推李商隐。他不愧是一位伟大的诗人，他的情诗绵密、含蓄、热烈、神秘，且带浓厚的悲剧感。我一直奇怪，何以金圣叹选批唐才子诗七言律中不选他的情诗，而曰"淫亵之词，一例不收"，反而选了李群玉那首风格不高的赠妓之作。词中情诗比例大得多，可惜词中处理的爱情，大抵偏于俗艳，甚且轻佻，总使人觉得肉重于灵。"十年一觉扬州梦，赢得青楼薄幸名"，在小杜诗中，尚不失飘逸之概；到了词中，变成"香囊暗解，罗带轻分，谩赢得、青楼薄幸名存"，脂粉气太浓，节奏狎近，风格遂卑。

　　中国古典诗中，许多情诗欠缺空灵、清拔、玄想的成分，遂令人嫌其重浊、俗腻，过分拘泥现实，太形而下了一点。这种现象，恐怕得归因于中国旧社会对女性的态度。除了少数例外，中国的诗人大多以妓女为恋爱的对象，所以情诗的内容，不是寄内，便是调妓。西方那种理想化了的柏拉图式的爱情，是少而又少的。中国的社会原是以男性为中心。男子为君，女子为奴；男为良人，女为贱妾；一方面是"幸",是"御",一方面是"承",是"荐";男女之间,尊卑判然。大抵情诗之中,一往情深有之,奉若神圣则非常罕见。

3

西洋的文化传统,对女性若非仰观,至少也是平视。在最早的希腊神话里,有专司爱情之女神 Aphrodite(阿芙洛狄忒),有专司情诗创作的缪斯(Erato);主神宙斯以惧内闻名,希腊和特洛伊为一海伦而鏖战十年,两败俱伤之余,海伦秋毫无损地重回斯巴达。在柏拉图的《雅集》(*Symposium*)一章中哲人借剧作家阿里斯托芬(Aristophanes)之口,说明人本来具有双重性刻,称为双性人(Androgynous),但因公然反对诸神,遂被宙斯像"以发分蛋"那样剖为两个半体,从此分开的两性便要不断寻找对方,再度合而为一。我想,英文谐称妻子为"较好的一半"(better half)也许是从此观念引申而来。

可是形成西洋古典情诗的中心思想的,却是所谓"骑士爱情"(courtly love)。这种观念支配欧洲的文学凡七八百年;它大盛于中世纪的后半期,一直到十九世纪才趋于式微。"骑士爱情"在中世纪确有一整套的求爱法则,相传是十二世纪法王路易七世的皇后爱丽诺(Eleanor of Aquitaine)嘱卡佩雷努(Andreas Capellanus)草拟而成。根据这套法则,求爱的男子,必须尊重女性,保持谦逊,崇拜情人,绝对效忠。在初期,这种爱情据说偏于性爱,必须守秘,而且女方往往是已婚的妇人,她的丈夫偏偏又是男方的君主或上司。在这种类似绝望的悲剧压力下,求爱者尚须贡献他的一切,英勇而耐苦地去取悦他的情人。

形成中世纪这种观念的,有三个因素:(一)封建制度的社会经济环境。(二)奥维德(Ovid),西班牙遗留的伊斯兰教诗词,法国南部的游唱诗人等影响下的文学传统。（三）基督教，尤其是对于圣母的崇敬。其后这种观念由法国传到意大利，表现之于但丁和彼特拉克的情诗，但其私通及肉欲的成分逐渐为柏拉图式的精神恋爱所取代。到了十六世纪，"骑士恋爱"复由意大利传给英国的伊丽莎白时代诸诗人，以及法国的七星诗人。

十七世纪，英国的诗坛有所谓"玄学诗派"出现。这一派智力型的诗人，在多恩（John Donne）的领导之下，一反彼特拉克那种理想化了的爱情的传统，对于爱情的性质，不但着重灵的一面，更注意其肉的一面；事实上"玄学诗派"所要追求且加以攫捕的，正是灵与肉，智与情之间的戏剧化的冲突。因此，多恩对于爱情的态度，往往是讽刺的，而非歌咏的。他曾经写过一首罕有的情诗，大意是说，一只跳蚤刚吸过他的血，接着又跳到他情人的身上，他便请求情人不要杀死这只小生物，因为它已兼有他和她的血液，可以视为两位情人的爱情结晶品了。这首千古无双的情诗，题目就叫作《跳蚤》（*The Flea*）。

同属"玄学诗派"的另一诗人马韦尔（Andrew Marvell）在一首题名《赠羞怯的情人》（*The His Coy Mistress*）的情诗中，亦对灵肉无法两全的矛盾，试图解决，终于劝他的情人放弃不可捉摸的灵魂，而乘青春犹在之际把握肉体。他对情人说，当她保全童贞而死，只有蠕蛆才能品尝她那长久保存的童贞；又说坟墓固然是隐秘的好地方，但并非为情人幽会而设。保全了纯洁的灵魂，奈何荒芜了肥沃的肉体：这种思想是反彼特拉克，反柏拉图的。

十八世纪是理性的时代，文学的倾向是拟古的，因此情诗并不发达。当时英国诗坛的大独裁者蒲柏的作品大半是讽刺的，不但嘲笑男人，抑且挖苦女人。他那首《爱洛伊莎致亚伯拉书》（*Eloisa to Abelard*）实在是例外之作。蒲柏向蒙泰玖夫人（Lady Wortley Montagu）求爱不遂，便反过来对她大肆攻击。生而残缺的作家之嘲讽女性，在心理上原是很自然的事。百年后，拜伦深受蒲柏的影响，不为无因。

及至浪漫主义兴起，情诗再度大盛于欧洲诗坛。浪漫的先驱人物彭斯，集中作品泰半为情诗。华兹华斯、拜伦、雪莱、济慈、丁尼生、勃朗宁夫人、坡、罗赛蒂兄妹、斯温伯恩等等，莫不留下几首有名的情诗。浪漫诗人深受柏拉图及唯心派哲学的影响，且热爱中世纪神秘的气氛，对女性都抱着理想崇拜的态度。彼特拉克的"骑士爱情"传统，至此又被发扬光大。然而浪漫诗人毕竟热情炽烈，欠缺古典的含蓄与节制，因此对于爱情的处理并非纯属灵的向往。例如济慈在临终前给芬尼·布朗的十四行诗，便充分表达了占有情人肉体的欲望。在诗中写到情人的胸脯，济慈创造了如下的词藻："那温暖、白净、光洁，有百万种欢愉的乳房"（That warm, white, lucent, million-pleasured breast）。

这种浪漫的余波，一直激荡到十九世纪和二十世纪的岸边。可是到十九世纪末期，受了对岸法国波德莱尔、魏尔伦、兰波等的影响，英国的诗坛上乃有王尔德领导的一批二流诗人，所谓唯美运动的崛起。这些颓废诗人们，处理的大半是人性之中反常、病态的一面。在心理上，他们往往神经衰弱，悲观厌世；在行为上，他们往往故作惊世骇俗之举，表示对平庸的中产阶级的憎恶；在美学观念上，他们要在传统所谓的丑中去发掘新的美。传统认为罪恶是丑的，因此他们要向罪恶中去寻找美。从这种原则出发，他们对于爱情的态度也迥异于彼特拉克的传统。他们追求的往往是变态的肉欲的性爱。他们往往不能面对正常的爱情，因而在忏悔与嫖妓之间彷徨。据说这一派的作者，如魏尔伦、兰波、王尔德和纪德，都曾溺于同性恋爱。颓废派的情诗大都带有浓厚的肉欲。波德莱尔甚至认为爱是一种类似吸血鬼的情欲（vampirish lust）；对于他，淫荡与死亡是一对可以狎玩的妓女。很奇怪的，我总觉得他们的情诗虽然落实而具体，其对象反而是广泛的女性，而非专注于任一女子。许多现代诗中的情诗，都是承继这种反彼特拉克的传统，其尤厉者，简直血肉模糊，不忍卒读，可以称之为"欲诗"，而非"情诗"。

二十世纪的西洋诗人，受了心理学和生物学的洗礼，似乎很难十分沉醉地抒写情诗了。英国名作家奥尔德斯·赫胥黎（Aldous Huxley），也许受了他祖父托马斯·赫胥黎（Thomas Huxley）生物学研究的熏陶，竟在一首叫做《第五位哲人之歌》（Fifth Philosopher's Song）的诗中，描写自己的母亲如何受孕。他说，在一兆的精虫之中，只有一位可怜的诺亚（Noah）能够逃出当时的洪水，得登方舟，安抵彼岸，那个幸运者就是他自己。至于一兆减一的同伴之中，也许可能产生莎士比亚、牛顿，或者多恩，那他也管不了了。像这样的作品，我们只能说它很风趣，但是不觉得有什么动人。

十七世纪的"玄学诗派"，弗洛伊德的学说，生物学，加上法国的颓废诗人，对现代人的爱情观有很大的影响。例如艾略特对爱情的处理，便是讽刺的。在《普鲁佛洛克的恋歌》中，他嘲讽那位未老先衰的追求者；在《一女士之画像》中，他又嘲讽那位迟暮的女士和那位犹豫不决的青年；在《荒地》中，他对那女打字员和房产公司职员之间恋情的处理，也是半带怜悯半带讥嘲的。美国诗人兰塞姆（J. C. Ransom）似乎是走多恩的路子。可是狄伦·托马斯和格雷夫斯诗中的爱情仍是强烈而沉醉的。一些女诗人，如怀利夫人（Elinor Wylie）和米莱（Edna St. Vincent Millay）等的情诗，又似乎跳不出传统的老套，颇为伤感。现代英美诗人之中，情诗写得最清纯最动人的，我想，得推今年刚逝世的卡明斯。卡明斯的情诗，玲珑透剔，既富抽象之美，又饶感人之力。像他的《对永恒和对时间都一样》与《我从未旅行过的地方》那些情诗，简直可以说是现代化了的莎士比亚的十四行诗。

4

爱情可以使人上升，也可以使人堕落；可以变得空灵，也可以变得重浊。情诗的不同，正如诗人们对爱情看法的互异；或偏于情，如彼特拉克；或惑于欲，如波德莱尔；或徘徊于情欲灵肉之间，如多恩。大致上说来，情诗可分下列数种。

（一）幻想型：此类情诗，多半空洞，本无感情，只好用幻想来填补空缺，因此往往不着边际，失之夸张，令人厌倦。英国十七世纪"骑士诗人"（Cavalier poets）和某些以田园为背景的情诗（例如马洛的《多情牧人赠所欢》）属于此类。赫里克（Robert Herrick）可以说是此类的代表诗人，例如他那首短诗《赠伊蕾克特拉》（*To Electra*）中有这么一段：

> No, no, the utmost share
> Of my desire shall be
> Only to kiss that air
> That lately kissèd thee,

这只是一瞬间精巧的幻想，与爱情的本质无关。事实上，这类诗人只会在诗中"调情"，他们并未真正恋爱。目前流行于文艺青年中间的一些情诗，动辄说要将星子串成项链，将断虹织成彩带，献给自己的情人，或者将情人的五官描写成一些美丽的植物，将情人的姿态描写成一些可爱的动物，都是欠缺成熟感情的表现。

（二）发泄型：这类的情诗也很常见。作者往往顿足捶胸，歌哭无常，或喃喃作幸福的祈祷，或呜呜作悲痛的呼号，总之不惜剖心示众，和盘托出。这类诗的毛病不在感情的贫乏，而在感情的淤塞。作者自己感动得天地变色，鬼神同愁；读者只觉他的眼泪挟泥沙以俱下，不甚值钱。真正的艺术，得等泥沙沉淀，感情呈现透明纯净的状态，才能谈得上表现。浪漫派情诗中的许多劣作，都属于此类。例如雪莱的那首《印第安小夜曲》，便失之过分直接与夸张，尤其那句近乎呼喊的"我死了，我晕了，我完了"（I die, I faint, I fail），反而令人觉得滑稽。哭与笑，无论多么真实，并不能等于艺术。感情的宣泄只是主观的满足，不是美的创造。这类诗在目前的新诗中也很流行。

（三）肉欲型：前两型的情诗，其作者往往是少年，肉欲型的作者则往往是中年。因为中年人有了肉欲的经验，乃打破了理想的爱情幻景。这一类的诗不一定不好，因为爱情原有灵与肉两面，由肉之门去看裸体的爱情，也不见得就行不通。许多大诗人，如布莱克，如惠特曼，如多恩，都曾经企图从灵肉两者去体认爱情。但是如果一定要把床铺搬到众人面前，当街性爱一番，就似乎有失美感的距离了。"奴为出来难，教君恣意怜"，虽甚贴切，终觉格调太低。固然我们可以在这类诗中尝试处理性的苦闷，普遍的幻灭感，甚至原始主义的生之欢愉，等等，然而这是很难的走索艺术，一失分寸，便陷入黄色。艺术可以将"丑"变成"美"，可是你必须具有变的把握，否则那丑仅是原封不动的丑，充其量也只是变了一半蝴蝶的毛虫。最可悲的是，在波德莱尔以后的颓废诗人影响之下，一些不解性为何物的少年，也大写这类虚无的作品。好在目前中国台湾的诗人们已渐渐摆脱这种压力了。

（四）升华型：小泉八云（Lafcadio Heam）在《论英诗中之爱情》（*On Love in English Poetry*）一文中，曾说爱情的幻觉时期（time of illusion）是情诗处理的最好对象。他说诗人在处理时当然可以超越这幻觉时期，但是他只有两个方向可走——他可以上穷碧落，像但丁一样，将爱情提升到宗教的忘我境界；也可以下入黄泉，直到他发现自己在地狱的火中。兰塞姆说："伟大的情人皆卧在地狱里。"事实上，无论天国或地狱，皆有伟大的情人。但丁和比亚特丽丝在天国；但亚伯拉和爱洛伊莎在地狱；罗密欧和朱丽叶则虽在炼火之中，仍闻天使群振翅之声。然而不论向上或向下，伟大的爱情应该不以人间，不以此时此地的现实为限，它应该具有超越性，带点神话的气氛。在爱情的狂热之中，我们会有许多可能是虚幻但极强烈的感觉——例如我们会觉得早在一个不知名的时代（可能是汉朝，也可能是中世纪），已经见过自己的情人；我们会相信永恒，相信轮回，相信爱情能够伸延到墓坟之中，墓坟以后；我们会相信一瞬间的幸福可以抵偿一生的悲怆，也相信一瞬与一世纪等长。总之，情人相信爱情可以超越时间与空间而存在。真正深厚的爱情应该有这些幻觉。

这些幻觉是完全违反常识的，因而在现实世界我们找不到令人满意的解释。于是我们不得不"上穷碧落下黄泉"，不得不去翻神仙的家谱，搜星际的谣言，以求答案。伟大的爱情（或者更广泛些，任何伟大的情操）都带点宇宙性。在伟大的情诗中，个人的扩展为宇宙的，个人的记忆伸延为民族的甚至人类的大记忆。苏格拉底在《雅集》中曾说，他的爱情导师，女祭司黛阿泰玛（Diotima）将爱情解释为非凡非圣亦凡亦圣的大精灵。黛阿泰玛认为爱情介于神与人之间，将人的祈求给神，复将神谕示人。

杨贵妃的传说，所以成为诗人心爱的题材，便是因为唐玄宗曾作超越时空的努力。在天比翼，在地连理，原是一切情人的愿望。"海外徒闻更九州，他生未卜此生休"，李商隐的诗如此。"Love alters not with his brief hours and weeks, /But bears it out even to the edge of doom."① 莎士比亚的诗如此。坡写自己想念天国的情人，罗赛蒂写情人在天国想念自己。一切伟大的情诗作者，莫不如此。

5

爱情是宇宙间最强的亲和力之一，无论胎生卵化，莫不有情。即使整个宇宙，也得赖星际的吸力相互维系。牛郎与织女，亚当与夏娃，曹植与甄后，特里斯丹与绮瑟，何其荒凉的人类啊，圣贤寂寞，情人留名。后人会反对孔子或者耶稣，但没有人会反对这些情人。爱情不朽，诗亦不朽，只要世界上还有人在恋爱，升华型地恋爱着，就有人要读情诗，要写情诗。情诗是写不完的，因为情人还没有爱够，诗人还没有写够。让我译卡明斯的一段诗作本文的结束：

> 对永恒和对时间都一样
> 爱情无开始如爱情无终
> 在不能呼吸步行游泳的地方
> 爱情是海洋是陆地是风

一九六二年十月二十二日

---

① 英文大意为，"爱并不因瞬息的改变而改变，它巍然矗立直到末日的尽头。"（梁宗岱译）——编者注

论意象

意象（imagery）是构成诗的艺术之基本条件之一，我们似乎很难想象一首没有意象的诗，正如我们很难想象一首没有节奏的诗。所谓意象，即是诗人内在之意诉之于外在之象，读者再根据这外在之象试图还原为诗人当初的内在之意。外在之象不正确，则读者可能误解内在之意。实际的情形当然不这么简单。一首好诗绝对不是产生于这种一明一暗的二元表现手法的。试举例以明之：

①日暮东风怨啼鸟，
　落花犹似坠楼人。
②月下飞天镜，
　云生结海楼。
③抽刀断水水更流，
　举杯消愁愁更愁。
④春蚕到死丝方尽，
　蜡炬成灰泪始干。

意象的基本出发点便是比较。诗人认为就事论事，就物状物，很难说得清楚，乃不得不乞援于比较。可是比较的手法自有高下之分。下焉者直接对比，毫无含蓄；上焉者间接联想，余味无穷。通常我们叫"你美得像一朵花"为明喻（simile），而叫"我要摘你这朵花"为暗喻（metaphor）。在上面各例中，第一例杜牧明白指出落花犹"似"当日坠楼的绿珠，这种比较浅而易见，不需要诗人多少艺术，也不需要读者多少思考。至于第二个例中，天镜当然是形容月，而海楼是形容云。只是李白不说月"如"镜，也不说云"如"楼，当然比杜牧已经高了一级，且自明喻进入隐喻了。在第三例中李白将两种情形并列，虽未明言举杯消愁之无效正如抽刀断水，而结论显然；此处的比较已由隐喻进入象征（symbol），只是被象征的原物仍在，过程历历可指。到了第四例，李商隐终于进入较高度的象征。读者不难体会春蚕和蜡炬究何所指，但效果虽在，而过程已泯，象征的纯粹性已经提高了。

我们的结论是：比较的痕迹愈少，则联想的速度愈大，而象征的密度愈浓。我们不愿说什么现代诗比古代诗"进步"，可是显然的事实是：文艺复兴时代的诗比中世纪的密度大，而现代诗亦浓于十九世纪的诗。比较的技巧愈含蓄，则联想呈跳跃的状态，意象乃丰富而多变化，从平面而立体。是以象征优于隐喻，隐喻优于明喻。明喻是直接的解释；隐喻是间接的指陈，可是并未抽去中间的媒介；而象征则已摆脱了那媒介，意即是象，象即是意，即意即象，已经成为可以独立欣赏的意象了。此处的象征（symbol）并不指十九世纪末法国的象征主义（Symbolism），它只是诗的一种处理手法，我国的香草美人，西方的牧童仙女，以迄近代的十字架，摩天楼，簟状云，等等，莫非象征。

明白了这三种层次的意象，才算是明白了一部分的现代诗的意象。时至今日，那些什么"你好像一朵水仙花"或者"她脸上的蔷薇已经凋零"的明喻隐喻手法已经落伍。这种手法好像技巧笨拙的魔术师，全部变戏法的过程悉落在聪明观众的眼里，毫无兴味了。在高度的象征手法之中，A 既不像 B，也不代替或等于 B。A 在美感的总效果上，与B 交织成一片，作有机的化合，已经不可分割而资比较。

现代诗人莫不需要寻找象征，属于他自己的新的象征。用玫瑰象征爱情，用白鸽象征和平，当然是陈旧的，不是一位出色的诗人屑于使用的。他必须去发掘自己的手势和眼色，去创造自己的旗语和图案。向日葵之于凡·高，牡牛之于毕加索，稻草人之于叶芝，短发之于海明威，鹰之于杰弗斯，莫非象征，莫非个人商标式的有系统的意象。利用旧意象也是可行的；也许这是才气的一块试金石。平庸的诗人大概写些"战争之神射死了白鸽"或者"玫瑰刺伤了我的手指"之类的句子。现代诗人就会加入新的成分，使其现代化。他也许会说"白鸽迷失于喷射云中"或者"把纸制的玫瑰献给太妹"。我们甚至于可以进一步说，一个诗人性灵发展的过程亦即他追求新象征的探险。

根据上述的层次，让我们来看看所谓"意象派"（Imagism）的作品。意象派被认为是现代主义的前期运动之一，乃由庞德（Ezra Pound），洛威尔（Amy Lowell），劳伦斯（D. H. Lawrence），弗莱彻（J. G. Fletcher）等所倡导，而活跃于1909年至1917年的近十年间的流派。他们的宣言曾标榜六大信条，简述之即为：（一）使用日常口语，务求准确，而扬弃藻饰。（二）创造新的节奏，以"自由诗"为表现诗人个性的有效工具。（三）要求绝对自由取材。（四）推陈意象，排除含糊的泛论，把握具体的细节。（五）追求诗的坚实与清晰，放逐混淆与笼统。（六）坚信诗之本质在于高度集中。这六点手法上的基本观念对二十世纪英美诗坛影响甚大，迄今仍不失为现代诗手法的原则，可是当时那些意象诗人（the Imagists）的成就并不很高。例如该派重要作者杜丽特尔女士最有名的作品《暑气》（*Heat*）：

风啊，撕开这暑气

切开这暑气，

把它撕成碎片。

在这种稠密的大气里，

> 果子无法下坠——
> 暑气上压而磨钝
> 梨子的尖角，
> 也磨圆了葡萄，
> 果子无法落下。
>
> 切开这暑气吧——
> 犁开它，
> 把它推向
> 你路的两旁。

十三行诗只指向一个意象——暑气之密，有如固体，需要风的刀来切开它。整首诗只是一个持续的隐喻，一幅平面的素描，没有经验的综合、变形、转位等等作用，只有几何性的比例。这种诗浅，只有眼睛和皮肤那么浅，它只诉诸视觉与触觉，离性灵尚远。拿它和痖弦的"在塞纳河与推理之间，谁在选择死亡"或是辛郁的"没有烛台的烛之可怜的身世"作一比较，便可看出中国台湾的现代诗已经发展到什么程度。塞纳河是具体的，推论是抽象的。在具体与抽象之间作着选择，那意象立刻立体化起来，成为一种四度空间的存在。如果说"在黄浦江与钱塘江之间，谁在选择死亡"，那就平面化了。同样地，"没有烛台的烛"也是高度的象征作用，它象征心灵上无立锥之地的悲怆，至于烛台之为生命的装饰，烛的流泪，烛的短暂，烛的竟然也有"身世"，凡此皆构成一张繁富的联想之网。像这样的诗，已自视觉的单调意象升入感官与性灵交织的复叠意象。它不再是一幅素描，它是一尊立体的塑像，把握着的是生活，是现实生活的最高意义，而不是未经综合消化的零碎感觉。

现代诗的节奏

如果诗是时代的呼吸,则节奏应该是诗的呼吸。呼吸之疾徐长短,关乎体魄。有因体裁而异者,如诗的雍容肃穆,词的委婉细致,曲的放恣淋漓。有因时代气质而异者,如伊丽莎白时期抒情诗的流利,十八世纪英雄式双行体(heroic couplet)的工整。二十世纪的现代诗是测量此一时代青年肺中气候的最可靠的仪器。我们几乎可以武断地说,把握住现代诗的节奏,就等于把握住现代人的气质。现代诗在中国台湾,正如抽象画一样,还是一种正在迅速发展中的艺术,其背景和前途,非本文所能详述。以下只拟集中讨论:现代诗的节奏究竟和传统诗有多少不同,何者为新的节奏,而何者为旧的节奏?

我想,影响节奏最大的是诗中文字的句法和语气。句法是指一句之中文字的组织。语气是指由一定时间或区域所决定的表达的方式。两者的范围皆以诗中的独立文句为限。自然,决定节奏的一半因素是段与段,句与句(或者行与行)之间的相对关系,但是要说明这种关系,在举例时非常不方便。为了节省篇幅,乃以独立的文句为单位。

我们都知道,旧诗的句法是有限的。或者是二二的四言(人生几何),或者是上二下三的五言(床前明月光),或者是上四下三的七言(青山隐隐水迢迢),最多在古风中略为变化,成上三中四下三的十言(君不见黄河之水天上来)。这几种句法,典雅而从容,起落有致,原甚自然。可是现代人的口语(无论是知识分子的"文艺腔"或是大众的腔调)已经发展到非这几种方式所能曲为表达了。例如向明近作《五月》中的句子:

> 五月,失去牧神的午后
> 即使邀来满星斗音乐的碎片
> 也拼不拢止于四月的玲珑

以末行为例,我们似乎可以说它的句法是上四中四下三,这是旧诗中绝无的句法,比起"烽火连三月"来,要复杂而富于弹性,较为接近现代人的口语。我说末行的节奏富于弹性,是因为我们也可以将它的句法归纳为一一三一二一三一二或者四一五一二,就看你怎么读它了。事实尚不如此简单。"四月的"虽然是三个字,而读起来只有两拍半,等于两个半字。"的"和"了"等字,绝对占不了旧诗中一字的长度。现在仍然有人在大嚷什么中国字是一字一音,宜于押韵和对对子的艺术。他们似乎忽略了,口语才是文字的脊椎骨,而且现代中国人的口语已经有很大的变化。我国的文言和拉丁文一样,由于和口语脱了节,已经成了死的文字了。即使天才如弥尔顿和培根者有心以拉丁文写诗或写文章,也挽救不了它的命运。

此外,文句叙述的顺序也是形成句法的因素。叙述的顺序是甚多变化的。例如郑愁予的《残堡》中末二行:

> 趁月色,我传下悲戚的"将军令"
> 自琴弦

在次序上它是倒述。如果我们用正述,改为:

> 我趁月色自琴弦传下悲戚的"将军令"

就毫无悬宕，毫无含蓄，而兴味索然了。如果我们说：

趁月色，我传下，自琴弦，悲戚的"将军令"

就变成插述，而显然太欧化了。说到欧化，恐怕是一般人诟病现代诗最着力的一点。事实上，欧化自有其非常微妙的分寸，恰到好处，便觉新鲜，过此乃感生硬。在现代诗中，欧化只是造成语气的综合性之一因素，其他的两个因素是口语和文言。我们之所以要说"现代诗"而不说"白话诗"甚至"新诗"，是因为"白话诗"顾名思义排斥文言，而"新诗"仅仅做到和"旧诗"对立的地步。现代诗在语气上虽以口语的节奏为骨干，但往往乞援于文言的含蓄、简劲，与浑成。它要调和文白，而避免落入文白不分的混乱局面。这种情形，正如现代画的有时也使用透视或且吸收中世纪的艺术。诋"新诗"为俚俗不堪者，对"新诗"的认识大约还停留在"五四"的时期。

在现代诗中，最能把握口语的风味的是痖弦和管管。而趋于另一极端，好用文言语气的是纪弦、叶维廉、唐剑霞、郑愁予、周梦蝶。其他诗人，大致在二弦之间，各依其气质，作适度的调和。例如阮囊的《黑皮书》中的句子：

夜静得往楼梯上擦都摔不出声音来

便是口语的语气，虽然比较属于知识分子的口语。痖弦的口语用得更"白"，往往那趣味就在这点"白"上面：

> 仍会跟走索的人亲嘴
> 仍落下
> 仍拒绝我的一丁点儿春天

可是此地的"拒绝"仍是知识分子的用语,当然现代诗无论如何"白"也不能像三轮车夫骂人那么"白"。在另一方面,夐虹的《不题》中的句子,运用文言的语气便很成功:

> 有颜彩以缤纷来,有江海以澎湃来

可是有时候这种手法是高度综合的,甚难分割。例如吴望尧的《夜》:

> 紫晶杯中尚存着些残酒
> 我是迟归的浪子吗?
> 啊,何以星子摒我于门外?
> 我欲叩月的门环
> 却抓错了大熊的尾巴。

某种程度的欧化和文言的语气,往往不谋而合。例如郑愁予的"我更长于永恒,小于一粒微尘",便可顺理成章地译为 I am longer than eternity and smaller than a grain of dust。徐志摩的一个句子:

> 你有你的,我有我的方向。

唯一的好处便是它的成功的欧化。如果改为：

> 你有你的方向，我有我的方向。

就太噜苏了。所以欧化有时是可以做到简洁的，并非累赘或生硬的代名词。

以上系就现代诗句法和语气与节奏间的关系略作浅显的讨论。然而节奏之为物，变化万端，有若流水行云，初无规则可循。不同的气质表现之于不同的节奏，有人常用"煞尾句"（即英诗中之 end-stopped line），有人则常用"待续句"（即英诗中之 run-on line）；笔者以前喜用后者，目前则多用前者。大抵后者悬宕，而前者流畅。至若叶珊、敻虹之善用断句而错落有致，辛郁、剑霞之偏爱短句而从容不迫，阮囊、罗门之习用长句而一气呵成，皆所以形成现代诗之多彩多姿。自由诗的洗礼已成历史，自由诗的毫无结构，不成节奏也应该告一结束了。一种略带古典自觉的新精神渐渐在现代诗中扬起，尤其在长诗中，比较整齐的分段仍是不可避免的。节奏实在是一个经常向诗人挑战的问题，让我们接受这挑战，且尝试将我们这时代的呼吸保存在现代诗的节奏之中。

一九六一年七月

第 八 讲

批 评 经 典

读好书的先决条件，就是不读坏书：

因为人寿有限。

夜读叔本华

体系博大、思虑精纯的哲学名家不少，但是文笔清畅、引人入胜的却不多见。对于一般读者，康德这样的哲学大师永远像一座墙峭堑深的名城，望之十分壮观，可惜警卫严密，不得其门而入。这样的大师，也许体系太大，也许思路太玄，也许只顾言之有物，不暇言之动听，总之好处难以句摘。所以翻开任何谚语名言的词典，康德被人引述的次数远比培根、尼采、罗素、桑塔亚那①一类哲人为少。叔本华正属于这澄明透彻易于句摘的一类。他虽然不以文采斐然取胜，但是他的思路清晰，文字干净，语气坚定，读来令人眼明气畅，对哲人寂寞而孤高的情操无限神往。夜读叔本华，一杯苦茶，独斟千古，忍不住要转译几段出来，和读者共赏。我用的是企鹅版英译的《叔本华小品警语录》（*Arthur Schopenhauer: Essays and Aphorisms*）：

"作家可以分为流星、行星、恒星三类。第一类的时效只在转瞬之间，你仰视而惊呼：'看哪！'——他们却一闪而逝。第二类是行星，耐久得多。他们离我们较近，所以亮度往往胜过恒星，无知的人以为那就是恒星了。但是他们不久也必然消逝，何况他们的光辉不过借自他人，而所生的影响只及于同路的行人（也就是同辈）。只有第三类不变，他们坚守着太空，闪着自己的光芒，对所有的时代保持相同的影响，因为他们没有视差，不随我们观点的改变而变形。他们属于全宇宙，不像别人那样只属于一个系统（也就是国家）。正因为恒星太高了，

---

① 桑塔亚那（George Santayana, 1863—1952），原译桑塔耶纳，哲学家，批判实在论代表之一，自然主义美学的创始人。生于西班牙，移居美国。——编者注

所以他们的光辉要好多年后才照到世人的眼里。"

叔本华用天文来喻人文，生动而有趣。除了说恒星没有视差之外，他的天文大致不错。叔本华的天文倒令我联想到徐霞客的地理，徐霞客在《游太华山日记》里写道："未入关，百里外即见太华兀出云表；及入关，反为冈陇所蔽。"太华山就像一个伟人，要在够远的地方才见其巨大。世人习于贵古贱今，总觉得自己的时代没有伟人。凡·高离我们够远，我们才把他看清，可是当日阿罗的市民只看见一个疯子。

"风格正如心灵的面貌，比肉体的面貌更难作假。摹仿他人的风格，等于戴上一副假面具；不管那面具有多美，它那死气沉沉的样子很快就会显得索然无味，使人受不了，反而欢迎其丑无比的真人面貌。学他人的风格，就像是在扮鬼脸。"

作家的风格各如其面，宁真而丑，毋假而妍。这比喻也很传神，可是也会被平庸或懒惰的作家用来解嘲。这类作家无力建立或改变自己的风格，只好绷着一张没有表情或者表情不变的面孔，看到别的作家表情生动而多变，反而说那是在扮鬼脸。颇有一些作家喜欢标榜"朴素"。其实朴素应该是"藏巧"，不是"藏拙"，应该是"藏富"，不是"炫穷"。拼命说自己朴素的人，其实是在炫耀美德，已经不太朴素了。

"'不读'之道才真是大道。其道在于全然漠视当前人人都热中的一切题目。不论引起轰动的是政府或宗教的小册子，是小说或者是诗，切勿忘记，凡是写给笨蛋看的东西，总会吸引广大读者。读好书的先决条件，就是不读坏书：因为人寿有限。"

这一番话说得斩钉截铁，痛快极了。不过，话要说得痛快淋漓，总不免带点武断，把真理的一笔账，四舍五入，作断然的处理。叔本华漫长的一生，在学界和文坛都不得意。他的传世杰作《意志与观念的世界》在他三十一岁那年出版，其后反应一直冷淡，十六年后，他才知道自己的滞销书大半是当作废纸卖掉了的。叔本华要等待很多很多年，才等到像瓦格纳、尼采这样的知音。他的这番话为自己解嘲，痛快的背后难免带点酸意。其实曲高不一定和寡，也不一定要久等知音，披头的歌曲可以印证。不过这只是次文化的现象，至于高文化，最多只能"小众化"而已。轰动一时的作品，虽经报刊鼓吹，市场畅售，也可能只是一个假象，"传后率"不高。判别高下，应该是批评家的事，不应任其商业化，取决于什么排行榜。这其间如果还有几位文教记者来推波助澜，更据以教训滞销的作家要反省自己孤芳的风格，那就是僭越过甚，误会采访就是文学批评了。

一九八五年六月二日

论朱自清的散文

一九四八年，五十一岁的朱自清以犹盛的中年病逝于北平大医院，火葬于广济寺。当时正值大变局的前夕，朱氏挚友俞平伯日后遭遇的种种，朱氏幸而得免。他遗下的诗、散文、评论，共为二十六册，约一百九十万字。朱自清是五四以来重要的学者兼作家，他的批评兼论古典文学和新文学，他的诗并传新旧两体，但家喻户晓，享誉始终不衰的，却是他的散文。三十年来，《背影》《荷塘月色》一类的散文，已经成为中学国文课本的必选之作，朱自清三个字，已经成为白话散文的代名词了。近在今年五月号的《幼狮文艺》上，王灏先生发表《风格之诞生与生命的承诺》一文，更述称朱自清的散文为"清灵澹远"。朱自清真是新文学的散文大师吗？

朱自清最有名的几篇散文，该是《背影》《荷塘月色》《匆匆》《春》《温州的踪迹》《桨声灯影里的秦淮河》。我们不妨就这几篇代表作，来讨探朱文的得失。

杨振声在《朱自清先生与现代散文》一文里，曾有这样的评语："他文如其人，风华从朴素出来，幽默从忠厚出来，腴厚从平淡出来。"郁达夫在《新文学大系》的《现代散文导论》中说："朱自清虽则是一个诗人，可是他的散文仍能够贮满着那一种诗意，文学研究会的散文作家中，除冰心外，文章之美，要算他了。"

朴素，忠厚，平淡，可以说是朱自清散文的本色，但是风华，幽默，腴厚的一面似乎并不平衡。朱文的风格，论腴厚也许有七八分，论风华不见得怎么突出，至于幽默，则更非他的特色。我认为朱文的心境温厚，节奏舒缓，文字清淡，绝少瑰丽、炽热、悲壮，奇拔的境界，所以咀嚼之余,总有一点中年人的味道。至于郁达夫的评语,尤其是前面的半句,恐怕还是加在徐志摩的身上,比较恰当。早在二十年代初期,朱自清虽也发表过不少新诗,一九二三年发表的长诗《毁灭》虽也引起文坛的注意,可是长诗也好,小诗也好,半世纪后看来,没有一首称得上佳作。像下面的这首小诗《细雨》:

　　东风里,
　掠过我脸边,
　星呀星的细雨,
　是春天的绒毛呢。

已经算是较佳的作品了。至于像《别后》的前五行:

　　我和你分手以后,
　的确有了长进了!
　大杯的喝酒,
　整匣的抽烟,
　这都是从前没有的。

不但太散文化,即以散文视之,也是平庸乏味的。相对而言,朱自清的散文里,倒有某些段落,比他的诗更富有诗意。也许我们应该倒过来,说朱自清本质上是散文家,他的诗是出于散文之笔。这情形,和徐志摩正好相反。

　　我说朱自清本质上是散文家,也就是说,在诗和散文之间,朱的性格与风格近于散文。一般说来,诗主感性,散文主知性;诗重顿悟,散文重理解;诗用暗示与象征,散文用直陈与明说;诗多比兴,散文多赋体,诗往往因小见大,以简驭繁,故浓缩,散文往往有头有尾,一五一十,因果关系交代得明明白白,故庞杂。

> 东风不与周郎便,
> 铜雀春深锁二乔。

这当然是诗句。里面尽管也有因果,但因字面并无明显交代,而知性的理路又已化成了感性的形象,所以仍然是诗。如果把因果交代清楚:

> 假使东风不与周郎方便,
> 铜雀春深就要锁二乔了。

句法上已经像散文,但意境仍然像诗。如果更进一步,把形象也还原为理念:

> 假使当年周瑜兵败于赤壁,
> 东吴既亡,大乔小乔
> 就要被掳去铜雀台了。

那就纯然沦为散文了。我说朱自清本质上是散文家,当然不是说朱自清没有诗的一面,只是说他的文笔理路清晰,因果关系往往交代得过分明白,略欠诗的含蓄与余韵。且以《温州的踪迹》第三篇《白水漈》为例:

> 几个朋友伴我游白水漈。
>
> 这也是个瀑布；但是太薄了，又太细了。有时闪着些许的白光；等你定睛看去，却又没有——只剩一片飞烟而已。从前有所谓"雾縠"，大概就是这样了。所以如此，全由于岩石中间突然空了一段；水到那里，无可凭依，凌虚飞下，便扯得又薄又细了。当那空处，最是奇迹。白光嬗为飞烟，已是影子；有时却连影子也不见。有时微风过来，用纤手挽着那影子，它便袅袅的成了一个软弧；但她的手才松，它又像橡皮带儿似的，立刻伏伏贴贴的缩回来了。我所以猜疑，或者另有双不可知的巧手，要将这些影子织成一个幻网——微风想夺了她的，她怎么肯呢？
>
> 幻网里也许织着诱惑，我的依恋便是个老大的证据。

这是朱自清有名的《白水漈》。这一段拟人格的写景文字，该是朱自清最好的美文，至少比那篇浪得盛名的《荷塘月色》高出许多。仅以文字而言，可谓圆熟流利，句法自然，节奏爽口，虚字也都用得妥贴得体，并无朱文常有的那种"南人北腔"的生硬之感。瑕疵仍然不免。"瀑布"而以"个"为单位，未免太抽象太随便。"扯得又薄又细"一句，"扯"字用得太粗太重，和上下文的典雅不相称。"橡皮带儿"的明喻也嫌俗气。这些都是小疵，但更大的，甚至是致命的毛病，却在交代过分清楚，太认真了，破坏了直觉的美感。最后的一句"幻网里也许织着诱惑，我的依恋便是个老大的证据"，画蛇添足，是一大败笔。写景的美文，而要求证因果关系，已经有点"实心眼儿"，何况还是个"老大的证据"，就太煞风景了。不过这句话还有层毛病：如果说在求证的过程中，"诱惑"是因，"依恋"是果，何以"也许"之因竟产生"老大的证据"之果呢？照后半句的肯定语气看来，前半句应该是"幻网里定是织着诱惑"才对。

交代太清楚，分析太切实，在论文里是美德，在美文、小品文、抒情散文里，却是有碍想象分散感性经验的坏习惯。试看《荷塘月色》的第三段：

> 路上只我一个人，背着手踱着。这一片天地好像是我的；我也像超出了平常的自己，到了另一世界里。我爱热闹，也爱冷静；爱群居，也爱独处。像今晚上，一个人在这苍茫的月下，什么都可以想，什么都可以不想，便觉是个自由的人。白天里一定要做的事，一定要说的话，现在都可不理。这是独处的妙处；我且受用这无边的荷香月色好了。

这一段无论在文字上或思想上，都平庸无趣。里面的道理，一般中学生都说得出来，而排比的句法，刻板的节奏，更显得交代太明，转折太露，一无可取。删去这一段，于《荷塘月色》并无损失。朱自清忠厚而拘谨的个性，在为人和教学方面固然是一个优点，但在抒情散文里，过分落实，却有碍想象之飞跃，情感之激昂，"放不开"。朱文的譬喻虽多，却未见如何出色。且以溢美过甚的《荷塘月色》为例，看看朱文如何用喻：

（一）叶子出水很高，像亭亭的舞女的裙。
（二）层层的叶子中间，零星地点缀着些白花……正如一粒粒的明珠，又如碧空里的星星，又如刚出浴的美人。

（三）微风过处，送来缕缕清香，仿佛远处高楼上渺茫的歌声似的。

（四）这时候叶子与花也有一丝的颤动，像闪电般，霎时传过荷塘的那边去了。

（五）叶子本是肩并肩密密地挨着，这便宛然有了一道凝碧的波痕。

（六）月光如流水一般，静静地泻在这一片叶子和花上。

（七）叶子和花仿佛在牛乳中洗过一样；又像笼着轻纱的梦。

（八）丛生的灌木，落下参差的斑驳的黑影，峭楞楞如鬼一般。

（九）光与影有着和谐的旋律，如梵婀玲上奏着的名曲。

（十）树色一例是阴阴的，乍看像一团烟雾。

（十一）树缝里也漏着一两点灯光，没精打采的，是渴睡人的眼。

十一句中一共用了十四个譬喻，对一篇千把字的小品文来说，用喻不可谓之不密。细读之余，当可发现这些譬喻大半浮泛、轻易、阴柔，在想象上都不出色，也许第三句的譬喻较有韵味，第八句的能够寓美于丑，算是小小的例外吧。第九句用小提琴所奏的西洋名曲来喻极富中国韵味的荷塘月色，很不恰当。十四个譬喻之中，竟有十三个是明喻，要用"像""如""仿佛""宛然"之类的字眼来点明"喻体"和"喻依"的关系。在想象文学之中，明喻不一定不如隐喻，可是隐喻的手法毕竟要曲折，含蓄一些。朱文之浅白，这也是一个原因。唯一的例外是以睡眼状灯光的隐喻，但是并不精警，不美。

朱自清散文里的意象，除了好用明喻而趋于浅显外，还有一个特点，便是好用女性意象，前引《荷塘月色》的一二两句里，便有两个这样的例子。这样的女性意象实在不高明，往往还有反作用，会引起庸俗的联想。"舞女的裙"一类的意象对今日读者的想象，恐怕只有负效果了吧。"美人出浴"的意象尤其糟，简直令人联想到月份牌、广告画之类的俗艳场面；至于说白莲又像明珠，又像星，又像出浴的美人，则不但一物三喻，形象太杂，焦点不准，而且三种形象都太俗滥，是来似太轻易。用喻草率，又不能发挥主题的含意，这样的譬喻只是一种装饰而已。朱氏另一篇小品《春》的末段有这么一句："春天像小姑娘，花枝招展的，笑着，走着。"这句话的文字不但肤浅、浮泛，里面的明喻也不贴切。一般说来，小姑娘是朴素天真的，不宜状为"花枝招展"。《温州的踪迹》第二篇《绿》里，有更多的女性意象。像《荷塘月色》一样，这篇小品美文也用了许多譬喻，十四个明喻里，至少有下面这些女性意象：

> 她松松地皱缬着，像少妇拖着的裙幅；她轻轻地摆弄着，像跳动的初恋的处女的心；她滑滑地明亮着，像涂了"明油"一般，有鸡蛋清那样软，那样嫩，令人想着所曾触过的最嫩的皮肤……那醉人的绿呀！我若能裁你以为带，我将赠给那轻盈的舞女；她必能临风飘举了。我若能把你以为眼，我将赠给那善歌的盲妹；她必明眸善睐了。我舍不得你；我怎舍得你呢？我用手拍着你，抚摩着你，如同一个十二三岁的小姑娘。我又掬你入口，便是吻着她了。

类似的譬喻在《桨声灯影里的秦淮河》中也有不少：

> 那晚月儿已瘦削了两三分。她晚妆才罢，盈盈地上了柳梢头……岸上原有三株两株的垂杨树，那柔细的枝条浴着月光，就像一支支美人的臂膊，交互的缠着，挽着；又像是月儿披着的发。而月儿也偶然从它们的交叉处偷偷窥看我们，大有小姑娘怕羞的样子……电灯的光射到水上，蜿蜒曲折，闪闪不息，正如跳舞着的仙女的臂膊。

小姑娘，处女，舞女，歌姝，少妇，美人，仙女……朱自清一写到风景，这些浅俗轻率的女性形象必然出现笔底，来装饰他的想象世界；而这些"意恋"（我不好意思说"意淫"，朱氏也没有那么大胆）的对象，不是出浴，便是起舞，总是那几个公式化的动作，令人厌倦。朱氏的田园意象大半是女性的，软性的，他的譬喻大半是明喻，一五一十，明来明去，交代得过分负责："甲如此，乙如彼，丙仿佛什么什么似的，而丁呢，又好像这般这般一样。"这种程度的技巧，节奏能慢不能快，描写则静态多于动态。朱自清的写景文，常是一幅工笔画。

这种肤浅而天真的"女性拟人格"笔法，在二十世纪二十年代中国作家之间曾经流行一时，甚至到二十世纪七十年代的台湾和香港，也还有一些后知后觉的作者在效颦。这一类作者幻想这就是抒情写景的美文，其实只成了半生不熟的童话，那时的散文如此，诗也不免：冰心，刘大白，俞平伯，康白情，汪静之等步泰戈尔后尘的诗文，都有这种"装小"的味道。早期新文学有异于五十年代以来的现代文学，这也是一大原因。前者爱装小，作品近于做作的童话童诗，后者的心态近于成人，不再那么满足于"卡通文艺"了。在意象上，也可以说是视觉经验上，早期的新文学是软性的，爱用女性的拟人格来形容田园景色；现代文学最忌讳的正是这种软性，女性的田园风格，纯情路线。二十世纪七十年代的台湾和香港，工业化已经颇为普遍，一位真正的现代作家，在视觉经验上，不该只见杨柳而不见起重机。到了七十年代，一位读者如果仍然沉迷于冰心与朱自清的世界，就意味着他的心态仍停留在农业时代，以为只有田园经验才是美的，那他就始终不能接受工业时代。这种读者的"美感胃纳"，只能吸收软的和甜的东西，但现代文学的口味却是兼容酸甜咸辣的。现代诗人郑愁予，在一般读者的心目中似乎是"纯情"的，其实他的诗颇具知性、繁复性和工业意象。《夜歌》的首段：

> 这时，我们的港是静了
> 高架起重机的长鼻指着天
> 恰似匹匹采食的巨象
> 而满天欲坠的星斗如果实

便以一个工业意象为中心。读者也许要说："这一段的两个譬喻不也是明喻吗？何以就比朱自清高明呢？"不错，郑愁予用的也只是明喻，但是那两个明喻却是从第二行的隐喻引申而来的。同时，两个明喻既非拟人，更非女性，不但新鲜生动，而且富于亚热带勃发的生机，很能就地（港为基隆）取材。

朱自清的散文，有一个矛盾而有趣的现象：一方面好用女性的意象，另一方面又摆不脱自己拘谨而清苦的身份。每一位作家在自己的作品里都扮演一个角色，或演志士，或演浪子，或演隐者，或演情人。所谓风格，其实也就是"艺术人格"，而"艺术人格"愈饱满，对读者的吸引力也愈大。一般认为风格即人格，我不尽信此说。我认为作家在作品中表现的风格（亦即我所谓的"艺术人格"），往往是他真正人格的夸大、修饰、升华，甚至是补偿。无论如何，"艺术人格"应是实际人格的理想化：琐碎的变成完整，不足的变成充分，隐晦的变成鲜明。读者最向往的"艺术人格"，应是饱满而充足的；作家充满自信，读者才会相信。且以《赤壁赋》为例。在前赋之中，苏子与客纵论人生，以水月为喻，诠释生命的变即是常，说服了他的朋友。在后赋之中，苏轼能够"摄衣而上，履巉岩，披蒙茸，踞虎豹，登虬龙，攀栖鹘之危巢，俯冯夷之幽宫。盖二客不能从焉"。两赋之中，苏轼不是扮演智者，便是扮演勇者，豪放而倜傥的个性摄住了读者的心神，使读者无可抗拒地跟着他走。假如在前赋里，是客说服了苏轼，而后赋里是二客一路攀危登高，而苏轼"不能从焉"，也就是说，假使作者扮演的角色由智勇变成疑怯，"艺术人格"一变，读者仰慕追随的心情也必定荡然无存。

朱自清在散文里自塑的形象，是一位平凡的丈夫和拘谨的教师。这种风格在现实生活里也许很好，但出现在"艺术人格"里却不见得动人。《荷塘月色》的第一段，作者把自己的身份和赏月的场合交待得一清二楚；最后的一句半是："妻在屋里拍着闰儿，迷迷糊糊地哼着眠歌。我悄悄地披了大衫，带上门出去。"全文的最后一句则是："这样想着，猛一抬头，不觉已是自己的门前；轻轻地推门进去，什么声息也没有，妻已睡熟好久了。"这一起一结，给读者的鲜明印象是：作者是一个丈夫、父亲。这位丈夫赏月不带太太，提到太太的时候也不称她名字，只用一个家常便饭的"妻"字。这样的开场和结尾，既无破空而来之喜，又乏好处收笔之姿，未免太"柴米油盐"了一点。此外，本文的末段，从"采莲是江南的旧俗，似乎很早就有，而六朝时为盛"到"于是又记起《西洲曲》里的句子：采莲南塘秋，莲花过人头；低头弄莲子，莲子清如水"为止，约占全文五分之一的篇幅，都是引经据典，仍然不脱国文教员五步一注十步一解的趣味。这种趣味宜于治学，但在一篇小品美文中并不适宜。

《桨声灯影里的秦淮河》一文的后半段，描写作者在河上遇到游唱的歌妓，向他和俞平伯兜揽生意，一时窘得两位老夫子"踧踖不安"，欲就还推，终于还是调头摇手拒绝了人家。当时的情形一定很尴尬。其实古典文人面对此情此景当可从容应付，不学李白"载妓随波任去留"，也可效白居易之既赏琵琶，复哀旧妓，既反映社会，复感叹人生。若是新派作家，就更放得下了，要么就坦然点唱，要么就一笑而去，也何至手足无措，进退失据？但在《桨》文里，歌妓的七板子去后，朱自清就和俞平伯正正经经讨论起自己错综复杂的矛盾心理来了。一讨论就是一千字：一面觉得狎妓不道德，一面又觉得不听歌不甘心，最后又觉得即使停船听歌，也不能算是狎妓，而拒绝了这些歌妓，又怕"使她们的希望受了伤"。朱自清说：

> 一个平常的人像我的，谁愿凭了理性之力去丑化未来呢？我宁愿自己骗着了。不过我的社会感性是很敏锐的；我的思力能拆穿道德律的西洋镜，而我的感情却终于被它压服着。我于是有所顾忌了，尤其是在众目昭彰的时候。道德律的力，本来是民众赋予的；在民众的面前，自然更显出它的威严了。

这种冗长而繁琐的分析，说理枯燥，文字累赘，插在写景抒情的美文里，总觉得理胜于情，颇为生硬。《前赤壁赋》虽也在游河的写景美文里纵谈哲理，却出于生动而现成的譬喻；逝水圆月，正是眼前情景，信手拈来，何等自然，而文字之美，音遍之妙，说理之圆融轻盈，更是今人所难企及。浦江清在《朱自清先生传略》中盛誉《桨》文为"白话美术文的模范"。王瑶在《朱自清先生的诗和散文》中说此文"正是像鲁迅先生说的漂亮缜密的写法,尽了对旧文学示威的任务的"。两说都不免失之夸张。就凭《桨声灯影里的秦淮河》与《荷塘月色》一类的散文,能向《赤壁赋》《醉翁亭记》《归去来兮辞》等古文杰作"示威"吗?

前面戏称朱、俞二位做"老夫子",其实是不对的。《桨》文发表时,朱自清不过二十六岁;《荷》文发表时,也只得三十岁。由于作者自塑的家长加师长的形象,这些散文给人的印象,却似乎出于中年人的笔下。然而一路读下去,"少年老成"或"中年沉潜"的调子却又不能贯彻始终。例如在《桨》文里,作者刚谢绝了歌舫,论完了道德,在归航途中,不知不觉又陷入了女性意象里去了:"右岸的河房里,都大开了窗户,里面亮着晃晃的电灯,电灯的光射到水上,蜿蜒曲折,闪闪不息,正如跳舞着的仙女的臂膀。我们的船已在她的臂膊里了。"在《荷》文里,作者把妻留在家里,一人出户赏月,但心中浮现的形象却尽是亭亭的舞女,出浴的美人。在《绿》文里,作者面对瀑布,也满心是少妇和处女的影子,而最露骨的表现是"我用手拍着你,抚摩着你,如同一个十二三岁的小姑娘。我又掬你入口,便是吻着她了。我送你一个名字,我从此叫你'女儿绿',好么?"用异性的联想来影射风景,有时失却控制,甚至流于"意淫",但在二十世纪二十年代的新文学里,似乎是颇为时髦的笔法。这种笔法,在中国古典和西方文学里是罕见的。也许在朱自清当时算是一大"解放",一小"突破",今日读来,却嫌它庸俗而肤浅,令人有点难为情。朱自清散文的滑稽与矛盾就在这里:满纸取喻不是舞女便是歌姝,一旦面临实际的歌妓,却又手足无措;足见众多女性的意象,不是机械化的美感反应,便是压抑了的欲望之浮现。

朱文的另一瑕疵便是伤感滥情(sentimentalism),这当然也只是早期新文学病态之一例。当时的诗文常爱滥发感叹,《绿》里就有这样的句子:"那醉人的绿呀!仿佛一张极大极大的荷叶铺着,满是奇异的绿呀。我想张开两臂抱住她;但这是怎样一个妄想呀。"其后尚有许多呢呢呀呀的句子,恕我不能全录。《背影》一文久有散文佳作之誉,其实不无瑕疵,其一便是失之伤感。短短千把字的小品里,作者便流了四次眼泪,也未免太多了一点。时至今日,一个二十岁的大男孩是不是还要父亲这么照顾,而面临离别,是不是这么容易流泪,我很怀疑。我认为,今日的少年应该多读一点坚毅豪壮的作品,不必再三诵读这么哀伤的文章。

  最后我想谈谈朱自清的文字。大致说来,他的文字朴实清畅,不尚矜持,誉者已多,无须赘述,但是缺点亦复不少,败笔在所难免。朱自清在白话文的创作上是一位纯粹论者,他主张:"在写白话文的时候,对于说话,不得不作一番洗练工夫……渣滓洗去了,练得比平常说话精粹了,然而还是说话(这就是说,一些字眼还是口头的字眼,一些语调还是口头的语调,不然,写下来就不成其为白话文了);依据这种说话写下来的,才是理想的白话文。"这是朱氏在《精读指导举隅》一书中评论《我所知道的康桥》时所发的一番议论①。接下去朱氏又说:"如果白话文里有了非白话的(就是口头没有这样说法的)成分,这就体例说是不纯粹,就效果说,将引起读者念与听的时候的不快之感……白话文里用入文言的字眼,实在是不很适当的足以减少效果的办法……在初期的白话文差不多都有;因为一般作者文言的教养素深,而又没有要写纯粹的白话文的自觉。但是,理想的白话文是纯粹

---

① 一说为叶绍钧之论,唯香港中学之中国文学课本置于朱自清名下。《精读指导举隅》与《略读指导举隅》等书,是朱、叶合著,故难分彼此。不过两人在白话文的纯粹观上,大体是一致的,评叶即所以评朱。——作者自注

的，现在与将来的白话文的写作是要把写得纯粹作目标的。"最后，朱氏稍稍让步，说文言要入白话文，须以"引用原文"为条件；例如，在"从前董仲舒有句话说道：'正其义不谋其利，明其道不计其功。'"一句之中，董仲舒的原文是引用，所以是"合法"的。

  这种白话文的纯粹观，直到今日，仍为不少散文作家所崇奉，可是我要指出，这种纯粹观以笔就口，口所不出，笔亦不容，实在是划地为牢，大大削弱了新散文的力量。文言的优点，例如，对仗的匀称，平仄的和谐，词藻的丰美，句法的精练，都被放逐在白话文外，也就难怪某些"纯粹白话"的作品，句法有多累赘，词藻有多寒伧，节奏有多单调乏味了。十四年前，在《凤·鸦·鹑》一文里，① 我就说过，如果认定文言已死，白话万能，则"啭""吠""唳""呦""嘶"等字眼一概放逐，只能说"鸟叫""狗叫""鹤叫""鹿叫""马叫"，岂不单调死人？

  早期新文学的幼稚肤浅，有一部分是来自语言，来自张口见喉虚字连篇的"大白话"。文学革命把"之乎者也"革掉了，却引来了大量的"的了着哩"。这些新文艺腔的虚字，如果恰如其分，出现在话剧和小说的对话里，当然是生动自如的，但是学者和作家意犹未尽，不但在所有作品里大量使用，甚至在论文里也一再滥施，遂令原应简洁的文章，沦为浪费唇舌的叽哩咕噜。朱自清、叶绍钧等纯粹论者还嫌这不够，认为"现在与将来的白话文"应该更求纯粹。他们所谓的纯粹，便是笔下向口头尽量看齐。其实，白话文可以分成两类，一类是拿来朗诵或宣读用的，那当然不妨尽量口语化，另一类是拿来阅读的，那就不必担心是否能够立刻入于耳而会于心。散文创作属于第二类，实在不应受制于纯粹论。

---

① 本文写作于 1977 年，《凤·鸦·鹑》写作于 1963 年。——编者注

朱自清在白话文上既信奉纯粹论，他的散文便往往流于浅白、累赘，有时还有点欧化倾向，甚至文白夹杂。试看下面的几个例子：

（一）有些新的词汇新的语式得给予时间让它们或教它们上口。这些新的词汇和语式，给予了充足的时间，自然就会上口；可是如果加以诵读教学的帮助，需要的时间会少些。（《诵读教学与"文学的国语"》）

（二）我所以张皇失措而觉着恐怖者，因为那骄傲我的，践踏我的，不是别人，只是一个十来岁的"白种的"孩子！（《白种人——上帝之骄子》）

（三）桥砖是深褐色，表明它的历史的长久。（《桨声灯影里的秦淮河》）

（四）我的心立刻放下，如释了重负一般。（同前）

（五）大中桥外，本来还有一座复成桥，是船夫口中的我们的游踪尽处。（同前）

（六）弯弯的杨柳的稀疏的倩影。（《荷塘月色》）

这些例句全有毛病。例一的句法欧化而夹缠：两个"它们"，两个"给予时间"，都是可怕的欧化；后面那句"加以某某的帮助"也有点生硬。例二的"所以……而……者"原是文言句法，插入口语的"觉着"，乃沦为文白夹杂，声调也很刺耳。其实"者"字是多余的。例三用抽象名词"长久"做"表明"的受词，乃欧化文法。"他昨天不来，令我不快"是中文；"他昨天的不来，引起了我的不快"便是欧化。例三原可写成"桥砖深褐色，显示悠久的历史"，或者"桥砖深褐，显然历史已久"。例四前后重复，后半句硬把四字成语捶薄、拉长，反为不美。例五的后半段,欧化得十分混杂,毛病很大。两个形容片语和句末名词之间,关系交代不清;船还没到的地方,就说是"游踪",也有语病。如果改为"船夫原说游到那边为止"或者"船夫说,那是我们游河的尽头",就顺畅易懂了。例六之病一目了然:一路乱"的"下去,谁形容谁,也看不清。一连串三四个形容词,漫无秩序地堆在一个名词上面,句法僵硬,节奏刻板,是早期新文学造句的一大毛病。福楼拜所云"形容词乃名词之死敌",值得一切作家仔细玩味。除了三五位真有自觉的高手之外,绝大部分的作家都不免这种缺陷。朱自清也欠缺这种自觉。

> 于是桨声汩——汩,我们开始领略那晃荡着蔷薇色的历史的秦淮河的滋味了。

这正是《桨声灯影里的秦淮河》首段的末句。仔细分析,才发现朱自清和俞平伯领略的"滋味"是"秦淮河的滋味",而秦淮河正晃荡着一样东西,那便是"历史",什么样的"历史"呢?"蔷薇色的历史"。这真是莫须有的繁琐,自讨苦吃。但是这样的句子,不但繁琐,恐怕还有点暧昧,因为它可能不止一种读法。我们可以读成:我们开始领略那"晃荡着蔷薇色的历史"的"秦淮河"的"滋味"了。也可以读成:我们开始领略那"晃荡着蔷薇色"的"历史的秦淮河"的"滋味"了。总之是繁琐而不曲折,很是困人。

> 我与父亲不相见已二年余了。

《背影》开篇第一句就不稳妥。以父亲为主题,但开篇就先说"我",

至少在潜意识上有"夺主"之嫌。"我与父亲不相见"不但"平视"父亲，而且"文"得不必要。"二年余"也太文，太雅。朱自清倡导的纯粹白话，在此至少是一败笔。换了今日的散文家，大概会写成：

　　不见父亲已经两年多了。

不但洗净了文白夹杂，而且化解了西洋语法所赖的主词"我"，句子更像中文，语气也不那么僭越了。典型的中文句子，主词如果是"我"，往往省去了，反而显得浑无形迹，灵活而干净。

　　床前明月光，
　　疑是地上霜。
　　举头望明月，
　　低头思故乡。

用新文学欧化句法来写，大概会变成：

　　床前明月的光啊，
　　我疑是地上的霜呢！
　　我举头望着那明月，
　　我低头想着故乡哩！

这样子的欧化在朱文中常可见到。请看《桨》文的最后几句：

> 黑暗重复落在我们面前，我们看见傍岸的空船上一星两星的，枯燥无力又摇摇不定的灯光。我们的梦醒了，我们知道就要上岸了；我们心里充满了幻灭的情思。

短短两句话里，竟连用了五个"我们"，多用代名词，正是欧化的现象。读者如有兴趣，不妨去数一数《桨》文里究竟有多少"我们"和"它们"。前引这两句话里，第二句实在平凡无力：用这么抽象的自白句结束一篇抒情散文，可谓余韵尽失，拙于收笔。第一句中，"我们看见傍岸的空船上一星两星的，枯燥无力又摇摇不定的灯光"，是一个"前饰句"：动词"看见"和受词"灯光"之间，夹了"傍岸的空船上（的）""一星两星的""枯燥无力（的）""摇摇不定的"四个形容词；因为所有的形容词都放在名词前面，我称之为"前饰句"。早期的新文学作家里，至少有一半陷在冗长繁琐的"前饰句"中，不能自拔。朱自清的情形还不严重。如果上述之句改成"我们看见傍岸的空船上一星两星的灯光，枯燥无力，摇摇不定"，则"前饰的"（pre-descriptive）形容词里至少有两个因换位而变质，成了"后饰的"（post-descriptive）形容词了。中文句法负担不起太多的前饰形容词，古文里多是后饰句，绝少前饰句。《史记》的句子：

> 广为人长，猿臂，其善射亦天性也。

到了新文学早期作家笔下，很可能变成一个冗长的前饰句：

> 李广是一个高个子的臂长如猿的天生善于射箭的英雄。

典型的中文句法，原很松动，自由，富于弹性，一旦欧化成为前饰句，就变得僵硬，死板，公式化了。散文如此，诗更严重。在新诗人中，论中文的蹩脚，句法的累赘，很少人比得上艾青。他的诗句几乎全是前饰句；类似下例的句子，在他的诗里俯拾皆是：

> 我呆呆地看檐头的写着我不认得的"天伦叙乐"的匾，
> 我摸着新换上的衣服的丝的和贝壳的钮扣，
> 我看着母亲怀里的不熟识的妹妹，
> 我坐着油漆过的安了火钵的炕凳，
> 我吃着碾了三番的白米的饭。①

朱自清在《诵读教学》一文里说："欧化是中国现代文化的一般动向，写作的欧化是跟一般文化配合着的。欧化自然难免有时候过分，但是这八九年来在写作方面的欧化似乎已经能够适可而止了。"他对于中文的欧化，似乎乐观而姑息。以他在文坛的地位而有这种论调，是不幸的。在另一篇文章里②，他似乎还支持鲁迅的欧化主张，说鲁迅"赞成语言的欧化而反对刘半农先生'归真反朴'的主张。他说欧化文法侵入中国白话的大原因不是好奇，乃是必要。要话说得精密，固有的白话不够用，就只得采取些外国的句法。这些句法比较的难懂，不像茶泡饭似的可以一口吞下去，但补偿这缺点的是精密"。鲁迅的论点可以说是以偏概全，似是而非。欧化得来的那一点"精密"的幻觉，

---

① 摘自艾青的长诗《大堰河——我的保姆》，艾青之诗毛病甚多，当另文专论之。——作者自注

② 《鲁迅先生的中国语文观》：见《朱自清文集》637页。——作者自注

能否补偿随之而来的累赘与繁琐，大有问题；而所谓"精密"是否真是精密，也尚待讨论。就算欧化果能带来精密，这种精密究竟应该限于论述文，或是也宜于抒情文，仍须慎加考虑。同时，所谓欧化也有善性恶性之分。"善性欧化"在高手笔下，或许能增加中文的弹性，但是"恶性欧化"是必然会损害中文的。"善性欧化"是欧而化之，"恶性欧化"是欧而不化。这一层利害关系，早期新文学作家，包括朱自清，都很少仔细分辨。到了艾青，"恶性欧化"之病已经很深。

"秦淮河里的船，比北京万生园，颐和园的船好，比西湖的船好，比扬州瘦西湖的船也好。"这种流水账的句法，是浅白散漫，不是什么腴厚不腴厚。船在"河里"，也有语病，平常是说"河上"的。就凭了这样的句子，《桨声灯影里的秦淮河》能称为"白话美术文的模范"吗？就凭了这样的一二十篇散文，朱自清能称为散文大家吗？我的评断是否定的。只能说，朱自清是二十年代一位优秀的散文家：他的风格温厚、诚恳、沉静，这一点看来容易，许多作家却难以达到。他的观察颇为精细，宜于静态的描述，可是想象不够充沛，所以写景之文近于工笔，欠缺开阖吞吐之势。他的节奏慢，调门平，情绪稳，境界是和风细雨，不是苏海韩潮。他的章法有条不紊，堪称扎实，可是大致平起平落，顺序发展，很少采用逆序和旁敲侧击柳暗花明的手法。他的句法变化少，有时嫌太俚俗繁琐，且带点欧化。他的譬喻过分明显，形象的取材过分狭隘，至于感性，则仍停留在农业时代，太软太旧。他的创作岁月，无论写诗或是散文，都很短暂，产量不丰，变化不多。

用古文大家的水准和分量来衡量，朱自清还够不上大师。置于近三十年来新一代散文家之列，他的背影也已经不高大了，在散文艺术的各方面，都有新秀跨越了前贤。朱自清仍是一位重要的作家。可是作家的重要性原有"历史的"和"艺术的"两种。例如，胡适之于新文学，重要性大半是历史的开创，不是艺术的成就。朱自清的艺术成就当然高些，但事过境迁，他的历史意义已经重于艺术价值了。他的神龛，无论多高多低，都应该设在二十世纪二三十年代，且留在那里。今日的文坛上，仍有不少新文学的老信徒，数十年如一日那样在追着他的背影，那真是认庙不认神了。一般人对文学的兴趣，原来也只是逛逛庙，至于神灵不灵，就不想追究了。

一九七七年六月二十四日

徐志摩诗小论

《围城》第八十五页，名士董斜川睥睨群彦，语惊四座："新诗跟旧诗不能比！我那年在庐山跟我们那位老世伯陈散原先生聊天，偶尔谈起白话诗，老头子居然看过一两首新诗。他说还算徐志摩的诗有点意思，可是只相当于明初杨基那些人的境界，太可怜了。"

陈散原有没有说过这一番话，尚待考证，不过《围城》里的儒林百态似乎均有影射，不致空穴来风。体出山谷的散原老人，对于晚唐风味的杨基，自然不会垂青。把徐志摩来比杨基，显然是在贬徐。《麓堂诗话》批评杨基说："其曰'六朝旧恨斜阳里，南浦新愁细雨中'，曰'平川十里人归晚，无数牛羊一笛风'，诚佳。然'绿迷歌扇，红衬舞裙'，已不能脱元诗气习。至'帘为看山尽卷西'，更过纤巧，'春来帘幕怕朝东'，乃艳词耳。"陈田在《明诗纪事》中也说："眉庵集中不乏冲雅之作，特才华烂漫，时伤纤巧。弇州摘其'判醉望愁醒，愁因醉转增'，是词中菩萨蛮语。'尚短柳如新折后，已残花似未开时'，是浣溪沙调语。"杨基诗风，当然不尽是纤巧的一类。《明诗别裁》就认为他的《长江万里图》七言短古本于李颀、常建，而《岳阳楼》一首应椎为五言之杰作，一起一结尤入神境。

散原老人说徐志摩只相当于杨基的境界，大概是病其纤巧柔靡，有肌无骨。无论陈散原有没有说过这句话，据我猜想，钱默存自己多少也有这种看法的。在《围城》里，他又借董斜川之口说："东洋留学生捧苏曼殊，西洋留学生捧黄公度。留学生不知苏东坡、黄山谷，心目间只有这一对'苏黄'，我没说错吧？还是黄公度好些，苏曼殊诗里的日本味儿，浓得就像日本女人头发上的油气。"

江西诗派祖述黄山谷,讲究的是"生涩瘦硬,奇僻拗拙",专爱向古人句中去脱胎换骨,腐草生萤,对于苏东坡的行云流水,恣肆淋漓,尚且不满,对于杨基和苏曼殊之流,自然更嫌其纤柔秾艳了。徐志摩的小诗《沙扬娜拉一首》,副题"赠日本女郎":

> 最是那一低头的温柔,
>   像一朵水莲花不胜凉风的娇羞,
>   道一声珍重,道一声珍重,
> 那一声珍重里有蜜甜的忧愁——
>   沙扬娜拉!

在徐志摩的诗里,这是一首上选之作,甜津津的,倒真是有点苏曼殊的味道,江西派诗人看到,又该皱眉了。平心而论,这首小诗韵律和意象都很贴切自然,起句好,结句更有余味。论者常说徐志摩西化。就这首诗来看,却婉转温柔,一声"珍重"三次低回,有小令之感。柔情在这首诗里,可说恰到好处,过此就真的纤弱了。像《别拧我,疼》那一类诗,就未免太露骨,流于俗艳,置于宋词之中,当在秦观、柳永之间。《沙扬娜拉一首》之免于西化,不但在韵味,也在句法。全诗五行,没有主词,没有散文必赖的联系词,没有累赘堆砌的形容词,更没有西化句中屡见的代名词:转接无痕的文法诚然是中国的传统。另一首佳作却是比较西化的《偶然》:

>   我是天空里的一片云,
>   偶尔投影在你的波心——
>   你不必讶异,

更无须欢喜——
在转瞬间消灭了踪影。

你我相逢在黑夜的海上，
你有你的，我有我的，方向；
你记得也好，
最好你忘掉，
在这交会时互放的光亮！

  《偶然》是一首歌，确也谱成了曲，流传众口。所谓偶然，就是中国人所说的"缘"。世上之事，一饮一啄，莫非前定，同载共渡，皆是有缘。然则一切偶然都是必然，真的是不必讶异，何须欢喜了。这该是一首情诗，写的是有缘的邂逅，无缘的结合，片时的惊喜，无限的惘然。语气以退为进，实重似轻，洒脱之中隐寓着留恋。如果真的在转瞬间形消影灭，那当然最好是忘掉，又何须记在诗里呢？所以表面上虽故示豁达，内心却是若有憾焉。在语调和情调上，表里之间对照的张力，正是《偶然》成功的地方。

  前后两段各用了一个譬喻。前段作者是云，对方是水，云是主，水是客。后段两人都是水上的船，主客之势变成了平等的对驶。有人认为两段用喻各自为政，意象结构不够调和。其实由云而水，由水而船，接得十分自然；同时，前段从投影到灭影，是否定，后段从茫茫沧海漫漫黑夜到互放光亮，是肯定。肯定了什么呢？爱情，片刻之光可偿恒久之黑暗。生命之晦黯，赖有情人烛照之。由灭影到放光，意象结构原是十分有机的。

  论者常说徐志摩欧化，似乎一犯欧化，便落了下乘。其实徐志摩并不怎么欧化,即使真有欧化,也有时欧化得相当高明。他的诗在格律上,句法上,取材上,是相当欧化的,但是在词藻和情调上,仍深具中国的风味。其实五四以来较有成就的新诗人,或多或少,莫不受到西洋文学的影响;问题不在有无欧化,而在欧化得是否成功,是否真能丰富中国文学的表现手法。欧化得生动自然,控制有方,采彼之长,以役于我,应该视为"欧而化之"。欧化得拙笨勉强,控制无力,不但未能采人之长,反而有损中文之美,便是"欧而不化"。新文学作家中文的毛病,一半便由于"欧而不化"。但是在《偶然》这首诗里,徐志摩却是欧而化之的。

"在你的波心"和"在黑夜的海上",都是文法上的所谓副词片语(adverbial phrase),在诗中均置于句末,当然是有些欧化。不过这样使用,今日已经习以为常,不值得计较了。倒是"你有你的,我有我的,方向"一句,欧化得十分显明,却也颇为成功。不同主词的两个动词,合用一个受词,在中文里是罕见的。中国人惯说的"公说公有理,婆说婆有理",不能简化成"公说公有,婆说婆有,理"。徐志摩如此安排,确乎大胆,但是说来简洁而悬宕,节奏上益增重叠交错之感。如果坚持中国文法,改成"你有你的方向,我有我的方向",反而噜嗦无趣了。另有一处句法上的欧化,却不易察觉,那便是最后的三行:

> 你记得也好,
> 最好你忘掉,
> 在这交会时互放的光亮!

匆匆读来,似乎"记得"和"忘掉"都是自足的动词,作用只及于所属之短句。仔细读时,才发现末句"在这交会时互放的光亮"不但是一个名词片语,而且是一个受词,承受的动词偏偏又是双重的"——"记得"和"忘掉",正是合用这受词的双动词。徐志摩等于在说:"你记得我们交会时互放的光亮也好,你忘掉我们交会时互放的光亮最好。"不过这么说来,就是累赘的散文了。在篇末短短的四行诗中,双动词合用受词的欧化句法,竟然连用了两次,不但没有失误,而且颇能创新,此之谓"欧而化之"。

不过,如果说《偶然》一诗的胜境尽在欧化,则又不公平。此诗的语言仍以白话为主,但是像"偶尔""讶异""无须""转瞬""相逢"等词,却都是文言惯用的。要在一首短诗里调和白话,文言,欧化三种因素,并非易事。短句也处理得体:"不必讶异"和"无须欢喜"是对仗的,但第二段中的短句安排得更好。前段的两个短句,句法均是上三下二;后段的两个短句,却巧加变化,第一句是上三下二,第二句则改为上二下三。如果排成:

> 你记得也好,
> 你忘掉最好,

不但前后四个短句同一句法,读来单调刻板,而且语气僵硬无趣,倒像在吵嘴了。小小挪移一下,节奏立见生动;此事看来容易,一般诗人却想不到。只是末句我要挑一个小毛病:"在这交会时互放的光亮",十个字里,倒有六个是亢拔瞭亮的去声字,偏偏韵脚又落在去声上,而前面的几个韵脚"上""向""掉",又都是去声,全汇在这么一段怅惘低回的意境里,未免太刚了一点。徐志摩的音调,往往铿锵有余,而柔婉不足,曲折不够。《再别康桥》是另一首上乘的作品:

轻轻的我走了，
　　正如我轻轻的来；
我轻轻的招手，
　　作别西天的云彩。

那河畔的金柳，
　　是夕阳中的新娘；
波光里的艳影，
　　在我的心头荡漾。

软泥上的青荇，
　　油油的在水底招摇；
在康河的柔波里，
　　我甘心做一条水草！

那榆荫下的一潭，
　　不是清泉，是天上虹；
揉碎在浮藻间，
　　沉淀着彩虹似的梦。

寻梦？撑一枝长篙，
　　向青草更青处漫溯；
满载一船星辉，
　　在星辉斑斓里放歌。

> 但我不能放歌,
> 　悄悄是别离的笙箫;
> 夏虫也为我沉默,
> 　沉默是今晚的康桥!
>
> 悄悄的我走了,
> 　正如我悄悄的来;
> 我挥一挥衣袖,
> 　不带走一片云彩。

和《偶然》一样,这首《再别康桥》也是貌若洒脱而心实惆怅,只是《偶然》之惆怅乃因人而起,而《再别康桥》之惆怅乃因地而生。表面上诗人只是"挥一挥衣袖,不带走一片云彩",似乎是无所依恋,但他的"心头"却荡漾着康河的波光艳影,"甘心"做柔波里的一条水草,而临别前夕,怅然无语,欲歌不能,连夏虫也为他沉默了。其实一开始诗人"作别西天的云彩",便已有好景无多之感。

从晚霞到夕阳,从夕阳到星辉,从星辉到悄悄的夏夜,时序交代得井井有条。金柳,青荇,青草,彩虹和斑斓的星辉,诗中的色彩与光芒十分动人,但听觉上却是一片沉寂,形成特殊的对照。论者常说徐志摩的诗欧化,从这首诗看来,并不如此。综观全诗,无论在情调上或词藻上,都颇有中国古典诗的味道。"寻梦?撑一枝长篙"以下的四行,简直像宋词。"我轻轻的招手,作别西天的云彩"两句,更有李白的神韵。但在这两句里,云彩还在西天,徐志摩还在人间;到了诗末的"我挥一挥衣袖,不带走一片云彩",康桥竟已云霞掩映,俨同仙境,而徐志摩已成下凡的仙人了。意境到此,何欧化之有?同时,诗人再别康桥，悄悄的不是别离的钢琴或提琴，而是笙箫，仍不失其中国气质。至于"满载一船星辉"，虽是佳句，却本于宋朝张孝祥的《西江月》："满载一船明月，平铺千里秋江。"

句法上倒是有一点欧化的。例如开篇的三行：

> 轻轻的我走了，
>   正如我轻轻的来，
> 我轻轻的招手，

确有一些欧化，但用得十分灵活：副词"轻轻的"连用了三次，在句中的位置忽升忽降，重复中有变化，绝不单调。第四段第二行在文法上和第三行不可分割，是为西洋诗中所谓"跨行"，这也是欧化的，所以行末无标点。其实第二段的一、三两行和第三段的首行，全是跨行，原不应有标点；徐志摩都加上逗点，反为不美。

重词叠字，是本诗音调上的一个特色。篇首三用"轻轻"，篇末三用"悄悄"，前后形成双声叠字，有如天籁。整个末段的句法，和首段的句法呼应，又是一种重叠。而呼应得最有趣的，则是第四段末到第六段末。"虹""梦""青""星辉""放歌""沉默"等字眼，均重复一次，但重复的方式各异，交织成纷至沓来的音响效果，却又安排得十分自然，并不惹眼。"向青草更青处漫溯"一句，兼双声、叠韵、叠字而有之，音调脆爽之极。不过在第五段中，第二行末的"溯"字和第四行末的"歌"字，该押韵而实未押韵，是一失误。徐志摩是浙江人，可能把"歌"字读成"姑"了。吾友诗人夏菁，浙江人，也有这种乡音。

徐志摩的诗当然不能篇篇这么好。大致说来，他的诗能快而不能慢，能高亢而不能沉潜，善用短句而拙于长句，精于小品而未能驾驭长篇。在《常州天宁寺闻礼忏声》《五老峰》《庐山石工歌》，以至四百行以上的《爱的灵感》等长篇之中，徐志摩的诗艺便显得照顾不周，成就不大。像《这是一个懦怯的世界》一类的作品，有意学雪莱而不成功。至于《盖上几张油纸》一类带点戏剧意味的作品，则接近哈代。其实哈代的诗在技巧上颇为笨拙，学得不好，更易流于平淡无味。徐志摩屡次试写西洋的双行体，也不够出色，不过双行体本来就难工，恐怕没有新诗人是能把双行体写成功的。尽管如此，徐志摩在新诗上的贡献仍大有可观。

一九七七年十一月

骆驼与虎

老舍之死，一度成谜。现在当可确定，他死于一九六七年，自杀的方式则是投水。他的小说《骆驼祥子》必然传后，成为三十年代文学的一方里程碑，也是可以确定的了。胡金铨先生近年致力于老舍的评传，梁实秋先生更认为老舍的成就足以问鼎诺贝尔文学奖。微词，当然是难免的。夏志清先生在《近代中国小说史》里，认为《骆驼祥子》在描写个人努力的惨败和安排情节结构的严谨上，可比哈代的小说《卡斯特桥的镇长》，但又认为书末对祥子的讽刺与全书悲天悯人的同情笔触格格不入，而某些段落又犯了说教太露之病。董桥先生在今年六月份的《明报月刊》发表《从＜老张的哲学＞看老舍的文字》一文，指出这位"语言大师"的文字，在流利口语的正格之外，也不免病于欧化的新文艺腔，而叙事写景的部分，也缺少含蓄与暗示。

《骆驼祥子》是一部大书，评者已多，我在这篇短文里只想拈出两点来略加分析。首先是主题。本书的主题，说得落实些，是祥子的堕落，可是堕落的成因，与其说是性格的弱点，不如说是社会的压力。所以抽象一点，本书的主题正如老舍自己一再点明的，是所谓个人主义之没落。个人主义一词的定义，有正有反，因人而异，易生误会。自扫门前雪，可以解释为个人主义；一士之谔谔，不也是个人主义吗？相信集体主义的人士，最喜欢抓住个人主义消极的一面来大施挞伐，迫使个人就范。老舍在小说里刻画的，正是个人主义的消极面，刻画之不足，更巧引老车夫的譬喻加以象征。老车夫对祥子说："看见过蚂蚱吧？独自一个儿蹦得也怪远的，可是教个小孩子逮住，用线儿拴上，连飞也飞不起来。赶到成了群，打成阵，哼，一阵就把整顷的庄稼吃净，谁也没法儿治它们！"这譬喻看来贴切，其实欠妥，因为蝗群的力量在于破坏，究非立国之常道。不过，无论妥与不妥，小说家借人物之口用曲笔来点题，总还是艺术份内的事。可惜老舍未能把握分寸，到了书末，一再走到幕前来，向读者直接陈述。最后的一页是这样的：

> 他走他的，低着头像做着个梦，又像思索着点高深的道理。那穿红衣的锣夫，与拿着绸旗的催押执事，几乎把所有的村话都向他骂去："孙子！我说你呢，骆驼！你他妈的看齐！"他似乎还没有听见。打锣的过去给了他一锣锤，他翻了翻眼，朦胧的向四外看一下。没管打锣的说了什么，他留神的在地上找，看有没有值得拾起来的烟头儿。
>
> 体面的，要强的，好梦想的，利己的，个人的，健壮的，伟大的，祥子，不知陪着人家送了多少回殡；不知道何时何地会埋起他自己来，埋起这堕落的，自私的，不幸的，社会病胎里的产儿，个人主义的末路鬼！

这样的结尾，把主题点得十分露骨，略无余味，而口吻凌厉的判决，对祥子也不够公平。倒是前面的一段，用祥子寻寻觅觅的落魄身影作结，不落言诠，又富形象，更能予人哀沉之感。小说到此，正如现代电影终场的淡出，余音袅袅，所谓"篇终接混茫"是也。后段则成了蛇足，有如导演上台来下结论。其实，《骆驼祥子》一书，作者的旁白颇多，一件事情发生，往往前有导论，后有感想，把事件咀嚼过烂。含蓄，不能算老舍的特长。

但在另一些地方，作者似乎又过于含蓄了。本书男女主角祥子和虎妞的不解之缘，结于虎妞色诱祥子的一夕。那当然是极其重要的一幕，对于小说的艺术是一大考验。祥子酒后，失却自持，正要采取行动，接着便以下面这段作结：

> 屋内灭了灯。天上很黑。不时有一两个星刺入了银河，或划进黑暗中，带着发红或发白的光尾，轻飘的或硬挺的，直坠或横扫着，有时也点动着，颤抖着，给天上一些光热的动荡，给黑暗一些闪烁的爆裂。有时一两个星，有时好几个星，同时飞落，使静寂的秋空微颤，使万星一时迷乱起来。有时一个单独的巨星横刺入天角，光尾极长，放射着星花；红，渐黄；在最后的挺进，忽然狂悦似的把天角照白了一条，好像刺开万重的黑暗，透进并逗留一些乳白的光。余光散尽，黑暗似晃动了几下，又包合起来，静静的懒懒的群星又复了原位，在秋风上微笑。地上飞着些寻求情侣的秋萤，也作着星样的游戏。

这一段如梦似幻的美文，与前文很不相称，放在这么一部京腔土语文体俚俗的小说里，也显得故作高雅。不过是性爱的场面罢了，又不是祥子梦寐以求的，何须如此粉饰美化？文中某些意象，似有性的暗示，我怀疑只是自己过分敏感，老舍明快的文字恐怕还没有那么含蓄。纯以美文而言，这一段也不怎么出色。然则老舍在性爱的处理上，可说是一位十分羞怯的小说家，比起郁达夫的"露"来，又未免太"遮"了。

一九七六年六月

第 九 讲

作 家 的 故 事

敢在时间里自焚,

必在永恒里结晶。

老得好漂亮

——向大器晚成的叶芝致敬

经过历史无数次的选择，叶芝和艾略特已经被批评家、文学史家和同行的诗人公认为二十世纪前半期的两位大诗人。许多批评家甚至认为前者是现代英语诗坛最伟大的作家。这种荣誉，这种崇高的地位，不是侥幸获致的。艾略特的声誉，至少有一半建筑在他的批评和诗剧上；叶芝的，绝大部分要靠他的诗，虽然他在戏剧、散文和故事方面也相当多产。

在诗创作的过程上，两位大诗人形成有趣的对照。艾略特的发展比较平稳，他的天才是早熟的，但并未早衰；叶芝的发展迂回而多突变，他的天才成熟得很缓慢，整个过程，像他诗中的回旋梯一样，呈现自我超越的渐次上升之势，而抵达最后的高潮。早熟的艾略特，一出手便是一个高手。他在二十二岁那年写的处女作，《普鲁夫洛克的恋歌》，在感受和手法上，已经纯粹而成熟，且比同时代的作者高明得多。叶芝则不然。一九〇八年，四十三岁的叶芝已经是爱尔兰最有名的诗人，且已出版了六卷诗集，但是他的较重要的作品，那些坚实有力的杰作，根本尚未动笔。如果当时叶芝便停止创作，则他充其量只能算是一个次要诗人（minor poet），甚至只是一个二三流的作者。

最难能可贵的是：从那时起一直到他七十三岁逝世（一九三九年一月二十八日）为止，他的诗，无论在深度和浓度上，一直在增进，他的创作生命愈益旺盛，他的风格愈益多变。以一位已然成名的前辈，叶芝转过身来接受年轻一代的新诗——当时崛起于英美诗坛的意象主义，且吸收比他小二十岁的庞德的影响。当时，庞德去伦敦，原意是要向叶芝学习，但是结果他给叶芝的影响似乎更多。尤其可贵的是：叶芝的好几篇重要作品，都完成于七十岁以后，死前四个多月写的《班伯本山下》(*Under Ben Bulben*)，仍是那么苍劲有力，比起丁尼生那首压卷作《出海》宏大得多了。

这种现象，在英国文学史上，是罕见的。华兹华斯的代表作，几乎在三十七岁以前就写完了；从四十五岁起，虽然写作不辍，但他的创作力迅速地衰退，形成一种"反高潮"(anticlimax)的现象。这种过程，和叶芝的恰恰相反。华兹华斯虽多产，但由于他欠缺自我批评的能力，作品良莠不齐，劣作甚多。华兹华斯的诗来自"沉静中回忆所得的情感"，但他自中年以后，生活孤立而刻板，沉静日多，情感日少，愈来愈没有什么好回忆的了。此外，柯尔律治对他的健康影响，正如庞德对叶芝和艾略特的健康影响一样，几乎具有决定性；中年以后，华兹华斯和柯尔律治的友情分裂，他就不能再依凭柯尔律治的鼓舞和批评了。

在弥尔顿的身上，我们似乎找到和叶芝相近的例子。弥尔顿的杰作，例如《失乐园》和《桑孙力士》，都是晚年的作品；但是弥尔顿六十六岁便死了，比叶芝要早七年，而他的较早佳作，如《里西达斯》《沉思者》《欢笑者》，及十四行多首，均在三十岁以前完成。叶芝早期的代表作，如《当你年老》及《湖心的茵岛》等，和晚期的作品比较起来，非但风格大异，而且诗质甚低。《湖心的茵岛》一首，除第二段颇具柔美意象外，通篇皆甚平庸。而第二段的所谓柔美，也不过具有十九世纪中叶"前拉斐尔主义"(Pre-Raphaelitism)那种恍惚迷离、带烟笼雾的感伤色调罢了。

叶芝的可贵处就在这里。他能够大彻大悟，打破自己的双重束缚，奋力超越自己。叶芝是爱尔兰人，而爱尔兰在他五十七岁以前一直是英国的一个藩邦，在文化上是一种弱小民族的小局面。在另一方面，即以整个英国而言，叶芝开始写作时，正是维多利亚时代的末期，也正是浪漫主义之末流而又末流，大诗人几已绝迹。可以说，除了哈代以外，叶芝年轻时的十九世纪九十年代英国诗坛，仅拥有一批塞促不申的歇斯底里的小诗人如道孙之流，而当时的哈代方弃诗而就小说，以小说闻于文坛，而不以诗闻。这双重限制，是地域上也是时间上的，构成他早期不利的条件。叶芝终于能将它摆脱，且成为超越时空的国际性大诗人，实在不能不说是一个奇迹。

最初，叶芝也不过幻想自己要做一个爱国的作家罢了。在这双重限制下，他自然而然地步"前拉斐尔主义"和唯美运动的后尘，写一些浪漫而朦胧的次等货色。像"旧歌新唱"（An Old Song Resung）一类作品，其低回于自怜的情境，置之十九世纪九十年代任何小诗人的诗集中，恐怕都没有什么分别。为了提倡爱尔兰的文艺复兴运动，叶芝更进一步，把这种浪漫的余风带进爱尔兰的民俗、传说和神话。结果，是朦胧的表现手法加上模糊的主题。这种作品，和现实的把握，个性的表现，距离得太远太远了。伟大的作品，在这样的情形下，绝对无法产生。

那么，究竟是什么力量使叶芝中年以后的作品变得那么坚实、充沛、繁富、新鲜且具活力呢？论者总不免要提出他如何效法布雷克，如何从东方哲学和招魂术、神秘主义等等之中，提炼出一套个人的神话和象征系统，作自己写诗的间架，所谓"个人的神话"（private mythology），在叶芝夫人的沟通下，竟形成叶芝的宗教观和历史观，更导致叶芝的艺术信仰，决定了他的美感形态。例如，在他的系统之中，月象征主观的人，日象征客观的人。例如生命和文化的过程都是回旋式的：灵魂的经验有如上升的回旋梯，似乎恒在重复，但实际上是层次的提高；而文化的过程有如线卷之转动，上一型的文化逐渐在放线，下一型的文化便逐渐在收线。例如，文化的生发、全盛和式微皆有周期，所以两千年的异教文化之后有两千年的基督文化；而二十世纪正面临另一型文化的生发，但暴力和毁灭必然笼罩这过渡时期。这种种耐人寻味且激发想象的信念，已是学者们一再强调而我们耳熟能详的"叶学"要义了。我愈来愈感觉：叶芝诗中屡次暗示的正反力量相克相生互为消长的信念，相当接近中国哲学的阴阳之说，而他所谓历史与文化的周期性运动，也令中国的读者想起，《前汉书》中所谓周德木汉德火的朝代递换原理。二十世纪的两位大诗人，叶芝和艾略特，都弃科学而取玄学，是一件很耐人玩味的事情。叶芝非但敌视科学，将二十世纪贬成"我们这科学的，民主的，实事求是的，混杂而成的文明"，而且谈空说有，到了迷信的程度。

我们所关心的，不是他的迷信，也不是他那神话或象征系统的枝枝节节，而是他这种基本的信念，如何因他诗中强烈丰盛的感受而经验化起来。原则上说来，一种诗的高下，不能以它所蕴含的哲学来做标准，至少，哲学家桑塔亚那的诗，就诗而言，不会比非哲学家的欧文的诗高明。最重要的，是那种哲学对那位诗人是否适合，是否能激发他的想象，以完成他的新世界的秩序。叶芝的个人神话，有他自己的书《心景》(*A Vision*)和无数的学者详加诠释，我们在此不必赘述。在此我只想指出叶芝诗中的一项基本观念，那便是：一切相对甚至相反的力量，似相对而实相依，似相反而实相成；是以小而个人，大而文化的生命，皆应接受而且超越这种无所不在的相反性。这种观念，和我国道家的哲学似乎颇为接近，但叶芝虽然窥见了这种真理，他却不能像老庄那样，以退为进而夷然坦然加以接受。例如，他虽然悟于心智日益而形体日损之理，但对于老之将至、老之已至仍不能不既怒且惊。可贵的是，他并不畏缩或逃避；相反地，他转身向老耋向死亡挑战，可以说，一直到死他都是不服老不认输的。这种表现，这种"虽九死其犹未悔"的勇气，毋宁更接近儒家，接近儒家的孟子，在《自我与灵魂的对话》（*A Dialogue of Self and Soul*）一诗中，叶芝透过自我说：

> 我愿意从头再生活一次
> 又一次，如果生活要我跳纵
> 到青蛙生卵的盲者的沟中，
> 一个瞎子捶打一群瞎子；

这种无所畏惧的正视现实而又乐于生活的精神，正是一个大诗人应有的表现，将豪斯曼（A. E. Housman）和叶芝作一个比较，我们不难发现，豪斯曼对生活的态度是逃避的，甚且否定的，他对人生的认识是狭窄的，片面的，他的风格比较蹇促，意象比较单纯，而节奏比较薄弱。豪斯曼第一卷诗集和第二卷诗集，在出版的日期上，竟相距二十六年之久，但两书在主题和形式上，实在找不到多少差异。叶芝对生活的态度，与他恰恰相反；叶芝的洋溢的生命力，使他的作品永远在寻求，永远在变，使三十岁的他和七十岁的他前后判若两人，而后者比前者对生活更为执着，更为热爱。这位"愤怒的老年"在一首短诗中说：

> 你以为真可怕：怎么情欲和愤怒
> 竟然为我的暮年殷勤起舞；
> 年轻时它们并不像这样磨人。
> 我还有什么能激发自己的歌声？

真的，叶芝不但老而能狂，抑且愈老愈狂，抑且狂得漂亮。然而叶芝是一个奇妙的结晶体，他不但能狂抑且能静，不但能热，抑且能冷，抑且能同时既狂且静，既热且冷。暮年的叶芝，确实能做到"冷眼观世，热心写诗"。惟其冷眼，所以能超然，能客观；惟其热心，所以能将他的时代变成有血有肉的个人经验。

由于叶芝的《心景》（vision）恒呈现这种"似反实正"（paradoxical）的相对观，他的诗乃予读者一种"戏剧的紧张性"（dramatic tension）。这里所说的戏剧的紧张性，不是指叙述的生动，而是指他的诗，在构思上，往往始于矛盾，而终于调和。虽然他在《丽达与天鹅》那一首诗中，叙述逼真而富动感，他的一般作品往往在象征的焦点上集中，而不在叙述的展现中着力。艾略特尝谓，好的抒情诗往往是戏剧性的。反过来说，仅仅止于抒情的抒情诗，往往不是伟大的诗，因为那样将失之平面化，而不够立体感。有矛盾与冲突等待解决的诗，常常富于立体感，因为矛盾必有两面，加上调和与综合后的一面，乃构成三度，成为一个三度空间。止于抒情的诗，往往是"一曲"之见，虽然写得长，思想和感受的空间不见得就相对地扩大。叶芝的诗，往往以矛盾的对立开始，而以矛盾的解决终篇。例如，《航向拜占庭》便以旺盛的青年和衰朽的老年对立开始，而以艺术的不朽终篇。《自我与灵魂的对话》之中，矛盾存在于向往涅槃的灵魂与拥抱生活的自我，结果是自我的选择获胜。《再度降临》（The Second Coming）则因旧文化已崩溃，新文化渐萌生而形成一种等待的焦灼与悬宕，暗示的力量可以说发挥到极限了。《学童之间》因灵魂的美好与肉体的残败之间的悬殊而感叹，结论是"折磨肉体以迁就灵魂是不自然的"。《为吾女祈祷》的对照，则是谦逊与傲慢，秩序与混乱，仁与暴，德与容之间的选择。而对立得最鲜明，冲突得最尖锐，统一得也最完整的一首，要推《狂简茵和主教的谈话》：

我在路上遇见那主教,
他和我有一次畅谈。
"看你的乳房平而陷,
看血管很快要枯干;
要住该住在天堂上,
莫住丑恶的猪栏"。

"美和丑都是近视,
美也需要丑"我叫。
"我的伴已散,但这种道理
坟和床都不能推倒,
悟出这道理要身体下贱,
同时要心灵孤高。

"女人能够孤高而强硬,
当她对爱情关切;
但爱情的殿堂建立在
排污泄秽的区域;
没有什么独一或完整,
如果它未经撕裂。"

  这是叶芝最直率而大胆的短诗之一。它发表于一九三二年,当时叶芝已经六十七岁,而思想仍如此突出,语法仍如此遒劲,正视现实接受人生的态度仍如此坚定不移。最为奇妙的是:他竟然愈老愈正视现实,把握现实,而并不丧失鲜活的想象;在另一方面,他竟然愈老愈活用口语，但并不流于俗或白，也并不丧失驾驭宏美壮大的修辞体的能力。他的口语句法，矫健如龙，能迅疾地直攫思想之珠。他曾经强调说：写诗要思考如智士，但谈吐如俗人。这种综合的诗观，后来同样见之于弗罗斯特的创作。叶芝和弗罗斯特二老，都善于用一个回旋有力的长句组织一首独立的短诗，寥寥七八行，首尾呼应得异常紧密。那种一气呵成的气魄，有如我国一笔挥就而力贯全字的草书，说过瘾真是再过瘾不过了。叶芝晚年的短诗，如《长久缄口之后》，都是这样的一句一诗之作。后来，狄伦·托马斯的某些作品，如《我阴郁的艺术》，似乎也受了叶芝的影响。

  现代英诗的两大宗师，叶芝和艾略特，后者主张诗要"无我"（impersonal），而前者的诗中几乎处处"有我"（personal）。两者孰优孰劣，此地不拟讨论。但"有我"的叶芝给我们的感觉是如此亲切，可敬。生命的一切，从形而下的到形而上的，从卑贱的到高贵的，他全部接受，且吞吐于他的诗中。然而无论他怎么谈玄，怎么招魂，怎么寻求超越与解脱，叶芝仍然是一个人，一个元气淋漓心肠鼎沸的人。他对于人生，知其然而仍无法安其所然。老子所说："吾所以有大患者，为吾有身。及吾无身，吾有何患？"似乎可以作叶芝老而更狂的注脚。叶芝尝期不朽于无身（《航向拜占庭》中所云 once out of nature），但他也很明白，无身之不朽只有在有身之年始能完成。正如我在《逍遥游》一文中指出的："敢在时间里自焚，必在永恒里结晶。"叶芝真是一个敢在时间里纵火自焚的愤怒的老年。对于这场永不熄灭的美丽的火焰，我们不禁赞叹：老得好漂亮！

一九六七年一月二十八日
叶芝逝世二十八周年纪念

舞与舞者

爱尔兰现代三大作家——萧伯纳、叶芝、乔伊斯——都诞生于首邑都柏林区；萧伯纳于一八五六年，叶芝于一八六五年，乔伊斯于一八八二年。其中叶芝已经公认为二十世纪英语民族最伟大的诗人之一。另一位是艾略特。后者对前者推崇备至，且以弟子自居，然而两人的背景与发展形成鲜明的对照；叶芝少醇而老恣，早期效颦十九世纪末期前拉菲尔派的迷离之美，而后期发展成一种个人的象征系统和简劲而有弹性的半浪漫半写实风格；艾略特则少纵而老敛，早期继承法国象征派的手法，发而为大胆突出的超现实作风，后期反而皈依宗教与传统。艾略特把废墟支持残余的世界，叶芝收集残余世界搭成一座美好的建筑物。英美的现代诗人欣赏早期的艾略特，晚年的叶芝。

约于一个世纪前的六月十三日，叶芝生在都柏林附近的散地芒特（Sanrdy Mount）。他的父亲约翰·伯特勒·叶芝（John Butler Yeats）是闻名于全爱尔兰的风景画家，他自己也曾习画三年。后来他的兴趣转移到文学创作，应同乡王尔德之邀去伦敦，加入"诗人社"（Rhymers's Club），和道森、赛门思、韩利等交游，俨然像位颓废诗人。终又不满这种风格，亟思有以振兴本土的文学，乃鼓动格雷戈莉夫人（Lady Gregory），辛格（J. M. Synge），穆尔（George Moore）等，开创爱尔兰文学复兴之新局面，并筹立爱尔兰文学社（Irish Literary Society）与爱尔兰文学剧院（Irish Literary Theatre）。一九二二年，叶芝被选为爱尔兰自由邦之国会议员，至一九二八年始满期。一九二三年他得到诺贝尔文学奖（英语民族的诗人仅吉卜林、叶芝、艾略特获此荣誉）。一九三九年，第二次世界大战前夕，他死在法国南部，葬于罗克布林。

一九四八年，大战既终，爱尔兰的海军首次远征异国，去法国接回他的尸体，重葬于故土。

在私生活方面，据说叶芝有点儿古怪，像个花花公子，多愁善感，心神恍惚，每每沉于幻觉，茫然自失。他很相信印度的招魂术，日借其妻乔琪·丽思（Georgie Lees）与幽冥交通。

至于叶芝在文学上的成就，约可分为四个时期，加以简述。第一个时期是他的唯美时期。这时他深受前拉菲尔派及王尔德唯美运动的影响，可以说完全生活在象牙塔里，而忽视本身所处的现实。这时他的作品，即使有所象征，也是迷离幽美的象征，为象征而象征，即使处理神话与传说，也只是为神话而神话，并未发挥其中的意义。《湖心的茵岛》与《当你年老》二诗，艾略特所谓"宜于诗选的作品"，正是此期风格的代表。

第二个时期是他的自觉时期，大约始于一九〇八年。当时他虽已成为爱尔兰最闻名的诗人与剧作家，但仍未找到真正的自我。作品的产量虽已达二十部左右，而真正的代表作尚未动笔。一九〇八年，一个二十三岁的美国青年远去伦敦，向叶芝学习写诗；那便是后来成为现代诗的大师且教育过艾略特与海明威的庞德。两位诗人的接触使年纪大的一位加速了他现代化的发展。一九一二年，由庞德与女诗人阿咪·洛威尔领导的意象派正式成立，其六大原则对于叶芝的敲击力量，自然是猛烈的。他转变了，他扬弃了早期的神话，他宣布说，"浪漫的爱尔兰已经死去。"在《渔夫》一诗中，他说：

> 趁我还年轻，
>
> 我要为他写一首
>
> 诗，也许像黎明
>
> 那么冷峻，而且热情。

第三个时期是他的新神话时期。这一期的作品最难懂，因为其主题大半取自他个人的神话和象征系统。他的新神话既非早期的爱尔兰传说，也非传统的占星学，或者斯宾格勒的"西方的没落"。根据他的系统，月之二十八态牵涉到人的个性的典型，以及相辅相成的周期性的文化史。他对西方两大文化类型——希腊文化与基督教文化——之间的微妙关系，极感兴趣，并以十一世纪的拜占庭文化为耶教文化周期的高潮。且以代表希腊文化周期的公元前五世纪的菲迪亚斯时代（the Age of Phidias）与之对照。由此看来，两千年的基督教文化周期大盛于十一世纪，当式微于二十世纪，叶芝乃在《再度来临》（*The Second Coming*）一诗中说：

> 何来猛兽，大限终于到期，
>
> 蹒跚踱向伯利恒，等待重生？

在读他的十四行名作《丽达与天鹅》时，我们必须了解：叶芝认为，希腊文化与基督教文化皆始于凡间一女人之受孕，所孕者且皆为遁形于鸟的神之子。是以宙斯与上帝，丽达与玛丽亚，天鹅与白鸽，海伦与耶稣，形成了巧妙的对照。

第四个时期始于一九二八年。这是他的综合时期，也是他最纯真有力的时期。这时他代表第一代的英美诗人，壮年的艾略特和庞德代表着第二代，皆已成名，奥登和斯彭德代表着第三代，正在大学里读书。晚年的叶芝可以说是归真返璞，洗尽铅华；他宁可"裸体步行"，宁可"萎缩为真理"（wither into the truth）。这时他的风格变得平易而口语化，在形式上好用整齐而单纯的歌谣体，每节有一定的行数。《疯狂的简茵》（Crazy Jane）八首是最有力的代表作，其主题为一个老疯妇生命之中的基本经验——年轻时和一个修补工匠相恋的回忆。《长腿蚊》（Long Legged Fly）写于他死前一年，是他最成熟也是最具思想性的作品，此诗表现古典初期的海伦，古典末期的恺撒，和画《第一个亚当》的米开朗琪罗，表现这些孕育创造的或毁灭的力量的人物，在面临重大抉择时的心灵状态，"如一只长腿蚊在流水上逡巡"。

在构成西方文化的三大因素——希腊神话、基督教经典、现代科学——之中，叶芝反对科学，逃避工业社会，而又留恋自己预言已经没落的前两种因素。对于叶芝，创造与毁灭皆为文化所必须，因此无法分割。他把握这个真理，且以深入的思想和有力的手法加以表现。像这样一位生生不息，老且益壮的大诗人，实在值得我们尊敬、效法。

一九六二年四月

两个寡妇的故事

其一：雪莱夫人

一八二二年七月中旬，地中海的潮水将两具海滩的遗体冲上沙岸。朋友们赶来认领时，面目已经难辨，但衣服尚可指认；其中一具的口袋里有一本书，是济慈的诗集，该是雪莱无疑。另一具是雪莱的中学同学威廉姆斯中尉。七月八日两人驾着快艇"唐璜"，从来亨驶回雷瑞奇，在暴风雨中沉没。拜伦、李衡、崔罗尼就在海边将亡友火化，葬在罗马的教徒公墓。

曲终人散。雪莱与夫人玛丽（Mary Wollstonecraft Shelley）的长子威廉，三年前已葬入那公墓，只有三岁。一年前，济慈也在那里躺下。不到两年之后，拜伦就死在希腊。于是英国浪漫诗人的第二代就此落幕，留下了渐渐老去的第一代，渐渐江郎才尽。

雪莱周围的金童玉女，所谓《比萨雅集》（The Pisan Circle），当然全散了。散是散了，但是故事还没有说完。拜伦早已名满天下，但雪莱仍然默默无闻，诗集的销路没有一种能破百本。当然，终有一天他也会成名，不过还要靠寥寥的知音努力："不惜歌者苦，但伤知音稀。"拜伦最识雪莱，却从不为他美言。余下的只有李衡等几人，和一个黯然神伤的寡妇，玛丽·雪莱。

雪莱死时，还未满三十岁；玛丽，还未满二十五岁。这么年轻的遗孀早已遍历沧桑。她的父母都是名人，但对时人而言都离经叛道，是危险人物。父亲高德温（William Godwin）是思想家兼作家，在政治与宗教上立场激进，鼓吹法国革命与无神论，反对社会制度的束缚，对英国前后两代浪漫诗人影响巨大。母亲沃斯通克拉夫特（Mary Wollstonecraft）乃英国女性主义的先驱，所著《女权申辩》一书析论女性不平的地位，说理清晰，兼富感性，成为经典名著。但因她特立独行，婚前与情人有一私生女，又因失恋投水获救，不见容于名教。夫妻相爱本极幸福，不幸她在生玛丽时失血过多而死。

玛丽生在这么一个"革命之家"，一生自多波折。十六岁她与大她五岁的雪莱私奔欧洲，等到两年后雪莱前妻投湖自尽，才成为第二位雪莱夫人。婚后两人又去了意大利，不再回国，但四年之间不断搬家，生活很不安定。她一共怀过五胎，第一胎早产，数周即死，末胎流产；中间的三个孩子依次为：威廉、克拉瑞、伯熙（Percy Florence Shelley）；威廉死时三岁半，克拉瑞死时不足两岁，只有生在佛罗伦斯的伯熙长大成人。可怜的玛丽，一出娘胎便成了孤女，婚后四年便做了寡妇，而母亲也做得很不快乐。

丈夫不但夭亡，且不够专情。雪莱不但遗弃了前妻，到意大利后又因同情比萨总督之女，被父亲逼婚而遁入空门的伊迷丽亚，而献长诗《连环的灵魂》（*Epipsichidion*）给她，不料诗成尚未付印，她却出了修道院回家做新娘去了。结果是雪莱无颜，玛丽有气。不久雪莱又频频写诗献给简茵（Jane Williams），亦即昔日同学后来同舟共溺的威廉姆斯中尉之妻。玛丽因此当然不悦。不过另有一事雪莱一直瞒着她，便是他与拜伦情妇、也是玛丽后母（高德温续弦）之女克莱儿有一私生女，叫伊丽娜，七个月早产，寄人照顾。

玛丽性格内向，一切逆来顺受，只闷在心里，乃有忧郁症。雪莱神经紧绷，也是多愁多病之身，更有肾结石剧痛症状，常乞援于鸦片酊甚至更剧的解药。诗名不彰，也令诗人委屈不乐。

另一个困境是经济。雪莱被牛津开除，思想激进，私德不修，不见容于社会，更不见容于父亲。他的父亲是地主，有从男爵封号。他的祖父在他二十三岁时去世，遗给他十万英镑，按年支付。这幸运的继承人花钱慷慨，大半用来接济岳父高德温和文友，例如李衡子女八口，家累沉重，他一次就给了李衡一千四百英镑。因此雪莱自己竟时常负债。

雪莱既殁，玛丽带了不满三岁的伯熙回到英国。雪莱的父亲对她很苛严，只供她微薄的津贴，而且禁止她张扬雪莱的"劣迹"，否则就断绝接济。玛丽毅然辛苦笔耕，成为自食其力的专业作家。

不要忘了，身为杰出双亲之女，大诗人之妻，玛丽岂是泛泛之辈。早在她十九岁那年，拜伦与雪莱在日内瓦夜谈兴起，拜伦提议大家何不各写一篇神怪小说。四个人都动了笔，包括两位诗人、玛丽和拜伦的医生巴利多里。三位男士都无法终篇，玛丽却越写越认真，竟然完成了一篇杰作《弗兰肯斯坦》，在伦敦引起轰动。《弗兰肯斯坦》把十八世纪的恐怖故事接上现代的科幻小说，对于人性与科学都有深刻的探讨；凭此一部作品，玛丽已无须愧对父母与丈夫。

除了《弗兰肯斯坦》之外，玛丽还写了五本小说，二十五个短篇。其中小说以《末世一人》最好；短篇以《分身》最有深度，其人格分裂的探讨对史蒂文森、王尔德、康拉德等都有启发。

玛丽另一项贡献就是为亡夫编印遗作。雪莱死后留下不少迄未发表的作品，那首五百多行的未完成长诗《生之凯旋》便是一例；即使生前已刊之诗，也多未经作者校对。玛丽将这些浩繁的诗文一一订正，还加上注解，附上序言，说明雪莱当日写那些作品时的场合与心境，对后世学者帮助很大。一八二四年，她出版了《雪莱诗遗作》，一八三九年又发行四卷一套的《雪莱诗集》。

雪莱死后二十二年，父亲提摩太爵士（Sir Timothy Shelley）以九十二岁高龄逝世，爵位与家产由玛丽的男儿伯熙继承。父母的天才伯熙却没有世袭：他是平凡的人，所幸对母亲很孝顺。他的妻子简茵·圣约翰是雪莱的信徒，也极贤淑。可怜的玛丽，终于得享七年幸福。雪莱在海边火葬时，崔罗尼将雪莱的心另外收起，珍藏在盒中，后来送给玛丽，并向她求婚。玛丽拒绝了求婚，却接受了雪莱的心。她把那颗心，那曾经为西风与云雀欢跃的心，包在雪莱吊济慈的《阿多奈思》卷中，藏在书桌抽屉里。一八五一年玛丽死时，那心已干碎成灰。最后，七十岁的伯熙也死了，那堆"灰心"就葬在玛丽与伯熙的旁边。

伯熙无后，雪莱和玛丽的故事也就结束了。

其二：凡·高弟媳约翰娜·邦格

死后两年，[①]一位大画家生于荷兰。他和玛丽的丈夫有不少地方相似。雪莱出身于贵族世家，终生依靠祖父的遗产，未曾自食其力；他出生于画商世家，本来可以在画店工作，却因为要画另一种画，不得不靠做画商的弟弟按月接济。雪莱特立独行，从中学起就不合于世俗，有"疯雪莱"之称；他也狂狷自放，不容于社会，群童呼为"红头疯子"，更因宿疾加上劳累，后来真的发了癫痫。雪莱生前读者寥寥，论者藐藐；他的画只卖掉一幅，也只赢得一篇好评。雪莱体弱多病，神经紧张，有自杀倾向，据说在暴风雨中，是雪莱自己力阻同舟的威廉姆斯落帆救船；他从小体格健壮，但因画途不顺，生活困苦，心情压抑，曾经割耳自残，终于自杀。所以两人都是早夭：雪莱未满三十岁，他也只有三十七岁，两人都死于七月。

---

① 原文如此，这里应指玛丽·雪莱。——编者注

他，便是凡·高，家喻户晓，盛名更胜雪莱。

两人的命运当然也有不同。雪莱不善理财，但毕竟有丰厚的家产，不虞饥寒。凡·高既握画笔，便不得不靠弟弟西奥每月一百五十法郎的津贴，往往喂饱了调色盘就喂不饱空肚。另外一大差别，是雪莱追求理想的爱情虽然无法满足，毕竟有过两个妻子，还有情人，而前妻甚至被他遗弃。凡·高虽然与妓女同居过，但一生几无爱情可言，更难奢望娶妻。

相较之下，凡·高是寂寞多了。雪莱死后，哀怨的玛丽对不够专情的亡夫仍以爱相报，余生的心力有一半用在编校雪莱的著作（数量五倍于徐志摩），连写给其他女子的情诗也不删除。凡·高却无妻可靠。

幸而天不绝人，即连苦命的凡·高亦复如此。生前，他有弟弟可靠，死后，他绝对没有料到，弟弟的遗爱竟由弟媳妇一肩担当，一手完成。

凡·高死后，西奥不胜哀伤，加上久病，竟也精神失常，间或错迷，不到半年就去世了。留下二十九岁的妻子约翰娜·邦格，带着未满周岁的男孩小文森（Vincent Willem van Gogh），对着满房子零乱的存画和旧信，一时不知所措。她嫁给西奥不过一年半，与凡·高相处只有五天。她深爱丈夫，兼及这位苦命而陌生的哥哥。另一方面，家中挂满、堆满哥哥的画，哥哥一生的遭遇，从弟弟口中也听到耳熟，所以她对凡·高并不陌生。为了排遣对丈夫的思念，约翰娜逐一念起哥哥历年写给弟弟的五百多封信来。夜复一夜，她咀嚼着至死不渝的手足之情，深受感动，因而得知凡·高是怎样的艺术家，怎样的人。于是她决心要实现西奥未遂的心愿：让全世界看到凡·高的画。

像雪莱夫人一样，这位遗孀也不是普通的女子。约翰娜也是荷兰人，但是在班上是英文的高才生，后来还去伦敦，在大英博物馆工作，又在乌特勒支的中学教过英文。更巧的是，她的学位论文写的正是雪莱。于是她一面设法安排凡·高的画展，一面开始把那五百多封信译成英文，只等画展成功，配合刊出。但是要昭告世人有这么一位天才久被冷落，并非易事。开头的十年有六次画展，观众淡漠。第七次展出在巴黎，却引来马蒂斯等野兽派的新秀。从此西欧重要的美术馆大门，逐一为凡·高而开。同时，约翰娜也伺机将凡·高的画零星出售，既可补贴家用，又可推广画家的名声。

凡·高生前无名，除了少数画作送给朋友之外，其他全都寄给弟弟去推销，所以西奥死后，那五百五十幅油画外加数以百计的素描，全由约翰娜一人掌握，姑不论艺术的价值，仅计市场估价已富可敌国。但弟媳妇护画并推广之功，也对得起两兄弟了。约翰娜自己的哥哥安德烈不喜欢那些油画，曾劝妹妹一起丢掉，幸亏约翰娜不听他的，否则世人将不知凡·高是谁。

凡·高逝后三十五年，约翰娜亦逝于六十三岁，那几百幅宏美的作品由她的独子小文森继承。小文森像雪莱之子伯熙，并没有遗传先人的天才，只是一位平凡的工程师。他坐拥现代画灿烂炫目的宝库，一幅画也不肯出售，因此他伯父的丰收大半得以留在国内，不像其他名画家那样散落在世界各国。最后荷兰政府出面，以六百万美金的超低价格向小文森整批买下这些油画与素描，条件是成立"凡·高基金会"，由凡·高家人主控，同时要在阿姆斯特丹盖一座"国立凡·高美术馆"，以资保管、展出。

凡·高生前，世界待他太薄，凡·高死后，世界待他像宠爱。历史的补偿凡·高不会知道，也不会知道他欠弟媳妇多深，只知道他欠弟弟太多，无以回报。可是他们因他的光轮而不朽，他们的辛苦因他对全人类的贡献而没有白费，他们留下的独子因贫穷的伯伯而成为荷兰的首富。

啊，不，凡·高已经充分报答了家人。唯一的遗憾是：他留下那许多人像的杰作，农夫艾思卡烈、邮差鲁兰、诗人巴熙、中尉米烈、医生嘉舍，但是碌碌一生，竟未能为这一对至爱的家人、恩人留下画像。

种树的人往往来不及乘凉。

二〇〇三年七月于高雄西子湾

何曾千里共婵娟

中秋前夕，善写月色的小说家张爱玲被人发现死于洛杉矶的寓所，为状安详，享年七十五岁。消息传来，震惊台港文坛，哀悼的文章不断见于报刊，盛况令人想起高阳之殁。张爱玲的小说世界哀艳苍凉，她自己则以迟暮之年客死他乡，不但身边没有一个亲友，甚至殁后数日才经人发现，也够苍凉的了。这一切，我觉得引人哀思则有之，却不必遗憾。因为张爱玲的杰作早在年轻时就已完成，就连后来的《秧歌》，也出版于三十四岁，她在有生之年已经将自己的上海经验从容写出。时间，对她的后半生并不那么重要，而她的美国经验，正如对不少旅美的华人作家一样，对她也没有多大意义。反之，沈从文不到五十岁就因为政治压力而封笔，徐志摩、梁遇春、陆蠡更因为夭亡而未竟全功，才真是令人遗憾。

张爱玲活跃于抗战末期沦为孤岛的上海，既不相信左翼作家的"进步"思想，也不热中现代文学的"前卫"技巧，却能兼采中国旧小说的家庭伦理、市井风味，和西方小说的道德关怀、心理探讨，用富于感性的精确语言娓娓道来，将小说的艺术提高到纯熟而微妙的境地。但是在当时的文坛上，她既不进步，也不前卫，只被当成"不入流"的言情小说作家，亦即所谓"鸳鸯蝴蝶派"。另一方面，钱锺书也是既不进步也不前卫，却兼采中西讽刺文学之长，以散文家之笔写新儒林的百态，嬉笑怒骂皆成妙文。当代文坛各家在《人·兽·鬼》与《围城》里，几被一网打尽，所以文坛的"主流派"当然也容不得他。此二人上不了文学史，尤其是大陆的文学史，乃理所当然。

直到夏志清写《中国现代小说史》，才为二人各辟一章，把他们和鲁迅、茅盾等量齐观，视为小说艺术之重镇。今日张爱玲之遍受推崇，已经似乎理所当然，但其地位之超凡入圣，其"经典化"（canonization）之历程却从夏志清开始。《中国现代小说史》出版于一九六一年，但早在一九四八年，我还在金陵大学读书，就已看过《围城》，十分倾倒，视为奇书妙文。倒是张爱玲的小说我只有道听途说，印象却是言情之作，直到读了夏志清的巨著，方才正视这件事情。早在三十多年前，夏志清就毫不含糊地告诉这世界："张爱玲该是今日中国最优秀最重要的作家。仅以短篇小说而论，她的成就堪与英美现代女文豪如曼斯菲尔德、波特①、韦尔蒂、麦卡勒斯之流相比，有些地方，她恐怕还要高明一筹……《金锁记》长达五十页；据我看来，这是中国自古以来最伟大的中篇小说。"

  一位杰出的评论家不但要有学问，还要有见解，才能慧眼独具，识天才于未显。更可贵的是在识才之余，还有胆识把他的发现昭告天下，这就是道德的勇气、艺术的良心了。所以杰出的评论家不但是智者，还应是勇者。今日而来推崇张爱玲，似乎理所当然，但是二十多年前在左倾成风的美国评论界，要斩钉截铁，肯定张爱玲、钱锺书、沈从文等的成就达到与鲁迅相提并论的地步，却需要智勇兼备的真正学者。一部文学史是由这样的学者写出来的。英国小说家本涅特②（Arnold Bennett）在《经典如何产生》一文中就指出，一部作品所以能成为经典，全是因为最初有三两智勇之士发现了一部杰作，不但看得准确，而且说得坚决，一口咬定就是此书；世俗之人将信将疑，无可无不可，却因意志薄弱，自信动摇，禁不起时光再从旁助阵，终于也就人云亦云，渐成

---

① 原译曼殊菲儿德、泡特。——编者注

② 本涅特（1867—1931），原译班乃特，英国作家。以善写故乡五镇闻名。——编者注。

"共识"了。在夏志清之前，上海文坛也有三五慧眼识张于流俗之间，但是没有人像夏志清那样在正式的学术论著之中把她"经典化"。夏志清不但写了一部《中国现代小说史》，也只手改写了中国的新文学史。

　　杰出的小说家必须有散文高手的功力，舍此，则人物刻画、心理探索、场景描写、对话经营等等都无所附丽。张爱玲的文字，无论是在小说或散文里，都不同凡响，但是她无意追求"前卫"，不像某些现代小说名家那样在文字的经营上刻意求工、锐意求奇。她的文字往往用得恰如其分，并不铺张逞能，这正是她聪明之处。夏志清以她的散文《谈音乐》为例，印证她捕捉感性的功夫。"火腿咸肉花生油搁得日子久，变了味，有一种'油哈'气，那个我也喜欢，使油更油得厉害，烂熟，丰盈，如同古时候的'米烂陈仓'。"如此真切的感性，在张爱玲笔下娓娓道来，浑成而又自然，才是真正大家的国色天香。

　　张爱玲不但是散文家，也兼擅编剧与翻译。她常把自己的小说译成英文或中文，也译过《老人与海》《鹿苑长春》《浪子与善女人》《海上花列传》，甚至陈纪滢的《荻村传》，也译过一点诗。林以亮（宋淇笔名）为今日世界出版社编选的《美国诗选》出版于一九六一年，由梁实秋、张爱玲、邢光祖、林以亮、夏菁和我六人合译，我译得最多，几近此书之半，张爱玲译得很少，只有爱默生五首，梭罗三首。宋淇是她的好友，又欣赏她的译笔，所以邀她合译，以壮阵容。

　　宋淇和张爱玲都熟悉上海生活，习说沪语，在上海时已经认识。五十年代初，他们在香港美新处同过事，后来宋淇在电懋影业公司工作，张爱玲又为电懋编写剧本《南北一家亲》及《人财两得》。经过多年的交往，宋淇及其夫人邝文美已成张爱玲的知己；由于张爱玲晚年鲜与外界往来，许多出版界的人士要与她联络，往往经过宋淇，皇冠出版她的作品，即由宋淇安排开始。张爱玲与宋淇的深交由此可见，所以她在遗嘱中交代，所有遗物与作品委托宋淇全权处理。宋淇知她既深，才学又高，更难得的是处事井然有条，当然是托对了人。如果是在十年前，宋淇处理她的遗嘱，必然胜任愉快，有宋夫人相助，更不成问题。但是张爱玲似乎忘了，宋淇比她还长一岁，也垂垂老矣，近年病情转重，甚至一步也离不了氧气罩。最近逢年过节，我打电话去香港问候宋淇，都由宋夫人代接代答了，令我不胜怅惘，深为故人担忧。其实宋夫人自己也有病在身，几年前甚至克服了癌症。两位老人如今真是相依为命，遗嘱之托，除了徒增他们的伤感之外，实在无法完成。这件事当然是一副重担，不如由宋淇授权给皇冠的平鑫涛去处理，或是就近由白先勇主持一个委员会来商讨。

一九九五年九月

附录：重点内容索引

关于阅读、创作与翻译，有些问题可能是大家普遍关注或者是需要重点了解的，编者针对其中一些问题，尝试进行介绍与归纳。读者如果有需要，可以根据标注的页码，找到相关位置，进行细致阅读和回顾学习。

关于读中国旧小说的两大好处

（P006—P007,《自豪与自幸》）

古诗朗诵的感性教育

（P008,《自豪与自幸》）

嬉笑怒骂为什么不成文章

（P012,《楚歌四面谈文学》）

什么是欣赏文学和创造文学的健康态度

（P020,《楚歌四面谈文学》）

读者买书指南

（P022,《好书出头，坏书出局》）

美文与杂文的区别

（P027,《美文与杂文》）

什么是花花公子的散文

（P034,《剪掉散文的辫子》）

诗和散文的对比

（P038,《缪斯的左右手》）

好散文往往有一种综合美

（P050,《缪斯的左右手》）

中国游记的真正奠基人是柳宗元

（P056,《杖底烟霞》）

徐霞客与其游记的过人之处

（P061—P062，《杖底烟霞》）

一流散文的叙事与抒情

（P066，《杖底烟霞》）

怎样将自然的原料化为艺术的成品

（P075，《我的写作经验》）

没有个性、陈腐不堪的题目

（P081，《论题目的现代化》）

文学创作在心智活动上的三个条件

（P083，《艺术创作与间接经验》）

创作上的多元取材法

（P089—P091，《艺术创作与间接经验》）

翻译和创作在本质上的异同

（P099—P100，《翻译和创作》）

好的翻译与坏的翻译

（P102，《翻译和创作》）

翻译的境界

（P110，《翻译乃大道》）

做一个够资格的批评家的四个条件

（P114，《翻译与批评》）

中国诗为什么叫"诗歌"

（P121，《诗与音乐》）

诗的节奏与呼吸的关系

（P130，《诗与音乐》）

看不通文法，就不能真正欣赏英诗

（P140，《李白与爱伦·坡的时差》）

中国古典诗不合西洋文法就是不好吗

（P146—P147，《从一首唐诗说起》）

西洋文化传统的女性观从何而来

（P187，《论情诗》）

影响现代诗节奏最大的是句法和语气

（P201，《现代诗的节奏》）